GEORG R. KRISTAN

Sonderkurier

Buch

Kommissar Walter Freiberg ist gar nicht begeistert, als sein Chef ihn auf ein Seminar nach Berlin schickt: »Todesermittlungen unter erschwerten Bedingungen« lautet das Thema der Fortbildungsveranstaltung, die dem altgedienten Kriminalisten nur ein müdes Gähnen entlockt. Einzig die Aussicht, seine alte Freundin und Kollegin Angelika Lette wiederzusehen, die mittlerweile in Berlin ermittelt, läßt ihn seine Reisetasche packen. Kommissarin Lette, auch »die Starke« genannt, erzählt ihm nach seiner Ankunft von *ihren* »Todesermittlungen unter erschwerten Bedingungen«: In der Baugrube am Teltowkanal hat man die Leiche einer Frau gefunden, die man aufgrund ihrer schweren Verstümmelungen im Gesicht nicht gleich identifizieren kann. Als die Starke schließlich herausfindet, wer die Tote ist, sieht alles nach einem Mord aus Eifersucht aus. Doch dann wird eine zweite Leiche gefunden, die Freiberg und seine Freundin auf ein Gewirr aus Prostitution, Schmuggel, Rauschgift und Mädchenhandel stoßen läßt: die »Moskauer Connection« ...

Autor(en)

Georg und Renate (R.) Kristan (Pseudonym) leben in Bonn. Er kennt die ministerielle Welt aus eigener Erfahrung, sie die Bonner Atmosphäre und das komplexe Geflecht persönlicher Beziehungen. Gemeinsam schreiben sie Polit- und Hauptstadt-Krimis, in denen Witz und Ironie nicht zu kurz kommen.

Von Georg R. Kristan außerdem im Goldmann Verlag erschienen:

Fehltritt im Siebengebirge. Roman (5003)
Ein Staatsgeheimnis am Rhein. Roman (5019)
Schnee im Regierungsviertel. Roman (5068)
Anschlag auf Bonn. Roman (5120)
Blütenzauber. Roman (5868)
Goldspur. Roman (5932)
Salonwagen Berlin. Roman (5942)

Georg R. Kristan

Sonderkurier

Roman

GOLDMANN

Umwelthinweis:
Alle bedruckten Materialien dieses Taschenbuches
sind chlorfrei und umweltschonend.
Das Papier enthält Recycling-Anteile.

Originalausgabe 7/99

Umschlaggestaltung: Design Team München
Umschlagfoto: SV Bilderdienst/Gerd Pfeiffer
Satz: deutsch-türkischer fotosatz, Berlin
Druck: Elsnerdruck, Berlin
Krimi 5265
JE · Herstellung: Max Widmaier
Made in Germany
ISBN 3-442-05265-3

1 3 5 7 9 10 8 6 4 2

1

Im südlichen Teil Moskaus, jenseits der langgestreckten Moskwainsel, zeigte die Stadt noch etwas von ihrem alten Charme. In Samoskworetsche hatten einstmals tartarische Gerber gesiedelt; dann kamen Handwerker und Kaufleute. Erst seit der russischen Revolution bestimmten Proletarier das Stadtbild. Wer hier lebte und sich unauffällig und angepaßt verhielt, war während der Stalinschen Diktatur einigermaßen sicher vor den Häschern des Staates.

In einem der schäbigen Bürgerhäuser hatte in den zwanziger Jahren ein Urenkel aus dem Nebenzweig der Kornilows Unterschlupf gefunden, die dem Zaren in hohen Funktionen gedient hatten. Nichts war von der alten Pracht geblieben, die der Hofadel für selbstverständlich gehalten hatte. Hier und heute ging es nur darum zu überleben.

Nina Vitrenko, eine blonde, hochgewachsene Schönheit, die mit ihren 18 Jahren jedem Fürstenhof zur Zierde gereicht hätte, konnte erst nach dem Umschwung erfahren, wo die Wurzeln ihres Lebens lagen. Ihre früh verwitwete Mutter hatte sie gehütet wie den eigenen Augapfel und die Schule so gewählt, daß ihre Tochter neben Französisch und Englisch auch Deutsch lernen konnte. Aber die Zeiten waren immer härter geworden, und seit der Rubel seine Nullen verloren hatte, mußten sie ihre knappen Mittel noch mehr strecken. Nina hatte das Gefühl, in der Enge und dem Mief der kleinen Wohnung ersticken zu müssen.

So war es ihr wie ein Geschenk des Himmels erschienen,

als sie bei einem in der Lotterie gewonnenen Flug nach Sankt Petersburg auf der Rückreise die Stewardeß Larissa Ulinoff kennengelernt hatte. Diese selbstsichere und welterfahrene junge Frau verkörperte für Nina all das, wovon sie bisher nur geträumt hatte; sie ließ sich keines der Worte entgehen, mit denen Larissa die Schwärmerei des Mädchens anstachelte. Sie erklärte, daß sie nicht nur die Strecke Moskau–Petersburg fliege, sondern oft auch nach Berlin. Und dort habe sie Beziehungen, die schon manchem jungen Mädchen den Zugang zur »großen weiten Welt« eröffnet hätten.

Nina war fasziniert und glaubte endlich die Gelegenheit gefunden zu haben, der kleinlichen Obhut ihrer vergrämten Mutter und der Hoffnungslosigkeit in der Brodnikov-Gasse entfliehen zu können. Diese Chance wollte sie unbedingt nutzen.

Diskret, aber unmißverständlich hatte Larissa Ulinoff sie wissen lassen, daß für den Schritt in ein neues Leben die Virginität unabdingbar sei. Dafür müsse sie sich verbürgen, und das könne nicht ohne ein ärztliches Attest geschehen. Nur damit sei eine Empfehlung für den Kontakt mit Herren der besseren Kreise möglich. Für den Einstieg in ein neues Leben käme zum Beispiel ein reicher Großkaufmann und Villenbesitzer in Potsdam in Frage, der eine junge Hausdame suche. Vielleicht sei später sogar eine Heirat möglich und damit der Erwerb der deutschen Staatsangehörigkeit.

»Jungfernschaft bei einem Mädchen in meinem Alter gibt es nicht mehr allzu oft«, antwortete Nina mit einem kleinen Lächeln. Als sie den fragenden Blick Larissas bemerkte, fügte sie eilig hinzu: »Keine Bange, damit werde ich zu gegebener Zeit schon aufwarten. – Wann könnte ich nach Berlin starten?«

»Wenn alles klar ist, schon sehr bald«, erklärte Larissa Ulinoff. »In der nächsten Woche fliege ich wieder die Strecke, und dann für längere Zeit regelmäßig – ich bin Purserette.«

»Was ist eine Purserette – etwas sehr Wichtiges?«

»Die leitende Flugbegleiterin, die Chefin des Kabinenpersonals«, erläuterte Larissa nicht ohne Stolz. »Damit habe ich jederzeit die Möglichkeit, einen Gästeplatz zu reservieren, wenn die Maschine ausgebucht ist.«

»Was für ein Traumjob! Wie ich Sie beneide!«

»Warten Sie doch ab! Wenn Sie erst einmal in Deutschland sind, wird sich eine Welt für Sie auftun, die meinen Status ganz klein erscheinen läßt.«

Nina überlegte. »Ich muß noch einiges abwickeln, da wäre die nächste Woche zu früh. Aber eine Woche später könnte ich alles erledigt haben – dann kann es losgehen!«

»Gut, halten wir es so fest. Und nicht vergessen: Sie brauchen ein Besuchervisum. Das Flugticket besorge ich.«

»Was kostet ...?«

»Lassen Sie nur. Sie rechnen später alles mit meinem Verbindungsmann in Deutschland ab, aber erst dann, wenn Sie Fuß gefaßt und einiges verdient haben.«

Nina schüttelte irritiert den Kopf und sah Larissa lange an. Dann sagte sie mit belegter Stimme: »Danke! Vielen Dank. Ich werde ganz schnell meine Schuld bezahlen.«

Larissa Ulinoff machte eine beschwichtigende Handbewegung. »Schon gut; das eilt nicht. Aber erzählen Sie niemandem von unserem kleinen Deal. Das gilt übrigens auch für Ihre Mutter. Sagen Sie einfach, Sie hätten durch den Flug nach Sankt Petersburg einen mehrwöchigen Job bei einer Messegesellschaft gefunden und würden von dort aus schreiben.«

Nina Vitrenko nickte wortlos.

Die Stewardeß drehte sich um und ging in die Bordküche. Nach kurzer Zeit kam sie zurück und drückte Nina einen prall gefüllten Briefumschlag in die Hand. »Hier, nehmen Sie! Als Kredit ein paar Rubel und einige Deutschmark für ein schickes Kleid und die ersten Gehversuche in einem fremden

Land. – Der Abflug ist am Donnerstag der übernächsten Woche um neun Uhr dreißig. Ich hinterlege das Ticket auf Ihren Namen am Aeroflot-Schalter. Sie gehen dann zum vorderen Eingang des Fliegers und steigen als letzter der Passagiere ein. Ihr Platz ist auf der rechten Seite am Fenster, unmittelbar hinter dem Cockpit. Dort werde ich dann auch sein. – Aber viel Zeit für eine Unterhaltung bleibt nicht; ich muß schließlich meine Brötchen verdienen!« Larissa lächelte kurz, bevor sie weitere Anweisungen gab: »Sie steigen in Berlin-Schönefeld als eine der ersten aus und warten am Schalter der Tourist-Information auf mich. Ich werde Sie dann mit meinem Verbindungsmann bekannt machen, der sich um das Weitere kümmert. – Alles verstanden?«

»Verstanden schon, aber es ist verwirrend.«

»Keine Angst! Sie sind in guten Händen, und ich bin sicher, Sie werden es schaffen!« Mit diesem für Nina schwachen Trost hatte Larissa die inhaltschwere Unterhaltung beendet und sich ihren Pflichten zugewandt.

Nina hatte die Aufforderung, die Gurte anzulegen, automatisch befolgt und den Landeanflug auf Scheremetjewo 2 nur verschwommen wahrgenommen. Als das Flugzeug ausgerollt war, saß sie noch eine Weile wie betäubt auf ihrem Platz. Dann nahm sie den kleinen Handkoffer und stieg als eine der Letzten aus. Ihr Blick suchte noch einmal die Stewardeß; doch die sprach lachend mit dem Flugkapitän.

An ein Taxi für die Rückfahrt nach Samoskworetsche war unter diesen Umständen nicht zu denken. Sie brauchte ihre Barschaft für Wichtigeres. Also nahm sie den Linienbus 551 zur Metrostation *Retschnoj Woksal* und fuhr mit einmal Umsteigen zur Poljanka. Nach einigen Minuten Fußweg wurde sie von ihrer Mutter überschwenglich in die Arme geschlossen. Beide weinten – die Mutter vor Freude über das Wiedersehen, und Nina, weil jetzt ihre Lebenslüge begann.

Einen Arzt für das Attest zu finden war kein Problem. Aber bei ihr mußte noch etwas mehr getan werden als nur die Untersuchung auf dem Gynäkologischen Stuhl. Für die Wiederherstellung des Hymen intactus gab es eine Adresse, die ihr von den älteren Schülerinnen und Freundinnen unter der Hand empfohlen worden war. Daran erinnerte sich Nina sofort – aber auch daran, daß sie mit unzweideutigem Augenzwinkern auf die Dienste hingewiesen hatten, die der Künstler von den jungen Frauen erwartete, bevor sie wieder als Jungfrauen die Praxis verlassen konnten.

Nina straffte die Schultern. Was soll's? dachte sie. Das würde dann der endgültige Schlußpunkt ihres bisherigen Lebens sein.

Jetzt bedauerte sie doch ein wenig, bei der Abschiedsfete der Schule zuviel Krimsekt getrunken und dem von allen Mädchen umworbenen Sportidol den Schuß aufs Tor nicht verweigert zu haben. Das große Lustgefühl war ausgeblieben, und die Angst vor möglichen Folgen hatte weitere Treffer verhindert. Das Verhältnis war im wahrsten Sinne des Wortes ein flüchtiges gewesen, denn der Stürmer aus neureichem Hause hatte schon bald darauf mit seinem aus dubiosen Quellen stammenden Porsche einen Unfall gebaut, zwei Menschen verletzt und Unfallflucht begangen. Aber die Miliz hatte ihn am nächsten Tag erwischt und eingesperrt. Damit war die kurze Episode endgültig beendet. Nur das Armband, das er ihr zur ewigen Erinnerung geschenkt hatte, war ihr geblieben.

Die Praxis des Arztes in einem modernisierten Bau nahe der Tretjakow-Galerie war teuer eingerichtet und mit westlichen Geräten top ausgestattet. Die lächelnde, blutjunge Helferin sorgte dafür, daß Nina sich ohne Scheu frei machte und zum erstenmal in ihrem Leben auf dem bizarren Stuhl Platz nahm. Die Untersuchung war ihr zwar etwas peinlich, erfolgte aber offensichtlich nach den Regeln der ärztlichen Kunst. Es schien also nichts dran zu sein an den Gerüchten der Freundinnen. Der Termin für den »harmlosen Eingriff«, wie der dickliche Doktor Dimitroff beschwichtigend formulierte, wurde auf den nächsten Tag um 15 Uhr festgesetzt. Als die Helferin wie auf einen geheimen Wink gegangen war, strich der Arzt mit der flachen Hand über seine Stirnglatze, dann über Ninas Bauch und den Abschwung des Venushügels. »Heute abend erwarte ich Sie um 10 Uhr zur Vorbesprechung«, sagte er mit einem Grinsen, das verständnisvolle Kumpanei vorgab. »Ein Gläschen Wein wird helfen, die Hemmungen zu überwinden. Sollten Sie nicht erscheinen, ist die Sache für mich erledigt, und Sie werden sich einen anderen Arzt suchen müssen. Haben wir uns verstanden?«

Nina brachte ein verzerrtes Lächeln zustande. »Durchaus, Herr Doktor. Sie dürfen in jeder Beziehung mit mir rechnen.«

»Sie werden es nicht bereuen. Die Weine sind gut, und meine ärztliche Leistungsfähigkeit hat schon so manche junge Frau beeindruckt. Sie können sich jetzt wieder anziehen.«

Nina stand auf und ging zur Kabine. Ohne sich umzudrehen, fragte sie: »Wie hoch wird Ihre Honorarforderung sein?«

Sie konnte das schmierige Lächeln in seiner Stimme hören, als er antwortete: »Darüber werden wir uns heute abend schon einigen.«

Nach der Landung hatte sich die Stewardeß schnell von ihrer Crew verabschiedet und sich mit dem Aeroflot-Taxi zum Hotel Belgrad bringen lassen. Die Ausstattung des Hauses konnte man nicht gerade üppig nennen. Aber die Zimmer waren kaum halb so teuer wie in den anderen großen Hotels, und es lag ziemlich zentral in der Nähe des *Arbat*, der einzigen Fußgängerzone Moskaus. Larissa Ulinoff hatte zwar eine winzige Einzimmerwohnung am östlichen Stadtrand, doch die nutzte sie nur bei längeren Aufenthalten zwischen den Flügen. Den größten Teil ihrer freien Zeit verbrachte sie im

Hotel. Der Blick aus dem Zimmer im 20. Stock bot ein grandioses Bild. Larissa stand gern tagsüber am Fenster und genoß das quirlige Leben auf den Straßen, während die Stadt in der Nacht einen fast provinziellen Eindruck bot. Diese Atmosphäre der Gegensätze regte die Sinne an! Seit sie den deutschen Diplomaten Arne Wilberg kennengelernt hatte, war hier oben ihr *Salon d'Amour*.

Heute war Sex nicht eingeplant. Sie wollte ungestört einige Telefongespräche führen, vor allem nach Berlin. Erst nach mehreren Versuchen kam sie zum »Glück in der Ferne« durch. Dieses Unternehmen firmierte ganz offiziell als Ehe- und Partnervermittlung. Den Inhaber Maik Haschem kannte sie schon seit Jahren. Ihr Geschäfts- und Bettverhältnis blieb trotz »kleiner Ausflüge«, wie Larissa es ausdrückte, stabil. Für Maik besorgte sie nicht nur Mädchen mit Attest; sie belieferte ihn auch mit Spezialitäten für seine beiden Antiquitätengeschäfte in Potsdam und Bonn. Kirchenkunst aus dem alten Rußland war in Deutschland sehr gefragt.

Als sie seine Stimme hörte, nannte sie sofort das Kennwort: »Anna läßt grüßen.« Danach lief das Gespräch mit unverfänglichen Worten eine Weile weiter, denn beide rechneten damit, abgehört zu werden. »Ich werde die langerwartete Besucherin am Donnerstag der übernächsten Woche mitbringen. Sie ist gesund und munter. Ich denke, Onkel Norman wird sich über die Enkelin freuen. Du holst uns doch in Schönefeld ab?«

»Aber ja; was für eine angenehme Überraschung in unserem tristen Alltag. Ich werde alles vorbereiten«, kam die Bestätigung unverzerrt in Moskau an. »Wie steht es mit dem Reisegepäck? Kommt etwas vorab?«

»Ja, recht wertvolle Fracht. Ich werde sie mit 5000 Dollar versichern. Mach's gut, altes Haus.« Ohne noch eine Erwiderung abzuwarten, legte Larissa den Hörer auf.

Nina Vitrenko war pünktlich. Schon 10 Minuten vor der verabredeten Zeit stand sie auf der gegenüberliegenden Straßenseite und sah mit gemischten Gefühlen zu den Fenstern des Doktor Dimitroff hinauf. Die geschlossenen Vorhänge ließen einen schmalen Lichtstreifen durch, der fast einladend wirkte.

Aber Nina wußte, was auf sie zukam, hatte sie doch schon die Erfahrung eines *One-night-stand* gemacht.

Sie wollte nicht die Zickige und Spröde spielen; aber sie würde sich dem Lüstling, der die Notlage seiner Patientinnen schamlos ausnutzte, auch nicht gleich an den Hals werfen.

Für die Reise nach St.Petersburg hatte ihr eine Freundin die Pille besorgt. »Fürsorglich vorsorglich für alle Fälle« war ihr Kommentar gewesen, und Nina hatte die Packung eingesteckt, aber nicht benutzt. Vor dem heutigen Gespräch mit dem Gynäkologen hatte sie gleich 2 von den kleinen runden Dingern eingeworfen, wohl ahnend, daß der Nutzen gering sein würde. Letztlich mußte sie sich doch darauf verlassen, daß der Arzt dieses Problem schon im Griff hatte. – Für sie zählte jetzt nur der endgültige Termin um 15 Uhr und das Attest.

Als Nina die über der Praxis liegende Wohnung des Medizinmanns betrat, empfand sie zum erstenmal, was privater Luxus bedeutet. Alles war perfekt gestylt. Auf weißer Auslegeware lagen wie Inseln teure Teppiche, auf denen Polster aus sattrotem Leder verteilt waren. Dazwischen gab es gläserne Beistelltische, auf denen diverse Kunstgegenstände indirekt beleuchtet wurden. Eine ganze Batterie Cognac- und Likörflaschen stand hinter den glänzenden Scheiben eines Barschranks. Auf einem Tablett war ein Imbiß angerichtet, zwei Weinflaschen standen bereit, und in einem Kühler mit Eis wartete eine Flasche Champagner darauf, geöffnet zu werden. – Dieser Mann mußte in den Jahren nach dem politischen Umschwung Millionen Rubel verdient haben.

Mit einem wohlwollenden Lächeln bot er ihr den Begrüßungstrunk an. »Na sdorowje!«

Nina musterte ihr Gegenüber verstohlen. In seinem leichten Hausmantel, der sicherlich mehr gekostet hatte, als ihr Taschengeld fürs ganze Jahr betrug, wirkte Doktor Dimitroff gar nicht mehr so unsympathisch wie am Morgen. Nina merkte, wie nach dem ersten Glas ihre Beklemmung wich und sie sich locker und leicht zu fühlen begann. Ohne Scheu nahm sie auf dem angebotenen Sessel Platz und ließ sich die Köstlichkeiten schmecken.

»Sie wollen Rußland verlassen, nehme ich an?« kam plötzlich die Frage.

Ihr Vorsatz, über ihre Absichten zu schweigen, war wie weggewischt. Ohne zu zögern, antwortete sie: »Ja, ich fliege in vierzehn Tagen nach Berlin und werde wohl einen Deutschen heiraten. Da möchte ich nicht den Eindruck erwecken, daß eine Frau mit sexuellen Erfahrungen ihr Ja-Wort gibt.«

»Und – hast du die?« kam die Rückfrage in vertraulichem Ton.

»Von der Defloration abgesehen – nein.« Nina schilderte, was sich bei der Schulabschlußfeier zugetragen hatte, und sie erzählte auch ganz selbstverständlich von der Armut und der Enge, in der sie aufgewachsen war.

»Der Spruch *Einmal ist keinmal* gilt nicht, wenn es um Sex geht«, erklärte der Gastgeber. »Aber morgen wirst du wieder so intakt sein, daß du dich – wie albern das doch klingt – als unberührt bezeichnen darfst. Du kannst schon am Abend nach Hause gehen, die kleine Naht ist in fünf bis sechs Tagen abgeheilt.«

»Und was wird das kosten?« fragte Nina, wobei sie an ihr schmales Budget dachte.

Ein kurzes Lächeln huschte über das Gesicht des Arztes. »Noch hast du kein Vermögen. Wenn du in Deutschland zu

Geld gekommen bist, überweist du mir 8000 Mark – ohne Kommentar.«

»Aber ...«

»Eine Rechnung gibt es darüber nicht, auch keine Unterschrift auf einem Schuldschein. Du zahlst in der Praxis nur für das Attest. Das rechnet eine meiner Helferinnen ab. Alles andere ist Vertrauenssache. Mich hat selten eine dankbare Patientin enttäuscht. – Jetzt aber Schluß mit dem Gerede über Geld! Heute solltest du die Freiheit genießen, die dir dein Ausrutscher verschafft hat. Darauf trinken wir – und auf deine Zukunft.«

Sie stießen an, daß die Gläser leise klirrten. Doktor Dimitroff stellte sein Glas ab und zog Nina zu sich heran. Fordernd ließ er seine Hände über ihren Rücken gleiten, während seine Zunge ihren Hals liebkoste. »Komm, du verwunschene Jungfrau – zieh dich aus.«

Überrascht stellte Nina fest, daß ihr Körper ihm mit aller Macht entgegendrängte. – Sie hatte in dieser Nacht ihren ersten Orgasmus.

2

Im Hotel Belgrad wartete Larissa auf einen Besucher. Er sollte Ware aus der Provinz anliefern, die beim nächsten Flug nach Deutschland transportiert werden mußte. Bei der Übergabe war besondere Vorsicht geboten, da die Aktion jenseits jeder Legalität stattfand. Die Ausfuhr echter Ikonen aus klösterlichem Besitz war streng verboten; außerdem war die Sache besonders pikant, weil die Stücke auch noch gestohlen waren.

Es klopfte an der Tür. Larissa öffnete einem jungen, gut gekleideten Mann mit dunklem Haar und gestutztem Bart, der eine Verbeugung andeutete. Die beiden wechselten einige belanglose Worte, bevor der Besucher einen kleinen Schalenkoffer auf den Tisch legte und den Deckel öffnete.

»Na, hat alles geklappt, Jasko?« fragte die Stewardeß.

»Ja, keinerlei Schwierigkeiten. – Die Dame mit dem Baby legt Wert darauf, schnellstens ins westliche Ausland zu reisen.«

Jasko nahm eine flache Platte hoch, die in einen bunten Schal gewickelt war. Fast liebevoll befreite er sie aus der Stoffhülle und hielt sie Larissa entgegen. »Ist sie nicht schön, unsere Maria mit dem Kind?« fragte er.

Es war eine ausdrucksvolle Arbeit, gemalt mit Mineralfarben auf Holz, besonders ansprechend durch die Naivität des Ausdrucks. Unter dem Firnis zeigten sich feine Risse.

»Garantiert fünfzehntes Jahrhundert – die ist ein Vermögen wert. Vier- bis fünftausend Dollar wären noch wenig«, schwärmte Jasko.

»Na, nun mal langsam! Nicht einen einzigen bekommst du dafür in Rußland – bestenfalls drei Jahre hinter Gittern. Ich zahle dir jetzt 1000! Wenn das Geschäft mehr einbringt, können wir über einen Nachschlag reden.«

»Was denn, mit 1000 Dollar willst du mich abspeisen?« fragte Jasko enttäuscht. »Dann werde ich mir andere Abnehmer suchen.«

»... die dich reinlegen oder in den Knast befördern. – Nun sei doch nicht gleich eingeschnappt. Ich verdoppele mein Angebot: 2 000 auf die Hand. Das ist mein letztes Wort!«

»In Ordnung. Aber vergiß den Nachschlag nicht, wenn dein Spezi in Deutschland das dicke Geld macht.«

Larissa ging an die Minibar, nahm zwei kleine Flaschen Hennessy heraus und füllte zwei Gläser. Dann holte sie aus dem hinteren Fach des Zimmersafes zwanzig 100-Dollar-Noten und drückte sie Jasko in die Hand.

»Echt?«

»Witzboldl Wir wollen uns doch als ehrliche Händler nicht freiwillig ein Falschgeldproblem an den Hals holen.« Sie hob ihr Glas. »Cheers!«

»Auf unsere Gesundheit«, dankte er und trank sein Glas in einem Zug leer. Dann steckte er das Geld in eine Tasche am unteren Jackensaum, warf den Schal in den Koffer und verschwand, ohne sich zu verabschieden.

Während Larissa das Kunstwerk mit steigendem Vergnügen betrachtete, läutete das Telefon. Ohne den Blick von ihrer Erwerbung zu lassen, nahm sie den Hörer ab. »Ja?«

»Hallo!« sagte eine bekannte Stimme. »Ich bin seit zwei Stunden aus Berlin zurück. Kann ich noch kommen?« Larissa zögerte. Sie wollte jetzt kein Treffen mit Arne Wilberg, ihrem deutschen Legationsrat. Für eine Nacht mit ihm brauchte sie viel Zeit und die richtige Stimmung – beides hatte sie heute nicht.

»Mein Herz, sei nicht traurig, aber heute geht es nicht mehr. Ich bin gerade erst gekommen und habe morgen ein sehr frühes Briefing in Scheremetjewo. Aber übermorgen habe ich den Turn nach Petersburg abgerissen. Dann bin ich ein paar Tage für dich frei.«

»Aber du hast ...«

»Noch schnell eine Neuigkeit, die dich entzücken wird«, unterbrach sie ihn, bevor er seiner Enttäuschung Ausdruck verleihen konnte. »Ich fliege ab nächster Woche für eine längere Zeit regelmäßig die Strecke Moskau–Berlin.«

Seine Stimmung hob sich sofort. »Das ist einfach toll! Da werden wir ja öfter im Himmel – hoffentlich im siebten – zusammen sein. Ich bin in den nächsten Monaten so etwas wie ein Sonderkurier zwischen den beiden Hauptstädten – mit gelegentlichen Ausflügen nach Genf. Wir verhandeln mit eurer Regierung über ein Wirtschaftsabkommen, und mein Land möchte nicht alles über die Telefonleitungen oder den Satelliten laufen lassen. Auch wenn wir glauben, daß die Verschlüsselung funktioniert – manches geht im persönlichen Gespräch eben besser.«

»Mußt du nicht mit einer deutschen Linie fliegen?«

»Im Prinzip schon. Aber es wird sich machen lassen, daß ich zu dir in den Flieger steige, wie damals auch.«

»Alles klar, alles wunderbar. Wir sehen uns dann übermorgen, *same time, same place*. Ich warne dich – du wirst dich an meiner Liebe verbrennen.«

Arne Wilberg lachte. »Dafür muß ich erst die Kerze mitbringen. Adios!«

Er hatte beide juristische Examen mit Prädikat bestanden und auch bei den Prüfungen für den Auswärtigen Dienst glänzend abgeschnitten. Ebenso problemlos war die Übernahme erfolgt. Es war daher nicht verwunderlich, daß Arne Wilberg bei seinen Auslandsstationen immer wieder für besondere Aufgaben eingesetzt wurde. Obwohl ihm Beförderungen nicht allzuviel bedeuteten, hatte er doch während eines kurzfristigen Aufenthalts in Berlin die Ernennungsurkunde zum Legationsrat Erster Klasse mit Dank und einem gewissen Stolz entgegengenommen. Die ihm von neidischen Kollegen nachgesagten Frauengeschichten hatten sich in der Zentrale bisher nicht karrierehemmend ausgewirkt. Schließlich war er stets bemüht gewesen, seine diversen Partnerschaften so zu gestalten, daß sie dem Ansehen des Auswärtigen Dienstes nicht schadeten.

Bei aller Qualität seiner Leistungen war Arne Wilberg kein Büromensch, eher ein sportlicher Typ. In seiner Personalakte war er folgendermaßen charakterisiert: »Mittelgroß, dunkelblond, braune Augen, ansprechendes ovales Gesicht, spielt Tennis und Golf, vorzügliche Umgangsformen, gute Sprachkenntnisse in Englisch, Spanisch und Russisch. Einsetzbar in allen Staaten der Welt, vorrangig in Ländern des russischen Sprachraums.«

Sein Aussehen, seine Ausstrahlung und seine Sprachbegabung ermöglichten ihm, schnell Kontakt zu Menschen fremder Kulturkreise zu knüpfen. Moskau war seine dritte Auslandsstation. Bei einem Flug nach St. Petersburg, wo er sich die Kunstschätze der Eremitage angesehen hatte, war er wieder einmal an eine faszinierende Frau geraten. Die Stewardeß Larissa Ulinoff hatte sich äußerst aufmerksam um ihn gekümmert, so daß er ihr auch privat näherkommen wollte. Das war inzwischen sehr intensiv geschehen. So intensiv, daß er sich so schnell wie möglich von seiner zweiten Frau scheiden lassen wollte.

Romana, die ihn seinerzeit mit ihrer herben Schönheit für sich eingenommen hatte, stammte aus Chile. Seit ihrem gemeinsamen Umzug nach Berlin war ihr Verhältnis merklich abgekühlt – vor allem weil Romana ihren Lebensinhalt darin sah, »gefallenen Mädchen« – nicht nur aus ihrer Heimat – Schutz und Hilfe zu gewähren. Das ging so weit, daß die Wohnung in Lichterfelde wie ein Obdachlosenheim frequentiert wurde, und immer neue Gesichter auftauchten. Von seiner Dienststelle am Werderschen Markt hatte es diskrete Andeutungen gegeben, daß dieser Zustand nicht ganz angemessen sei. Sein Versuch, mit Romana darüber zu sprechen, war kläglich gescheitert; sie betrieb ihr Engagement inzwischen so verbissen, daß ihre Ehe jeden Inhalt verloren hatte. Bis jetzt hatten sie wenigstens nach außen hin den Schein einer intakten Verbindung gewahrt. Mit seiner Versetzung nach Moskau kam dann das endgültige Aus, denn Romana lehnte es strikt ab, nach Rußland umzuziehen. Für sie wäre nur ein Wechsel nach Südamerika in Frage gekommen. Trotz aller Spannungen war für sie eine Scheidung indiskutabel. Sie hatte Arne klar und deutlich erklärt, daß die Ehe ein Sakrament und in ihrem

Glauben unauflöslich sei. Sie habe ihn ja auch nur heiraten können, weil er seine Frau durch einen Unfall in den Anden verloren hatte, die erste Ehe also *durch den Tod geschieden* war, wie es im Ehegelübde hieß.

Der Einsatz als Kurier würde es unvermeidlich machen, hin und wieder die Wohnung in der Goerzallee zu betreten. Aber seine Übernachtungen sollten künftig in Hotels stattfinden. Eine nachgewiesene Trennung war Voraussetzung, daß Romanas fehlende Zustimmung zur Scheidung nach drei Jahren unbeachtlich wurde. Dann galt die Ehe als zerrüttet und konnte auch ohne ihr Einverständnis geschieden werden. Angenehm war dieser Zustand nicht, aber für die Verbindung mit Larissa würde er alles tun, um frei zu kommen.

Jetzt fieberte er dem Übermorgen entgegen. Dann würde er Larissa klarmachen, wie sehr er sie liebte, wie sehr er sie brauchte und wann eine Scheidung möglich war. Er wußte, daß sie voller Leidenschaft von ihm das Unmögliche fordern würde, um nicht drei Jahre als seine Konkubine leben zu müssen.

Die letzten Flüge nach St. Petersburg hatte sie mit der Routine abgewickelt, die sich auf der Kurzstrecke schnell einstellt. Die anderen Stewardessen wußten, daß ihre Purserette ab der nächsten Woche Moskau–Berlin fliegen würde, und beneideten sie glühend darum. Die innerrussischen Flüge bedeuteten viel Arbeit und kaum Extras. Auch der schlanker gewordene Rubel ließ sich mit den Hartwährungen wie Dollar oder D-Mark nicht vergleichen. Und die Chance, einen wohlhabenden Fluggast für mehr als eine Nacht aufzureißen, war auf den Inlandsstrecken äußerst gering.

Larissa Ulinoff dachte mit Schaudern daran, daß sie im Hotel Belgrad von Reisegruppen, die dort abstiegen, erkannt werden könnte. Alleinstehende Männer versuchten immer wieder, ihr auf den Pelz zu rücken. Von manchen kam unverhohlen das Angebot für eine Nacht auf dem *second pillow*. So ein zweites Kissen, auch mit einer netten Dame garniert, war für ein saftiges Trinkgeld jederzeit zu haben.

Das Personal von Cockpit und Kabine traf sich im nahe gelegenen Hotel Goldener Ring, einem Haus mit über 800 Zimmern, zu einem Privatbriefing. Larissa sollte »abgefeiert« werden. Sie mußte also ihren Pflichtauftritt absolvieren, obwohl sie in Gedanken schon bei ihrem Legationsrat war, der sicherlich sehnsüchtig auf sie wartete. Insbesondere die Kolleginnen hätten es übelgenommen, wenn sie ihnen die Gelegenheit zu manch innigem Kontakt kaputtgemacht hätte. Der steuerfrei erworbene Stoff – Cognac, Whisky, Grand Marnier und Champagner – sorgte schnell für den richtigen Höhenflug. Hymen-intactus-Probleme gab es hier nicht. Larissa mußte eine aufkommende Grippe vortäuschen, um den Co-Piloten Bolgarin auf Distanz zu halten. »Trink, mein Schätzchen! Das desinfiziert und macht schnell gesund«, ermunterte er sie. Offensichtlich gehörte intensives Begrabschen auch zu seiner Therapie. Larissa entzog sich seinen Bemühungen und überließ das Feld ihrer Vertreterin, die noch nie Schwierigkeiten gehabt hatte, dem fliegenden Personal irdische Freuden zu verschaffen. Sie verschwand gerade rechtzeitig, bevor die Party zu einer Orgie wurde, an die sich am anderen Tag manch einer mit gemischten Gefühlen erinnert hätte, wenn er nach dem Quantum an Hochgenüssen dazu noch in der Lage gewesen wäre.

Kaum eine halbe Stunde später fiel sie herrlich angetörnt ihrem deutschen Diplomaten in die Arme. Ihr Schwips und sein Begehren ließen die Nacht zu einem Erlebnis werden, das Arne Wilberg endgültig an diese Frau kettete. Das geöffnete Fenster ließ die laue russische Nacht herein: gedämpfte Geräusche der Großstadt, einen Sternenhimmel, wie er klarer nicht sein konnte, und die abklingende Wärme eines sonnigen Tages. Leise Musik aus der Stereoanlage gegenüber dem großen Bett schuf eine Atmosphäre der Zweisamkeit, die alles andere ausschloß.

Noch nie hatte sie sich ihm so hingegeben, noch nie – so glaubte er – war sie ihm so verfallen. Ihre Lustlaute feuerten ihn an, und viel zu schnell kam sein Aufbäumen. Es war, als suche sie nach etwas, das nur aus einer anderen Welt kommen konnte. Plötzlich warf sie sich zur Seite und holte zitternd Luft. Wie ein Schuß drang die Frage in sein Bewußtsein: »Wann heiratest du mich?«

Arne war verwirrt. Alles hatte er erwartet – nur diese Worte nicht. »Mein Gott, warum das jetzt?« stöhnte er.

»Weil genau das die zentrale Frage ist«, antwortete sie gelassen. Als sie merkte, wie sehr ihre Worte ihn verletzt hatten, zog sie ihn wieder an sich. »Ich kann mich erst dann ganz fallen lassen, wenn wir diese Schranke überwunden haben. Dann wirst du fühlen, was Glück ist!«

»Aber das spüren wir doch jetzt auch schon«, flüsterte Arne und legte seine Hand auf ihre Brust. Sie schüttelte den Kopf und schob sie zurück. »Wann wirst du geschieden?«

Er war noch immer verwirrt. »Du weißt doch, das braucht seine Zeit.«

»Zeit!« sagte sie ungeduldig. »Zeit ist ein sehr kostbares Gut, wenn man täglich am Himmel hängt und nie weiß, wie man runterkommt, und man sollte sie nicht verschleudern. Ich kann und will nicht ewig warten!«

»Ewig ist Unsinn«, knurrte er. »Die deutschen Gesetze kann ich nicht ändern. Ein Jahr getrennt leben genügt, wenn Romana zustimmt. Und fast ein halbes Jahr lebe ich schon von ihr getrennt.«

Larissa legte kurz seine Hand auf ihr Herz. »Du weißt, das schlägt für dich«, schmeichelte sie. – »Hast du sie soweit?«

Arne suchte nach einer unverfänglichen Antwort, konnte

aber schließlich nur die Wahrheit sagen: »Noch nicht, sie weigert sich strikt. Für sie ist die Ehe unauflösbar. Du weißt – die Religion ...«

»Religion ist Opium für das Volk. Das habe ich in der Schule gehört. Für unsere Liebe ist sie Gift! – Und was passiert, wenn sie bei der Weigerung bleibt?«

»Dann dauert es eben etwas länger.«

Larissas Stimme wurde gutturaler, fordernder. »Wie lange?«

So beiläufig wie möglich antwortete Arne: »Nach drei Jahren Getrenntleben brauche ich ihre Zustimmung nicht mehr.«

Larissa richtete sich steil auf und saß einen Augenblick wie erstarrt. Dann schluchzte sie: »Das ist der Tod unserer Liebe – das halte ich nicht aus. In dem Fall trennen wir uns besser gleich.«

»Red' keinen Unsinn! Du hast zuviel getrunken; du brauchst Schlaf«, versuchte er sie zu beruhigen. »Eine Trennung? Das kommt gar nicht in Frage! Wir sind doch füreinander bestimmt!«

Larissas Stimmung schlug um. Fast nüchtern stellte sie fest: »Ein halbes Jahr noch – mehr darf es nicht sein. Und jetzt will ich schlafen.« Sie drehte ihm den Rücken zu und zog die Beine an wie ein Kind. Nur Minuten später gingen ihre Atemzüge ruhig und gleichmäßig.

Arne Wilberg stand leise auf, zog sich an und verließ den Raum. Er mußte nachdenken. – So durften ihre Moskauer Nächte künftig nicht enden.

3

Die Strecke Moskau–Berlin war nicht neu für Larissa Ulinoff. Vor wenigen Jahren, nach einem dreimonatigen Sprachkurs für Deutsch, das sie inzwischen recht gut beherrschte, hatte sie als Stewardeß die Vorzüge des westlichen Auslands besonders schätzen gelernt. Aus dieser Zeit in Berlin stammte auch ihre Liaison mit dem windigen Geschäftsmann Maik Haschem. Sex spielte dabei nicht die Hauptrolle; Larissa hatte sich als Verbindungsfrau zu Haschems Lieferanten für russische Antiquitäten, vor allem aus Kirchen und Klöstern, schnell unentbehrlich gemacht. Mit zwanzig Prozent war sie am Umsatz beteiligt. Dabei war ihr bewußt, daß Haschem sie nach Strich und Faden hinterging. Aber damit konnte sie leben, gab es doch genügend Möglichkeiten, den entgangenen »Gewinn« wieder reinzuholen. Später war dann das Geschäft mit den jungen Frauen hinzugekommen, die durch die Internationale Partnervermittlung »Glück in der Ferne« ihren Markt fanden.

Larissas Einsatz als Purserette bei Inlandsflügen in Rußland hatte den regelmäßigen Kontakt für eine Weile unterbrochen. So wußte Maik Haschem zu schätzen, daß sie jetzt wieder zur Verfügung stand, zumal ihre Zusammenarbeit in jeder Hinsicht sehr angenehm gewesen war. Er freute sich auf das Wiedersehen. Schon für Mittwoch durfte er von ihr die »Dame mit dem Baby« erwarten, und für die nächste Woche stand eine Sonderlieferung Frischfleisch mit Qualitätszeugnis bevor.

Noch jemand sah dieser Lieferung mit größter Spannung entgegen. Der Großhändler Norman Mulka, ein gut vierzigjähriger Brocken von Mann, mit tiefem, dunklen Haaransatz, hatte in seinem Haus in Potsdam über einen Monat auf den Genuß einer Virgo intacta verzichten müssen. Fast täglich hatte er Maik Haschem telefonisch bedrängt, endlich seinen Versprechungen auch Taten folgen zu lassen. Für 30.000 Mark durfte er wohl mit einer schnellen und qualitativ hochwertigen Lieferung rechnen. Er hoffte, daß es diesmal keine Schwierigkeiten mit der Frau geben würde. Vor allem mußte sie auch für einen späteren Weiterverkauf geeignet sein. Mit Zuckerbrot und Peitsche hatte er es bisher fast immer geschafft, für die Abnehmer am Persischen Golf die richtigen Damen zu liefern. Junge Frauen und schwere Waffen – darauf beruhte sein Geschäft. Drogen spielten nur insoweit eine Rolle, als sie geeignet waren, seinem Deflorationstrieb einen zusätzlichen Kick zu geben. Immer noch war es Kokain, nicht Crack oder gar Heroin, mit dem die Mädchen am besten auf Touren kamen. Handel betrieb er mit dem Stoff nicht. Er war nur ein Abnehmer, der gut zahlte.

Die erste Begegnung nach längerer Pause zwischen Maik Haschem und Larissa Ulinoff war nur kurz. Am Mittwoch erwartete er sie wie verabredet auf dem Flughafen Berlin-Schönefeld in der Nähe der Tourist-Information. In dem Gewusel von Reisenden, die am Schalter drängelten oder aufgeregt hin und herliefen, war ein unauffälliger Kontakt am ehesten möglich. Der Koffertausch würde nicht auffallen.

Die *Tupolev* war fast pünktlich gelandet. Knapp zwanzig Minuten später sah er Larissa in der Menge auftauchen, eine immer schöner werdende Frau, die in der Stewardeßkleidung alle Blicke auf sich zog. Die Begrüßung war nicht mehr als ein flüchtiges »Hallo!« Larissa stellte den kleinen schwarzen Koffer ab und sah Maik mit einem kurzen Augenzwinkern an. Sie wechselten ein paar Worte wie Zufallsbekannte, dann murmelte sie einen Gruß, nahm den Koffer auf und verschwand in Richtung Ausgang. Auch Maik Haschem griff zum Koffer, holte sich am Kiosk die *Berliner Zeitung* und ging zu einem der Sitze in der Halle. Den Koffer stellte er zwischen seine Füße. Gewohnheitsmäßig beobachtete er beim Lesen die Umgebung. Nichts deutete darauf hin, daß sich jemand für ihn interessierte. – Und sollte die Staatsgewalt ein Auge in Larissas Koffer werfen, so würde es nichts anderes zu sehen geben als die Reiseutensilien einer Frau – nichts sonst, noch nicht mal ein Geschenk aus fernen Landen.

Larissa hatte sich noch einmal mit ihrem Legationsrat im *Salon d'Amour* getroffen; aber auch diese Nacht endete wie die zuvor. Wieder große Gefühle bei ihm, dosierte Zuwendung und kühle Überlegungen bei ihr. Vor allem wollte sie wissen, ob ein Kurierflug für Donnerstag zu erwarten war. An diesem Tag wollte sie Arne auf keinen Fall im Flugzeug haben, damit sie all ihre Aufmerksamkeit ihrem Schützling Nina Vitrenko widmen konnte. Der Zufall wollte es, daß der Herr Legationsrat während dieser Woche in seiner Botschaft an der Mosfilmowskaja voll eingespannt war. Larissa atmete auf. Es gab in ihrem Leben ein paar Dinge, von denen Arne besser nichts wußte.

Nina Vitrenko hatte ihre Reisevorbereitungen schnell getroffen. Der Job bei der Messegesellschaft wurde im Freundeskreis heftig diskutiert und bewundert. Die Mutter freute sich für Nina, fühlte aber gleichzeitig eine Traurigkeit, die sie nicht abschütteln konnte. Da das Geld knapp war, bedurfte es keiner langen Überredungskünste, sie von einer Begleitung zum Flughafen abzuhalten. Von der Behandlung bei Dr. Dimitroff hatte niemand etwas bemerkt. Wie er vorausgesagt hatte, war die Wunde komplikationslos verheilt. Das einzige, was an die Operation erinnerte, war ein ungewohntes Engegefühl – aber das mußte wohl so sein.

Ein Besuchervisum für drei Monate hatte das deutsche

Konsulat gegen Vorlage des Reisepasses ohne Probleme erteilt. So war alles geregelt.

Am Donnerstag holte Nina eine Stunde vor dem Start ihr Ticket am Aeroflotschalter ab. Wenig später begann das Einchecken. Wie die Stewardeß ihr nahegelegt hatte, bestand ihr ganzes Gepäck aus einem kleinen Koffer, den sie mit an Bord nehmen konnte. Mit einem freundlichen Gruß wurde sie zu ihrem Platz gewiesen; aufatmend setzte sie sich und lehnte den Kopf zurück.

Larissa Ulinoff hatte in der Tat kaum Zeit, sich während des Fluges um ihren Schützling zu kümmern. Das Flugzeug war voll besetzt, und alle Hände, auch die der Purserette, wurden zur Bedienung der Passagiere gebraucht. Sie kam nur einmal vorbei und ließ sich den Reisepaß und das Attest geben.

Kräftige Turbulenzen machten den Flug ziemlich unruhig, und eine dicke Wolkensuppe über Osteuropa verhinderte jede Bodensicht. Nina vertiefte sich in einen Sprachführer für Deutsch und wiederholte leise die gängigsten Redewendungen. Vor Berlin riß die Wolkendecke auf. Die Landung verlief glatt.

Als die Passagiere zu den Ausstiegen drängten, fand Larissa Zeit, einige Worte mit Nina zu wechseln: »Na, alles klar? Ist das Märchen von der Messegeschichte angekommen?«

»Ja, niemand ahnt, daß ich in Deutschland bin.«

»Prima! – Bis gleich an der Tourist-Information. Es kann eine Weile dauern, bis ich auftauche – ich weiß nicht, wie schnell ich von der Crew freikomme. Dort treffen wir auch Maik Haschem, meinen Verbindungsmann, der die finanziellen Angelegenheiten regelt und sich um alles Weitere kümmert. Mit ihm fahren Sie dann nach Potsdam zur Villa des Unternehmers, die Ihr neues Zuhause sein wird.«

Nina lächelte etwas beklommen und machte sich auf die Suche nach dem angegebenen Treffpunkt. Dort stellte sie ihren

Koffer ab, zog die Schlaufe eines Lederriemens durch den Griff und wickelte sie fest um ihr Handgelenk. Das war ihre Art, sich gegen Diebe zu schützen.

Ein paar Meter entfernt saß Maik Haschem mit der *Berliner Zeitung* in der Hand in Warteposition. Schon nach wenigen Minuten war er sicher, daß nur die junge Frau beim Informationsschalter die erwartete Virgo intacta sein konnte. Sie trug ein einfaches Sommerkleid mit breitem Gürtel und hatte sich eine Jacke übergeworfen, die zwar neu aussah, aber nicht gerade den jüngsten Modevorstellungen entsprach. Das Reisegepäck war so spärlich, wie er erwartet hatte. Hier mußten noch einige Scheine investiert werden, um aus dem grauen Entlein einen stolzen Schwan zu machen. Das würde Evelyn, Mulkas Haushälterin und Gelegenheitsgespielin, in die Hand nehmen.

Die wohlproportionierte Figur der Wartenden, das aparte Gesicht mit den hohen Wangenknochen, dazu blaugrüne Augen und blonde Haare mit einem leicht rötlichen Schimmer – das war Kapital, mit dem gewuchert werden konnte. Der Preis von 30.000 Mark schien gerechtfertigt.

Als die Stewardeß auftauchte und auf Nina zuging, stand Maik Haschem schon an ihrer Seite. Larissa machte die beiden kurz miteinander bekannt, dann reichte sie ihrem bisherigen Schützling die Hand und sagte entschuldigend: »Ich muß schnell zurück zur Crew. – Viel Glück, Nina, wir hören ja später wieder voneinander.« Sie wandte sich Haschem zu. »Seien Sie ganz besonders nett zu der Dame aus Moskau. Hier ist die Mappe: Reisepaß und Visum, die besondere Bescheinigung und die Auflistung der bisher entstandenen Unkosten – alles ist drin. Also dann, bye-bye!«

Maik Haschem nahm Ninas Koffer auf und ging mit ihr zum Parkplatz, wo er seine Nobelkarosse, einen dunkelblauen Mercedes 300 mit hellen Ledersitzen, abgestellt hatte. Nina machte große Augen und blieb bewundernd vor dem Prachtstück stehen. Mit übertriebener Verbeugung öffnete Maik die Tür und ließ seinen Fahrgast im Fond Platz nehmen. Nachdem er sich ans Steuer gesetzt und den Motor gestartet hatte, sagte er: »Wir fahren jetzt nach Potsdam-Babelsberg zu Norman Mulka. Er ist ein reicher Geschäftsmann und nicht verheiratet. Außer ihm gibt es dort eine Haushälterin, die den ganzen Laden schmeißt, und mit der Sie sich, wenn Sie meinem Rat folgen, gut stellen sollten. Sie werden sehen, die Villa am Griebnitz-See ist ein Traumhaus. Herr Mulka ist gesellschaftlich und sexuell sehr anspruchsvoll. Aber Sie sind ja geschickt, und wenn Sie sich richtig verhalten, wird er Sie heiraten.«

Nina fühlte sich überrumpelt, fand aber nicht gleich die passenden Worte, um richtigzustellen, daß es ihr nicht um Sex oder gar Eheschließung ging, sondern um einen Job. Sie schwieg bedrückt, während Maik Haschem auf der B 96 an der Peripherie von Berlin entlangfuhr und bei Teltow auf einem Parkplatz anhielt.

»So, wir müssen noch ein paar Formalitäten regeln«, sagte er und setzte sich zu ihr auf den Rücksitz. Aus einer Ledermappe nahm er einige vorbereitete Papiere und blätterte sie schnell durch. »Der Vertragstext ist kurz und knapp. Sie sind einverstanden, daß ich Sie gleich Herrn Mulka überlasse, der danach für Sie zuständig ist. Er zahlt auch die Vermittlungsgebühr – damit haben Sie also nichts zu tun.«

Nina schluckte. Ihr wurde mulmig. »Was für eine Gebühr?« fragte sie mit belegter Stimme.

»Für die Heiratsvermittlung!« Maik Haschem deutete mit dem Zeigefinger auf die Kopfzeile des Vordrucks. »Glück in der Ferne – Internationale Partnervermittlung« konnte Nina lesen. »Bitte hier unterschreiben!«

Sie hob abwehrend die Hände. »Das will ich nicht.«

Haschem wurde ganz ölige Wohltat. »Wirf dein Lebensglück nicht einfach weg, Mädchen. Du gehst doch kein Risiko ein. Wenn nichts aus der Sache wird, finden wir etwas anderes. In jedem Fall zahlt der Kunde – du kannst also nichts verlieren. So ein Abenteuer erlebt eine Frau nicht alle Tage. Also unterschreib schon!« Er schaffte es, Nina ein zaghaftes Lächeln zu entlocken. »Na gut, warum nicht.« Sie nahm den bereitgehaltenen Kugelschreiber und unterschrieb.

»So, das wäre erledigt.« Kaum war der Vertrag in der Ledermappe verschwunden, als er auch schon ein anderes Papier in der Hand hielt. »Und nun noch die Unterschrift auf dem Schuldschein für Flugkosten, Ausstattung und Betreuung. Alles in allem 10.000 Mark, rückzahlbar in einem Jahr.«

Die Höhe der Summe überraschte Nina. »Das ist viel!« sagte sie spontan, wobei sie auch an ihre Schulden bei Doktor Dimitroff dachte.

Maik Haschem war nun nicht mehr so freundlich wie zu Beginn des Gesprächs. »Nein, das ist wenig!« blaffte er sie an. »Du wirst bei Norman Mulka viel Geld bekommen, der Mann ist mehrfacher Millionär. – Also hab dich nicht so und schreib deinen Namen hier hin.«

Nina sah keinen Ausweg. Sie unterschrieb auch dieses Papier.

»Na siehst du, es geht doch. Damit ist alles klar, und dem großen Glück steht nichts mehr im Wege.« Er setzte sich wieder ans Steuer und ließ den Wagen anrollen. Eine halbe Stunde später hielt er vor der Villa am Griebnitzsee. Eine junge, aber etwas verhärmt wirkende Frau nahm sie in Empfang.

»Ich bin Evelyn. – Sie kommen mit mir!« sagte sie zu Nina. »Und Sie, Herr Haschem, gehen wie immer direkt zum Chef.«

»Was für ein teures und schönes Haus«, sagte Nina beeindruckt. »Hier müssen die Menschen doch glücklich sein.«

Evelyn antwortete nicht. Sie wußte nur zu gut, was das junge Ding vom Hausherrn erwarten durfte.

Dieser Mann hatte, als die Würfel für Berlin gefallen waren, sofort seine Zelte in Bonn abgebrochen, das Haus am Rheinufer mit Gewinn verkauft und sein Domizil nach Potsdam verlegt. Hier hatte er schon mit den abziehenden Truppen der Sowjetischen Westarmee glänzende Geschäfte gemacht. Durch die Auflösung der DDR-Streitkräfte war ihm ein Potential zugewachsen, das hohe Gewinne abwarf. Länder im Vorderen Orient und in Afrika waren scharf darauf gewesen, das vorzüglich gepflegte Gerät weit unter Weltmarktpreisen einzukaufen. Die Provisionen steckten auf Devisenkonten in Liechtenstein und auf den Bahamas. Die Luxusvilla in Babelsberg hatte er mit einer einzigen Partie Landminen bezahlt, die offiziell zur Vernichtung ausgeführt worden waren.

Dem scharf kalkulierenden Geschäftsmann war sehr wohl bewußt, daß ihn sein Faible für intakte Frauen jährlich mehr als 100.000 Mark kostete. Aber der Weiterverkauf an seine Freunde am Golf machte alles wieder wett. Die Waffengeschäfte wurden zwar immer schwieriger, aber der Handel mit Frauen aus dem ehemaligen Sowjetblock klappte zunehmend besser. Diese Umschichtung der Geschäfte bedeutete für Norman Mulka Lustgewinn auf der ganzen Linie.

Im Salon mit der getäfelten Decke, in dem eine mit vielen Kissen bestückte dunkelrote Couch raumbeherrschend war, begrüßte er seinen Besucher. Ohne ihm die Hand zu geben, wies er auf den Sessel vor dem Kamin und setzte sich ihm gegenüber. »Ich habe das Mädchen bei der Ankunft gesehen; scheint ganz annehmbar zu sein. Wo sind die Papiere?«

Maik Haschem griff in die Ledermappe und legte Reisepaß und Attest auf den Kamintisch, in dessen Platte Delfter Kacheln eingelassen waren. »Hier bitte! Alles komplett und in Ordnung.«

Norman Mulka blätterte den Reisepaß durch und sah sich das Touristenvisum an. »Hm, drei Monate – das wird reichen.« Das Attest von Dr. Dimitroff prüfte er besonders gründlich.

»Scheint in Ordnung zu sein.« Dann stand er auf, ging in den hinteren Teil des Raumes, nahm ein Päckchen Banknoten aus dem Wandsafe und schloß die Dokumente ein. »Wie üblich 20.000 vorab, den Rest gibt's, wenn der Export geklappt hat.«

Maik Haschem war aufgestanden. Er wußte von früheren Besuchen, daß diese Zahlungsweise zum Geschäft gehörte und daß mit der Übergabe des Geldes die Audienz beendet war. Ohne nachzuzählen, steckte er das Geldbündel ein und nickte seinem Gegenüber kurz zu. »Viel Spaß und noch mehr Erfolg! Ich stehe mit dem ›Glück in der Ferne‹ gern wieder zur Verfügung.« – Schon hatte sich die Tür hinter ihm geschlossen.

Norman Mulka griff zur Karaffe und goß sich einen Whisky ein. Gierig nahm er einen großen Schluck und genoß die wohlige Wärme, die sich in seinem Inneren ausbreitete. Er verpürte ein drängendes Ziehen in den Lenden und sehnte voller Ungeduld die Nacht herbei.

Mit unruhigen Händen schob er die neue Pornocassette in den Videorecorder und delektierte sich an dem gespielten Versuch einer Jungfrau, ihre Unschuld zu verteidigen. Sie hatte einen prächtigen Körper, den sie gekonnt in Szene setzte. Mulka stöhnte verhalten und leerte in einem Zug sein Glas. Später würde er die Möglichkeit eines Vergleichs mit seiner Neuerwerbung haben. Er hoffte, daß sich die teure Investition gelohnt hatte.

Evelyns kleine, aber modern eingerichtete Zweizimmerwohnung mit Küche und Bad lag im Seitenflügel des großen Hauses. Ungehindert ging der Blick über den leicht abfallenden Garten zum See, der auf der anderen Seite durch Bäume und Büsche scharf abgegrenzt war.

»Mach dich erst einmal von der Reise frisch«, sagte sie zu Nina Vitrenko. »Der Chef wird dich abends mit dem vertraut machen, was er von dir erwartet. Dein Zimmer zeige ich dir später. Es liegt im Haupthaus gleich neben dem Salon. Die Verbindungstür darfst du nur öffnen, wenn er dich über die Sprechanlage ruft. Aber dann geh sofort, sonst bekommst du Ärger. Wenn er im Lande ist, erwartet er Präsenz rund um die Uhr und absoluten Gehorsam«, schloß sie ihre Lektion. Nach einer kurzen Pause fuhr sie leise fort: »Ich könnte ein Lied davon singen; aber ich darf es nicht und werde mich folglich hüten, auf irgendwelche Fragen, die ihn betreffen, zu antworten. – Stehst du auf Pornofilme?«

»Nein«, sagte Nina erstaunt. »Ich habe noch nie einen gesehen.«

»Dann laß dich heute abend überraschen. Ab 10 Uhr mußt du in deinem Zimmer bereit sein. Ich stelle einen kleinen Imbiß im Salon auf den Kamintisch. Der Chef hat zwei Leidenschaften. Eine davon ist gutes Essen.«

»Und die andere?«

Nina konnte den Blick nicht deuten, den Evelyn ihr zuwarf, als sie antwortete: »Na ja – ein exquisites Dessert.«

4

Das große Abenteuer in Deutschland lief nicht so an, wie Nina Vitrenko es sich erhofft hatte. Schon nach den ersten Eindrücken von den Menschen, mit denen sie zu tun hatte, wäre sie am liebsten sofort wieder abgereist. Aber sie war fremd hier, und ihren Paß hatte der zukünftige Chef. Auf ihr lastete nicht nur ein Berg von Schulden – sie hatte noch nicht einmal genügend Geld, ein Taxi zu bezahlen. Maßlos enttäuscht war sie von der Stewardeß, die sie mit falschen Versprechungen hergelotst hatte; aber genauso groß war der Ärger über sich selbst. Wie hatte sie so dumm sein können, aus Moskau zu verschwinden, ohne jemandem ihr wahres Reiseziel zu nennen. Noch blieb ein Fünkchen Hoffnung, daß der Chef kein Unhold war. Aber wie oft war der Weg ins Verderben die Folge von falscher Hoffnung und Illusionen.

Evelyn gab sich Mühe, Ninas aufkommende Verzweiflung zu lindern. Sie ging mit ihr in den Garten, dessen Größe durch eine strenge Symmetrie der Bepflanzung noch betont wurde. Die hohe Mauer drumherum vermittelte jedoch den Eindruck eines Gefängnishofs.

»Dort, ein paar hundert Meter weiter, ist die Hochschule für Film und Fernsehen«, erläuterte Evelyn mit einer vagen Handbewegung. »Hier, in diesem Viertel von Babelsberg, haben nach dem Krieg die Großen der Siegermächte gewohnt, als in Schloß Cecilienhof über die Zukunft Deutschlands verhandelt wurde. Euer Stalin war hier, Truman aus Amerika und der Engländer Churchill.«

Nina hob die Schultern. »Davon weiß ich nur wenig. Mein Großvater war damals als Soldat in Berlin. Inzwischen ist ein halbes Jahrhundert vergangen, und die Welt hat sich verändert. Außerdem habe ich ganz andere Sorgen.«

»Du hast recht«, versuchte Evelyn abzulenken. »Nicht weit entfernt liegen auch die Filmateliers der früheren Ufa, dann DEFA und heute wieder andere. Die Häuser hier in der Umgebung gehörten weitgehend Filmstars, Produzenten und Regisseuren. Unser Chef hat dieses Anwesen von einem Emigranten gekauft, der nicht nach Deutschland zurückkommen wollte.«

»Ich wünschte, ich wäre ein Filmstar mit viel Geld. Dabei bin ich nur eine dumme Gans und bettelarm«, beschrieb Nina ihre augenblickliche Verfassung.

Evelyn nahm sie bei der Hand. »Fang ja nicht an zu flennen! Heulende Weiber kann der Chef auf den Tod nicht ausstehen. – Ich bringe dich jetzt auf dein Zimmer. Du hast noch etwas Zeit zum Ausruhen, bevor du dich für den großen Moment fertigmachst. Aber mach nicht auf Vamp, gib dich eher wie ein folgsames, liebes Wesen, das sich dem Manne unterwirft.«

»Du meinst, er will gleich nach dem Essen mit mir ...?« fragte Nina ängstlich.

Evelyn nickte. »Dafür hat dich der Häscher, wie wir Haschem nennen, doch hergebracht. Nur Jungfrauen dürfen mit dem Chef speisen. Hoffentlich stimmt alles bei dir. Wenn das Attest gefälscht ist, möchte ich nicht in deiner Haut stecken!« Sie preßte die Lippen aufeinander und schüttelte den Kopf. »Aber ich will mir nicht den Mund verbrennen – ich bin vom Chef abhängig. Er gibt mir das Kokain, das ich brauche, und er bezahlt mich gut.«

Ninas Zimmer neben dem Salon ließ keine Wünsche offen. Auch hier gab es teure Teppiche, Möbel aus exotischen Hölzern und schwere Vorhänge. Das französische Bett war mattrosa bezogen. Vor dem Fenster stand eine Récamiere. Der kleine Schreibtisch in der Ecke diente offensichtlich nur als stilgerechte Dekoration.

Nina ließ sich vorsichtig auf dem Sofa nieder, streifte ihre Schuhe ab und legte die Füße hoch. Wie schön wäre es, wenn sie in dieser Umgebung ohne Sorgen leben könnte. Sie schloß die Augen und spielte gedankenverloren mit ihrem Armband. Plötzlich schreckte sie hoch. Eine Stimme aus dem Lautsprecher sagte: »Guten Abend, Schöne aus Moskau! In zehn Minuten erwarte ich dich zum Souper!«

Sie warf das schlichte Kleid über, bürstete die Haare und zog kurz die Lippen nach – das sollte genügen. Schließlich tupfte sie noch ein wenig Parfum hinter die Ohrläppchen, und nach einem letzten Blick in den Spiegel war sie bereit. Um Punkt zehn öffnete sie die Tür zum Salon und sah Norman Mulka zum erstenmal. Obwohl er ihr lächelnd entgegenkam, spürte sie ein Frösteln. Der Mann flößte ihr Angst ein, und in diesem Moment wußte sie: Hier gab es kein Entkommen!

Nach dem Servieren hatte Evelyn sich zurückgezogen. Sie war in ihrem »Lauschwinkel« verschwunden, der in einer dunklen Ecke des Ganges vor dem Salon lag. Dort konnte sie hören, wenn es drinnen lauter wurde. Sie war von einem bohrenden Haß auf den Chef erfüllt, auf den Mann, der sie zur Sklavin und ihr Leben zur Hölle gemacht hatte. – Ihr ganzes Sinnen zielte auf Rache. Also speicherte sie jeden Eindruck und jede Information, um ihn eines Tages damit zu vernichten.

Eine Weile lief alles wie gewohnt. Gemurmel hinter der Tür, Gläserklirren und bald die unverkennbaren Geräusche von der Videocassette. Dann kam die fordernde Stimme Mulkas: »Los *Juffer* Nina, ab mit dir in dein Bett! Jetzt möchte ich endlich erfahren, ob du dein Geld wert bist.« Es folgten in immer schnellerer Folge Ächzen und Stöhnen; dann kam eine unheilverkündende Pause, bevor das Geräusch von Schlägen und unterdrückte Schreie des Mädchens zu hören waren.

»Du verdammte Hure, du hast mich reinlegen wollen! Dich hat dein Attestschreiber zugenäht – und auch noch schlecht! Das wirst du mir büßen!« brüllte Mulka mit vor Wut bebender Stimme.

Ninas Schreien wurde zu einem Wimmern, als weitere Schläge auf sie niederprasselten.

Evelyn bekam es mit der Angst zu tun und verließ ihren Lauschposten. Sie huschte an der Tür zu Ninas Zimmer vorbei, wo sich das Drama vollzog. In ihrer Wohnung angekommen, stürzte sie ein großes Glas Cognac hinunter und drehte das Radio auf, um keine anderen Geräusche mehr hören zu müssen.

Wenig später klopfte es an der Tür. »Laß mich rein, bitte!« Die Stimme klang erstickt.

Evelyn empfand eine Mischung aus Mitleid und Angst. Doch egal was sie tat, der Chef würde seinen Frust an ihr auslassen, sie demütigen und zu Handlungen zwingen, die entwürdigend waren. Sie öffnete die Tür und trat zur Seite. Aufgelöst, blutend, mit nur einem Fetzen ihrer Unterwäsche bekleidet und den Rest der Kleidung vor die Brust pressend, fiel ihr Nina in den Arm. »Der Mann hat mich halbtot geschlagen und rausgeschmissen. Sieh mich an – ich blute überall!«

Evelyn holte ein Badetuch aus dem Schrank und hängte es Nina um. Mit dem Verbandszeug, das aufgrund eigener Erfahrung reichlich vorhanden war, versorgte sie das verstörte Mädchen, so gut es ging. »Mein Gott, wie hat der dich zugerichtet. – Dieses Schwein!« Sie füllte ihr Glas noch einmal bis zum Rand. »Hier, trink das und leg dich auf die Couch. – Du warst also nicht echt!« stellte sie lakonisch fest.

»Es war doch nur einmal, und der Arzt hat gesagt, das sei kein Problem«, murmelte Nina niedergeschlagen.

»Absolut hirnverbrannt von dir, das ausgerechnet bei Mulka zu versuchen. Dieser Lump kennt sich aus. Zig Frauen hat er sich schon vorgenommen. Dabei ging es nie zimperlich zu; aber so wie heute habe ich ihn noch nie wüten hören.«

Das Licht am Lautsprecher leuchtete auf, und eine unbeherrschte Stimme bellte: »Evelyn – ist das Miststück bei dir?«

Obwohl Nina die Antwort mit heftigem Gestikulieren zu verhindern suchte, sagte Evelyn: »Ja, sie hat sich hergeflüchtet. Ich habe sie verbunden.«

Die Lautsprecherstimme wurde ruhiger. »Diese Kanaille geht zurück. – Du weißt, was zu tun ist!«

»Ja, ich rufe den Häscher an.«

»Und zwar sofort. Ich will, daß sie noch in dieser Nacht aus dem Haus verschwindet. Bis dahin ab mit ihr in die Kammer!« Es machte klick; Mulka hatte aufgelegt.

Nina japste nach Luft. »Warum hast du das getan?«

Evelyn nahm sie in ihre Arme. »Ich habe keine Wahl. Du darfst mir mein bißchen Leben nicht ganz ruinieren. Aber wenn du wirklich Hilfe brauchst, um aus dieser Scheiße rauszukommen, wende dich an Romana Wilberg, eine Diplomatenfrau, die geschundenen Mädchen hilft. Merk dir die Adresse: Lichterfelde, Goerzallee. Die Hausnummer weiß ich nicht. – Wiederhol das!«

»Romana Wilberg, Lichterfelde, Goerzallee«, sprach Nina deutlich nach.

»Gut, jetzt komm mit in die Kammer.«

Der Kellerraum war ausgestattet wie ein gemütliches Gästezimmer. Was diesen Eindruck aber sofort wieder zerstörte, waren schwere Eisengitter vor dem Fenster und zwei breite Riegel an der Außenseite der Tür, die von innen weder Klinke noch Schloß hatte.

»Tut mir leid, Nina, leg dich hin. Nachher kommt Maik Haschem und holt dich ab. Du mußt dann sehen, wie du zurechtkommst; ich kann nichts mehr für dich tun.«

Die Riegel knirschten, dann herrschte bedrückende Stille. – Die Gefangenschaft hatte begonnen.

Ungeachtet der Schmerzen am ganzen Körper hatte Nina sich in der durch einen Vorhang abgeteilten Naßzelle gründlich gewaschen. Sie spülte immer wieder den Mund aus und versuchte beim Blick in den Spiegel ihr eigenes Bild zu erkennen. Das mit kaltem Wasser getränkte Handtuch half ein wenig, die Schwellungen im Gesicht abklingen zu lassen. Völlig erschöpft legte sie sich ins Bett und weinte sich in den Schlaf. In der ersten Morgenstunde schreckte sie vom Öffnen der Riegel hoch und erblickte Evelyn, die in der Tür stand und ihr Hemd und Slip entgegenhielt. »Hier, mach dich schnell fertig, du mußt jetzt gehen. Ich habe deine restlichen Sachen in den

Koffer gepackt und oben in den Flur gestellt. Dort wartet auch Maik Haschem schon.«

Mühsam kroch Nina aus dem Bett. Das Kleid, das Mulka ihr vor der Attacke genüßlich ausgezogen hatte, war noch brauchbar. Sie zog es an, ging noch einmal zum Becken und ließ Wasser über ihre Hände laufen. Ein kurzer Blick in den Spiegel genügte, um zu wissen, daß jeder sehen konnte, wohin die Fäuste getroffen hatten. Zögernd kam sie zur Tür. »Wohin bringt ihr mich?«

Evelyn hob die Schultern. »Das weiß nur der Häscher.«

»Ich will zurück nach Moskau!« begehrte Nina auf. »Ich brauche 20.000 Mark. Vielleicht kann das russische Konsulat mir helfen.«

»Die werden den Deubel tun! Das Geld wirst du in Berlin verdienen müssen. Wie und wo brauche ich dir wohl nicht zu erklären.« Evelyn versuchte ein aufmunterndes Lächeln. »Dabei ist schon manche Frau reich geworden. In ein paar Tagen sieht die Welt ganz anders aus. Du bist ein schönes Mädchen, dir wird es an Verehrern bestimmt nicht fehlen. – Und nun komm!«

Die Begegnung mit Maik Haschem trug nicht zur Aufmunterung bei. »Da hast du wahrhaftig was Tolles angerichtet!« polterte er los. »Und mein schönes Geschäft hast du auch total versaut! Da mußt du aber schwer ran, die Schulden abzutragen. – Aber mit dem zerschundenen Gesicht ...«

Der Häscher zog einen Briefumschlag aus der Tasche. »Hier, Evelyn, gib das Mulka. Das ist die volle Summe, die er mir gezahlt hat. Auf den Unkostenersatz verzichte ich. Dafür wird diese dumme Pute arbeiten müssen. Und sag ihm, daß ich schon was Neues und Besseres in Aussicht habe. Auf ausländische Atteste verlasse ich mich nicht mehr. Die Neue wird hier in Berlin von einem Facharzt untersucht, den ich gut kenne und der bei mir seine Antiquitäten kauft.«

Evelyn steckte den Umschlag ein. »Geht klar. – Hier sind Paß mit Visum. Das Attest kannst du dir einrahmen lassen.«

Der Abschied von Nina war kurz. »Tschüss! Diese Suppe hast du dir eingebrockt – nun mußt du sie auch auslöffeln. Sieh zu, wie du zurechtkommst. Ich kann dir nicht mehr helfen.«

Diesmal trug Haschem Ninas Koffer nicht zum Auto. Sie mußte ihn auch selbst in den Kofferraum heben. »Du sitzt vorn!« befahl er. »Schnall dich an und versau mir nicht die Polster.«

Mit einem Kavalierstart wendete er den 300er und fuhr zur Autobahnauffahrt Babelsberg. Wenig später war die Avus erreicht; und es ging durch den Grunewald Richtung Norden. Erst jetzt richtete Haschem das Wort an seine Begleiterin, die bedrückt nach draußen schaute. »Du hast versucht, uns reinzulegen, und das ist dir schlecht bekommen – oder?«

Nina wandte den Kopf. »Ja, aber …«

»Dein Aber interessiert mich nicht. – Bist du eine Nutte, eine Moskauer Prostituierte mit Erfahrung in besseren Häusern?«

»Nein, bin ich nicht.«

Haschem pfiff durch die Zähne. »Also feierst du heute Premiere, wenn auch die besseren Häuser im Wedding fehlen. Und denk immer dran, ich will bald Geld von dir sehen: 10.000 vom Schuldschein und noch mal 5.000 für die Unkosten. Mit guter und schneller Arbeit kannst du das bei Benno reinholen. In der Gegend gibt es zwar keine Millionäre, aber Männer, die ihren Spaß wollen und dafür auch bezahlen.«

»Aber ich will richtige Arbeit«, begehrte Nina auf.

»Du falscher Fuffziger wirst auf Heller und Pfennig deine Schulden bezahlen! Und wenn du nicht spurst, sorgt Benno dafür, daß dein Gesicht ein paar Schrammen bekommt, die nicht einfach wegzukühlen sind.«

Nina schwieg. Sie hatte jede Orientierung verloren. Nur

eins wußte sie – sie würde diesen Weg nicht gehen! Sie biß die Zähne zusammen und wiederholte in Gedanken die Adresse in Lichterfelde.

Ein paar scharfe Kurven drückten sie in die Polster und ließen sie vor Schmerz zusammenzucken; der ganze Körper tat ihr weh. In der aufgehenden Sonne trat das Gewirr der Häuser aus dem Morgendunst hervor, die sie an die ärmeren Viertel in Moskau erinnerten.

Der Mercedes hielt vor einem mehrstöckigen Haus, in dessen massive Tür eine Fensterklappe eingelassen war. Haschem drückte den Klingelknopf im Rhythmus kurz, lang, zweimal kurz. Er wußte, daß Benno auf ihn und seine Fracht wartete. Der Mann hatte ihm so viel zu verdanken, daß er niemals wagen würde, einen Wunsch seines Gönners zu ignorieren. Schließlich gehörte dieses Haus samt Inventar Maik Haschem, und von dessen Wohlwollen war Benno abhängig.

Die Klappe wurde geöffnet. Ein Blick von innen genügte, und der Häscher mit seiner Beute konnte in den Innenhof fahren.

Benno war ein Typ, den nichts überraschen konnte. Obwohl sein Kinn Willensstärke erkennen ließ und die kleinen Augen verschlagen wirkten, vermittelte sein Gesicht meistens einen freundlichen Eindruck. Sein mittelgroßer Körper war durchtrainiert, die Haut studiogebräunt.

Als Maik mit seiner Begleitung das Foyer betreten hatte, scheuchte er Nina mit einer unmißverständlichen Handbewegung in den Hintergrund. »Warte dort, wir sprechen gleich miteinander.« Dann wandte er sich Maik Haschem zu. »Was bringst du mir denn da für einen Trümmerhaufen? Diesen Kopf auf 'ner Briefmarke, und die Post macht pleite. Wer hat die so zugerichtet?«

»Dreimal darfst du raten! Mein Abnehmer hat was gegen mißlungene Jungfrauen. Diese hier kommt aus Moskau, spricht gut Deutsch und wird bei dir ihre Schulden abarbeiten.«

Benno musterte Nina kritisch. »Wie ich den Perversling kenne, ist bei der bestimmt noch mehr kaputt als das Gesicht. – Komm her, Mädchen! Ab ins Office und ausziehen, aber komplett, wenn ich bitten darf. Ich muß wissen, was an dir noch heil ist.«

Ohne zu protestieren, ging Nina nach nebenan. In dem kleinen Raum stand ein Schreibtisch mit PC und einer größeren Telefonanlage. An der rechten Wand gab es vier Monitore, die jetzt kein Bild zeigten, aber offensichtlich zu den Zimmern geschaltet werden konnten. Ein abgegriffenes Telefonbuch lag auf der Schreibtischkante. Die beiden Sessel mit zerschlissenen Lederbezügen wirkten schäbig und wenig einladend. Nina zog sich aus und legte ihre Sachen sorgfältig auf die Sessellehne. Während der Häscher sich im Hintergrund hielt, kam Benno herein und richtete die Schreibtischlampe auf ihren Körper. In dem erbarmungslosen Licht war das Ausmaß der Schläge nicht zu übersehen. »Mann-o-Mann«, murmelte Benno. »Das sind ja ein paar prächtige Landkarten! Und jetzt hinsetzen und Beine auseinander!«

Nina ließ alles willenlos mit sich geschehen. Sie versuchte nur, das wieder hervorquellende Blut mit ihrem Taschentuch zu stoppen.

Benno war an Blutungen durchaus gewöhnt; mehr störten die blauen Flecken. »Was soll ich mit der anfangen in diesem Zustand? Die kann die nächsten zwei, drei Tage doch nicht arbeiten. Am besten nimmst du sie mit und machst sie wieder fit. Wenn sie Façon gewonnen hat, kann sie ihrem Job nachgehen. – Los, Mädchen, zieh dich an! Wenn du die Blutergüsse gut kühlst, wirst du bald wieder in Ordnung sein.«

Er folgte Haschem nach draußen und zog die Tür hinter sich zu. »Maik, ich kann das Küken so nicht arbeiten lassen.

So ein Häufchen Elend bringt meine Mädchen vollkommen durcheinander – von den Freiern ganz zu schweigen.«

»Wo soll ich denn so lange mit ihr bleiben?« überlegte der Häscher.

»Hast du denn nicht Platz in deinem Haus in Dahlem? Im Gerümpelkeller wird sich bestimmt eine Ecke finden, wo sie ein paar Tage ihre Wunden lecken kann.«

Während des Gesprächs vor der Tür griff Nina das Telefonbuch und blätterte mit fliegenden Fingern die Seiten durch. Schnell hatte sie den gesuchten Namen gefunden: Wilberg, Lichterfelde. Das mußte die Frau sein. Sie nahm ein Blatt aus dem Zettelkasten und schrieb die Telefonnummer auf. Das Papier ließ sie in ihrem Slip verschwinden.

»Nun komm schon raus!« hörte sie die Stimme von Benno. Mit gesenktem Kopf öffnete sie die Tür, um auf weitere Anweisungen zu warten.

»Du fährst mit meinem Boss in sein Haus«, sagte Benno. »Dort wirst du dich erholen. Nach einigen Tagen kannst du dann bei mir anfangen. – Laß den Kopf nicht hängen, 's wird schon werden. Bei mir läuft der Laden, und wenn du keinen Ärger machst, gibt's auch keine Probleme. Zwanzig Prozent deiner Einnahmen kannst du behalten.«

»Und damit zügig deine Schulden bezahlen«, fügte Haschem hinzu. – »Also komm schon!«

Halb betäubt vor Schmerzen nahm Nina kaum wahr, daß der Weg vom Wedding nach Dahlem quer durch die Stadt führte. Die Empfindung für Zeit und Raum war ihr verloren gegangen. In einer großen Garage, deren Tor sich hinter dem Mercedes automatisch schloß, fand sie nur langsam in die Gegenwart zurück.

Haschem führte sie eine steile Treppe hinunter in einen muffig riechenden Kellerraum, der mit alten Möbeln vollgestellt war. Nina stolperte wortlos vor ihm her. Ein Bett und das Waschbecken in der Ecke nahm sie noch wahr, dann sackte sie auf dem abgetretenen Sisalteppich zusammen.

So wollte der Häscher sie nicht liegen lassen, denn immer noch war sie eine Investition, die nicht einfach abgeschrieben werden konnte. Er ging kurz nach oben, wo sich seine Wohnung und das Büro für »Glück in der Ferne« befanden, um Desinfektionsmittel und Verbandszeug zu holen. Er stellte alles auf ein Tablett, füllte noch einen Blechbecher mit Mineralwasser und ging wieder nach unten. Bei ihrem Zustand war es nicht auszuschließen, daß sie auf dumme Gedanken kam. Darum ließ er lieber alles, womit sie sich verletzen könnte, außerhalb ihrer Reichweite.

Nina wimmerte, als er sie auf's Bett legte, kam aber nicht zu sich. Er hatte nicht vor, ihre Blessuren zu verarzten – das sollte sie gefälligst selber machen. Das Tablett stellte er auf einen kleinen Tisch in ihrer Reichweite. – Die Blutung allerdings konnte zu einem Problem werden. Er machte ein Handtuch naß, wrang es aus und legte es zwischen ihre Schenkel. Dabei fiel ihm ein Blatt Papier auf, das sie im Slip verborgen haben mußte. Mit spitzen Fingern zog er es hervor; unter den Blutspuren war eine Zahlenreihe zu erkennen. Nach einem weiteren Blick war ihm klar, daß es sich um eine Telefonnummer handeln mußte.

Er steckte den Zettel ein, warf noch einen Blick auf seinen unfreiwilligen Gast und verschloß die Tür von außen.

5

Auch für Larissa Ulinoff war die mißlungene Präsentation ihrer »Virgo intacta« eine böse Überraschung. So wütend hatte sie Maik Haschem noch nie erlebt. Sie wollte während des Kurzaufenthalts der *Tupolev* in Berlin-Schönefeld in seinem

Nest in Dahlem Station machen und eine Stunde unkomplizierten Sex genießen, der bei ihrem Diplomaten eher anstrengend war. Außerdem wollte sie ihren Gewinn kassieren und sich von Maik zu einem Stadtbummel mit anschließendem Essen einladen lassen.

Aber diesmal schien alles anders zu laufen. Die Begrüßung, die sonst einem fröhlichen Ritual glich, ließ heute jede Wärme vermissen. Es gab weder bewundernde Ausrufe noch die obligatorischen Küßchen. Statt dessen wies Maik auf einen der Sessel, und noch bevor sie Platz genommen hatte, legte er los: »Was hast du mir bloß für eine Lusche angedreht! Noch so ein Fall, und unser Geschäftsfreund in Potsdam springt ab. Halt dich gefälligst an die Spielregeln, und sorg dafür, daß so etwas nicht noch mal vorkommt! Heute kannst du nicht nur deine Auslagen auf Konto Lebenserfahrung abschreiben – auch der große Gewinn ist futsch!«

Larissa war nicht gewillt, die Vorwürfe hinzunehmen. »Verdammt, Maik, nimm dich in acht! So kannst du nicht mit mir reden. Wie hätte ich denn verhindern sollen, daß dieses kleine Biest uns reinlegt. Soll ich vielleicht nach dem ersten Gespräch nachsehen, ob da unten alles in Ordnung ist?«

»Auch das, wenn's dem Geschäft dient.«

»Mach dich doch nicht lächerlich! Meinst du, wir Russen sind Menschen zweiter Klasse und lassen uns wie Vieh behandeln, das verkauft werden soll? Sei vorsichtig, und denk dran, was ich dir sonst bringe. Sind die Pretiosen etwa nicht echt? Willst du dir andere Lieferanten suchen? Dann sag es jetzt. Ich finde leicht bessere Abnehmer. Oder soll unsere Beziehung als *mokroje djelo* enden?« In ihrer Wut war sie ins Russische verfallen. Sogleich fügte sie auf Deutsch hinzu: »Nasse Sachen sind das!«

»Langsam, Larissa! So war das nicht gemeint«, versuchte Maik sie zu beschwichtigen. Die Worte *Nasse Sachen* hatten ihn zutiefst erschreckt, denn dahinter verbarg sich nichts anderes als die Methode der Russen-Mafia, gewisse Probleme durch einen Schuß in den Kopf zu lösen. Hier hatte Larissa ganz gewiß die besseren Beziehungen. Er machte sich keine Illusionen, woher die Kirchenschätze kamen, mit denen er bisher recht gut verdient hatte.

Ruhig und so genau wie möglich erzählte er ihr, was passiert war. Nach kurzem Überlegen fragte sie: »War das Attest wirklich falsch, oder will uns dieser Lüstling Mulka auf die linke Tour prellen? – In dem Fall werde ich mit ein paar Bekannten sprechen, die sich von Moskau auf den Weg hierher gemacht haben, um bei einigen wackeligen Kunden für klare Verhältnisse zu sorgen.«

Maik Haschem hob abwehrend beide Hände. »Laß die Leute aus dem Spiel, sonst finden die noch Gefallen an unseren anderen Geschäften. Das Attest war wirklich falsch. Das kleine Luder hat alles zugegeben.«

»Ist sie eine Professionelle?«

»Sie hat's bestritten, und ich glaube ihr. Sie ist zu naiv für diesen Job. Es war wohl ein einmaliger Ausrutscher, den der Arzt sozusagen rückgängig gemacht hat.«

»Und von dem ist das Attest?«

»Ja!«

»Sein Name?«

Über Maiks Gesicht ging ein verstehendes Lächeln. Er nahm das Papier aus der Schublade seines Schreibsekretärs und reichte es ihr. »Hier – von einem Doktor Dimitroff. Die Adresse steht drauf.«

»Das nehme ich mit und lasse es ihm zurückbringen«, sagte Larissa. »Dieser Herr wird dann für eine Weile darüber nachdenken müssen, welches Attest er für sich selber ausstellt.«

Jetzt war Maik Haschem davon überzeugt, daß sie mit dem Hinweis auf die *Nassen Sachen* nicht geblufft hatte.

»Und damit das auch für alle Zukunft klar ist«, fuhr sie fort, »die Verluste werden geteilt. Dazu gehören meine Auslagen für das Flugticket und der Vorschuß.«

Maik nickte beflissen. Welchem Irrglauben war er doch bisher erlegen; diese Frau war alles andere als Wachs in seinen Händen! Und sie hatte Freunde, die gefährlich werden konnten.

»Natürlich tragen wir das gemeinsam. Wir sitzen schließlich beide im selben Boot!« bestätigte er.

»So ist es! Ich hoffe, daß du diesen Umstand nie vergißt – auch dann nicht, wenn du meine Provision bei den anderen Geschäften ausrechnest. – Hast du die Mutter mit dem Kind schon abgesetzt?«

»Noch nicht. Aber das Geschäft ist angebahnt.«

»Wo? – Doch wohl nicht in Potsdam?« fragte Larissa mißtrauisch. »Da gibt's zuviele russische Emigranten.«

»Nein, das läuft über meinen Libanesen in Bonn. Du weißt, der ist auch Spezialist für Expertisen.«

»Die ja wohl nicht schwer zu erstellen sind; schließlich ist unsere Ware echt!«

»Wie steht es mit dem Nachschub?« Maik griff zur Karaffe, füllte zwei Gläser mit Bourbon und reichte eins an Larissa weiter. »Auf dein Wohl und unsere stabilen Geschäftsbeziehungen!«

Sie nahm einen kräftigen Schluck und nickte anerkennend. »Donnerwetter, ein feiner Stoff. Der geht ohne Umwege dahin, wo er hingehört. Dafür bekommst du auch das große Verdienstkreuz.«

Maik stutzte einen Moment, bevor er sich die Bedeutung ihrer Worte zurechtgelegt hatte. Dann umfaßte er sein Gegenüber mit gierigen Blicken. »Wo? – nebenan?«

»*Ich* spreche vom Geschäft«, wies Larissa ihn abermals zurecht. »Ich bringe beim nächsten oder übernächsten Flug nicht nur einen deutschen Diplomaten als Sonderkurier nach Berlin, sondern auch das Brustkreuz eines russischen Popen. Reines Gold mit in Silber gefaßten Edelsteinen. Bestimmt so wertvoll wie die Ikone, aber ein Stück für Sammler, die es sich leisten können.«

»Prima! Da sind ein paar schöne Tausender für uns beide drin. Ich erhöhe deine Provision freiwillig auf 30 Prozent«, sagte Maik großzügig.

»Gebongt! – Nun können wir unsere Beziehungen nebenan fortsetzen.« Sie stand auf und begann sich auszuziehen.

Aber es lief nicht so locker und unbeschwert wie sonst. Larissa war nicht voll bei der Sache, und Maik hatte Schwierigkeiten, die neu entdeckte Seite bei seiner Gespielin mit seiner Potenz in Einklang zu bringen. Trotzdem brachten sie es mit der Routine eines erfahrenen Paares hinter sich.

»Sag mal«, fragte er träge. »Was hat es mit dem deutschen Diplomaten auf sich? – Steckt etwa mehr dahinter?«

Sie zögerte kurz, zog ihn dann zu sich heran und flüsterte ihm ins Ohr: »Ein erstklassiger deutscher Diplomat, den ich auf der Strecke Moskau – Petersburg kennengelernt habe. Der Mann könnte sehr nützlich sein. Was läßt sich im Diplomatengepäck nicht alles transportieren.«

»Was ist, wenn er nicht mitmacht?«

Larissa kicherte. »Er wird gar nicht gefragt! Demnächst werde ich ihm nämlich die Koffer packen.«

»Sag nur, du hast ihn schon scharf gemacht? Bist du vielleicht darum so müde?«

»Mein lieber Häscher! Dies hier und das andere dort sind zwei Paar Schuhe. Ich habe nur wenige russische Nächte gebraucht, um ihm klarzumachen, daß er mich ohne Heirat verliert. Und das will er auf keinen Fall!«

Maik hatte sich aufgesetzt. »Du willst ihn wirklich heiraten? Dann bin ich ja wohl abgeschrieben.«

»Du und ich, wir haben ein Abkommen. Ich werde mich freudig in dein Bett legen, wenn ich in Berlin bin, und unsere Geschäftsbeziehung kann wie bisher in die Geschlechtsbeziehung übergehen. Damit bist du voll ausgelastet. Mein Freund – nennen wir ihn mal so – dürfte in einigen Monaten geschieden sein. Dann wird Hochzeit gemacht, und ich bin Deutsche mit Diplomatenpaß. Er weiß, daß ich meinen Job bei der Aeroflot nicht aufgebe, und er ist so klug, es nicht zu verlangen.«

Maik Haschem blieb eine Weile stumm. »Das muß ich erst verdauen.« Schließlich meinte er: »Diplomaten werden doch ziemlich oft und regelmäßig versetzt; was dann?«

»Erst mal ist er für etliche Jahre in Moskau. Danach sehen wir weiter. Und wer weiß heute schon, was alles passieren kann. Als Diplomatenwitwe müßte ich ja nicht gerade verhungern. – Wie gesagt, auf meine Freunde ist hundertprozentig Verlaß!«

»Und wie heißt der – soll ich sagen – Glückliche?«

»Der Name ist für dich im Moment uninteressant«, stellte Larissa bestimmt fest. »Je weniger du weißt, um so besser für deinen Seelenfrieden. – Jetzt laß uns noch ein kurzes Schläfchen machen.«

Doch aus der Schlummerstunde wurde nichts. Das Handy schlug an wie ein Wachhund an der Kette. »Nach einem kurzen: »Ja, was denn?« hielt Maik das Telefon so, daß Larissa die wütende Stimme aus Potsdam mithören konnte. »Wo verdammt steckt Evelyn? Hast du sie mitgehen lassen?«

»Nein, wieso denn? Ich habe ihr den Briefumschlag mit dem Geld für die Rückerstattung in die Hand gedrückt und bin dann wie verabredet mit meinem unfreiwilligen Gast weggefahren.«

»Dieses verfluchte Miststück!« tobte Mulka. »Von den 20.000 Mille habe ich nichts gesehen. Sie hat abkassiert und ist auf und davon. Kannst du eigentlich nicht über deine Nasenspitze hinaussehen, du Blödmann? Drückst der Obernutte mein Geld in die Hand und läßt sie damit verschwinden. Soviel Dummheit muß bestraft werden! Du wirst mir das ersetzen – alles! Verstanden?«

Larissa lächelte breit und zog ihren Kopf aus der Reichweite der blaffenden Stimme.

»Ich hab's kapiert«, versicherte Maik so unterwürfig wie möglich. »Betrachten wir es als Anzahlung für die neue Lieferung: Ein Kind aus bestem Hause in Sankt Petersburg.«

Sofort sank die Stimme Mulkas auf normale Lautstärke. »Es wird auch höchste Zeit, daß ich Qualität in die Finger kriege. Und es ist deine letzte Chance. Denk dran!«

Dann war es still, und Haschem legte nachdenklich das Handy zurück. »Jetzt bin ich total im Verschiß und muß bei der nächsten Lieferung besonders vorsichtig sein«, stellte er fest.

Larissa zog mit dem Zeigefinger eine gerade Linie von Maiks Kinnspitze bis zum Bauchnabel. »Diese Evelyn gefällt mir. Die hat den Lustmolch so geleimt, wie er es verdient. Hoffentlich kann sie sich weit genug absetzen! – Nun mach dir nicht zuviel Sorgen; wir rechnen bei der nächsten Lieferung 50 Prozent drauf, dann stimmt die Rechnung.«

Maik hatte seine Gelassenheit wiedergefunden. »Okay! Aber ich kann doch sicher sein, daß es mit der nächsten Erwerbung klappt?«

»Na klar! Für das Echtheitszeugnis verbürge ich mich aber nicht.«

»Das werde ich hier ganz penibel überprüfen lassen«, sagte Maik Haschem grimmig. »So eine Pleite darf nicht noch mal passieren!«

Bisher war die Polizei in Potsdam noch nicht mit den Machenschaften des Herrn in der Villa am Griebnitzsee befaßt. Daß es sich um einen seltsamen Vogel handelte, der sein Geld mit dubiosen Geschäften verdiente und die Frauen fast so häufig wechselte wie seine Hemden, wurde zwar in der Gerüchteküche kolportiert, war aber kein Grund, ein Ermittlungsverfahren einzuleiten. Er beglich offensichtlich seine Rechnungen, entrichtete pünktlich die fälligen Steuern, und Haus und Garten wurden auch während seiner oft wochenlangen Abwesenheit in Ordnung gehalten. Weder Nachbarn noch Geschäftspartner hatten sich bisher beschwert; schließlich machte Herr Mulka ja auch legale Geschäfte!

Mittags ging in der Einsatzleitung des Polizeipräsidiums Potsdam ein Anruf ein, der geeignet war, den Herrn vom Griebnitzsee in einem anderen Licht erscheinen zu lassen. Evelyn hatte 1-1-0 gewählt, weil für sie diese Nummer gleichbedeutend war mit Not-Polizei-Hilfe. Sie hörte sich die Worte der diensthabenden Beamtin an und verstand auch die Frage nach ihrem Anliegen, trotz des Dröhnens der Flugzeugmotoren, das in der schallgedämpften Telefonkabine noch zu hören war.

Evelyn wartete eine Weile, in der sie sich ihre Worte zurechtlegte und sagte dann: »Jetzt mach mal ganz lange Ohren, Schwester! Ich weiß, daß alles bei euch auf Band aufgenommen wird. Also machen wir's kurz. Ich erzähle, und du hörst zu. Bei der ersten dummen Frage lege ich auf. Kapiert?«

»Ja, kapiert!«

»Es gibt einen Unternehmer mit Villa am Griebnitzsee, ein schlichtes Arschloch ...«

»Na ...«

»Klappe halten und zuhören, habe ich gesagt. Also: Dieser Kerl betreibt illegale Waffengeschäfte rund um die Welt. Das war erstens. Zweitens hat er einen Sextick, er bumst nur Jungfrauen, echte mit ärztlichem Attest. Und drittens verkauft er die Nicht-mehr- Jungfrauen in den Orient oder läßt sie hier irgendwo verschwinden. Ihr müßt euch schnellstens um diesen Lustmolch kümmern.« Evelyn unterbrach ihren Bericht, bis das Motorengeräusch abgeklungen war. Dann sprach sie schnell weiter: »Ich weiß, daß auch das Gedröhn auf dem Band ist, aber das macht nichts. So wißt ihr, daß ich entweder dabei bin zu verschwinden – oder zu bluffen. Und bevor du jetzt unruhig wirst, verrate ich dir den Namen des Kerls: Norman Mulka heißt das Schwein. Seine Adresse steht im Telefonbuch. Seht euch mal den Keller an. Die Fenster sind vergittert, die Türen haben innen keine Klinken, und die Riegel sitzen auf der falschen Seite. – Und noch 'ne Kleinigkeit: Das Frischfleisch kommt aus Berlin. Die Agentur ›Glück in der Ferne‹ liefert Mädchen in jeder Preisklasse – sogar Jungfrauen mit Attest! Nichts für ungut, Schwester, das mußte ich loswerden, bevor ich von hier verschwinde.« Damit war die Leitung tot.

Die Polizistin Uta Münzer winkte den Schichtleiter an ihren Funktisch und gab noch einige Erklärungen zu dem Anruf, dessen letzte Hälfte er über den eingeschalteten Lautsprecher mitgehört hatte. »Mehr war nicht drin. Anonym, wie so oft.«

»Und keinerlei Anhaltspunkte sonst?«

»Nein! Sie ließ sich auch nicht für Zwischenfragen unterbrechen, und ich bin überzeugt, daß sie ihren Text eingeübt hatte. – Den Jargon haben Sie ja selbst gehört.«

»Wahrscheinlich eine vom horizontalen Gewerbe.«

»Das nehme ich auch an. Der Sound klang echt.«

Der Leitende nickte. »Okay. Der Text wird auf Band mehrfach kopiert und verschriftet. Geht sofort raus über Verteiler drei. Ich rufe in Schönefeld und Tegel an, ob unsere Leute dort etwas bemerkt haben. Das ist bestimmt vergebene Liebesmüh – auf jeden Fall muß der Anruf ernstgenommen werden.«

Wie ernst man ihren Anruf nehmen würde, konnte Evelyn nicht einschätzen. Sie war froh, dem Kerl, der sie gepiesakt und gedemütigt hatte, kräftig in die Suppe gespuckt zu haben. Darum wurde es höchste Zeit, aus seiner Umgebung zu verschwinden. Leider waren für heute alle Flüge nach Mallorca ausgebucht, und mit *last minute* hatte sie bisher kein Glück gehabt. Also würde sie sich um ein anderes Ziel bemühen. Mit dem so unerwartet zugewachsenen Handgeld und ihren Fähigkeiten als Frau für alle Lebenslagen würde sie überall ihr Auskommen finden. Wenn nicht auf den Balearen, dann auf den Karibischen Inseln. Hauptsache weit weg!

Soviel Glück wie Evelyn hatte Nina Vitrenko nicht. Schon nach zwei Tagen erklärte Maik Haschem sie für wiederhergestellt und einsatzfähig. Er hatte sie gut verpflegt, medizinisch versorgt und ihr einen teuren Kosmetikkoffer geschenkt. Mit dem vielfältigen Inhalt konnte sie die noch vorhandenen Blessuren überdecken. Sogar Benno war von der Gesamterscheinung angetan und hatte sie nach der Rückmeldung mit aufmunternden Worten und einer kräftigen Dosis Koks auf den neuen Job eingestimmt. Ihr erster Freier war von dem attraktiven Mädchen sehr angetan und hatte sich gleich zum künftigen Stammkunden erklärt. Der Zusammenbruch kam erst in den Morgenstunden nach dem dritten »Herrn«, als die Wirkung des Kokains abgeklungen war. Benno hatte Ähnliches schon öfter erlebt. Da half nur ein energisches Wort und eine größere Dosis der Wunderdroge.

6

Es hatte tagelang in Strömen geregnet,und die große Baugrube in der Nähe des Ostpreußendamms war total abgesoffen. Zudem waren zwei Wände samt Verschalung weggerutscht. Heute schien endlich wieder die Sonne. Ingenieure der BEWAG und die Leitung der beauftragten Baufirma diskutierten darüber, wie die Verzögerung aufgeholt und der Schaden am schnellsten behoben werden konnten. Schließlich mußte die neue Anlage für das Kraftwerk Lichterfelde termingerecht fertiggestellt werden. Leistungsstarke Saugpumpen waren schon eingesetzt und preßten das Wasser durch großkalibrige Rohre in den Teltowkanal. Durch die Baufortschritte am Potsdamer Platz und vor dem Reichstag waren Kapazitäten frei geworden, so daß es hier zügig vorangehen konnte.

Drei Bauarbeiter in brusthohen Fischerhosen stapften durch die Brühe auf dem Grubengrund, um die Stutzen der Saugschläuche zu versetzen und die Baggerführer an den Abrutschstellen einzuweisen.

»Zum Glück müssen wir nicht noch mit Bombenfunden rechnen«, sagte Ingenieur Mickel, der seine Erfahrungen mit Tiefbauarbeiten in der Bundeshauptstadt hatte, wo immer wieder Relikte des Krieges auftauchten und entschärft werden mußten. Die Bombenangriffe und die Schlacht um Berlin hatten ihre Spuren in fast allen Stadtteilen hinterlassen.

Plötzlich schwenkte ein Arbeiter in der Nähe der Abrutschstelle wie wild seine Schaufel und schrie: »Halt! Halt! Weg mit den Greifern. – Hört auf zu baggern!«

»Doch eine Bombe?« fragte der Bauleiter, als er sich über die Baugrube beugte. »Was ist los da unten?« Die Schlammschicht war noch so dick, daß von oben nichts zu erkennen war. Die drei Arbeiter setzten jetzt vorsichtig ihre Schaufeln ein, um den Fund freizulegen.

»Das ist eine Leiche!« rief einer der Männer mit sich überschlagender Stimme.

»Ein Skelett aus alten Zeiten?« fragte Mickel zurück. »Die gibt es hier fast genau so häufig wie Bomben und Munition.«

Die Bewegungen mit den Schaufeln wurden langsamer, und nachdem ein Arbeiter den Saugstutzen näher herangezogen hatte, waren unter dem Schlamm deutlich die Konturen eines menschlichen Körpers zu sehen. Das war kein Überbleibsel aus dem Krieg – das war eine Frauenleiche, die noch nicht lange hier gelegen haben konnte.

»Sofort aufhören!« brüllte der Ingenieur. »Nichts mehr anfassen! Alles raus aus der Grube! Ich rufe die Polizei!«

Der Menschenpulk am Rande der Baustelle wurde dichter. Mickel hatte schon sein Handy aus der Tasche gezogen, 1-1-0 gewählt und den Fund gemeldet.

»Lassen Sie alles, wie es ist!« kam die ruhige Stimme des Beamten. Die ...«

»Aber die Saugpumpen laufen noch«, unterbrach Mickel.

»Die schalten Sie bitte ab, damit keine Spuren verloren gehen. Mordkommission und Spurensicherung kommen raus. – Noch was Besonderes?«

»Die sollen Gummistiefel anziehen«, ergänzte Mickel. »Unsere Leute waten im Matsch.«

»Kein Problem, die Beamten haben alles dabei.«

So begann die Routine der Polizeiarbeit. Da in Berlin kaum ein Tag ohne Leichenfund verging, waren ein Dutzend ständige Mordkommissionen im Einsatz, die im Organigramm des Präsidiums am Platz der Luftbrücke unter der Ziffer 41 geführt wurden. »Delikte am Menschen« lautete der Zusatz für diese Einheiten des Landeskriminalamts. Damit hatte der gewaltsame Tod seine Hausnummer gefunden.

Noch vor der Mordkommission traf ein Fahrzeug ein, das niemand gerufen hatte. Der rote Tigra von Donka Weber war immer zur Stelle, wenn Sensationen in der Luft oder wie hier in der Erde lagen. Donka war eine von den freien Journalistinnen in Berlin, die den »Offiziellen« der großen Blätter Konkurrenz machten und die spannendsten Geschichten schon vor Ort in ihr Notebook hämmerten. Über die Satellitenverbindung war die Voranmeldung schon in den Redaktionen, wenn die anderen noch den Tatort suchten. Selbstverständlich hörte sie den Polizeifunk ab, und sie war mit der Verschlüsselung so vertraut, daß sie für diese Art der Geheimhaltung nur ein Lächeln übrig hatte.

Donka war mittelgroß und schlank, mit einer roten Mähne, die sie immer wieder mit einem energischen Schwung des Kopfes auf den Rücken beförderte. Unter den Kollegen wurden Wetten abgeschlossen, wann die Haarpracht die Länge ihrer Miniröcke erreichen würde, die sie stets trug. Auf die Frage, ob sie Hosen wegen ihrer langen Beine verschmähe, gab sie die gewollt mißverständliche Antwort: »Frauen mit Röcken sind schneller, wenn's nötig ist.«

Bevor sie jemand hindern konnte, hatte sie ein Dutzend Aufnahmen im Kasten und die Antworten auf ihre Fragen im Notebook. Quintessenz der nicht gerade gesprächigen Zeugen: »Beim Auspumpen einer abgesoffenen Baugrube tote Frau entdeckt.« Auch das Umfeld gab nichts her. Das war eine von tausend Baugruben in Berlin, in die man auch hineinfallen konnte. Hier allerdings gab es eine mit Bohlen befestigte Zufahrt, die mit einem rotweißen Band gesichert worden war. Fetzen davon hingen rechts und links an zwei Pfosten. Auch diese Belanglosigkeit hatte Donka auf den Film gebannt.

Mit voller Festbeleuchtung und Gesang des Martinshorns rollte die Kripo an. Dann stoppte »Südwest 18« mit Hauptkommissarin Angelika Lette auf der Rampe. Die immer noch Neue war erst seit einem Jahr für den Abschnitt Steglitz – Lichterfelde zuständig, und sie mußte kräftig strampeln, um wenigstens ein Bein auf die Erde zu bringen. Sie hatte es geschafft, sich von Potsdam nach Berlin versetzen zu lassen. Auch wenn neidische Kollegen anfangs hinter vorgehaltener Hand von Mauschelei getuschelt hatten – ihr war's egal, da sie bei der extern-internen Ausschreibung der Stelle mit Abstand die Beste für den Job gewesen war.

Dieses Energiebündel war physisch immer präsent. Recht kräftig, aber an den richtigen Stellen wohlgerundet, mit weichen Gesichtszügen und dunklem, jetzt kurz geschnittenen Haar, wirkte sie sanft, obwohl sie schon manchen Fight durchgestanden hatte. Ihren Spitznamen »die Starke« tolerierte sie in der doppelten Bedeutung des Wortes und beherrschte sofort jede Szene.

Angelika Lette hatte geahnt, was sie nach dem ausgiebigen Regen auf der Baustelle erwartete, und hatte sich mit kniehohen Gummistiefeln ausgerüstet. Ihr Schritt war nicht gerade der einer Dame beim Diplomatenempfang. So stapfte sie auf den Mann mit dem gelben Schutzhelm zu. »Zwölfte Mordkommission, Lette ist mein Name. Sie haben uns rufen lassen wegen einer Toten?«

Überrascht von so viel weiblichem Charme lüpfte der Mann seinen Helm. »Mickel – Bauleiter.« Er zeigte in die Grube. »Wir haben sie da unten beim Abpumpen gefunden, sitzt aber noch fest im Schlamm.«

Mit wenigen Fragen hatte sich die Kommissarin über die näheren Umstände informiert und kletterte die Leiter hinunter, die an der Böschung der Baugrube lehnte. »Reicht mir mal 'nen Eimer Wasser, aber frisches!« rief sie dem Bauleiter zu. Es dauerte eine Weile, bis die Fracht vom Baucontainer herbeigeschafft war. Ihr Kollege, Kommissar Gansmann, hangelte sich damit an der Leiter herunter und war schon naß, bevor er den ersten, in einem leichten Slipper steckenden Fuß in den Schlamm setzte.

»So, jetzt bitte ganz langsam über das Gesicht schütten«, sagte die Kommissarin. »Wollen doch mal sehen, was uns da erwartet.« Als der Morast weggespült war, bot sich den Anwesenden ein grausiges Bild. Vom Gesicht der Toten vor ihnen war nichts mehr zu erkennen. Die Starke hielt den Atem an und schüttelte sich. Gansmann trat einen Schritt zurück, stolperte und ließ den Eimer fallen. – Offenbar durch Schläge mit einem schweren Gegenstand hatte man den Kopf bis zur Unkenntlichkeit zerstört. Einzig die Haare, die in nassen Strähnen das umrahmten, was nur noch eine riesige Wunde war, ließen ahnen, daß hier eine junge Frau vor ihnen lag.

»Das ist ja gräßlich!« stöhnte die Kommissarin. »So ein zerstörtes Gesicht habe ich noch nie gesehen. Wozu sind Menschen doch fähig, wenn sie Spuren verwischen wollen.« Am liebsten hätte sie die Augen geschlossen und wäre weggerannt. Doch sie mußte sich dem Anblick stellen. Die Tote trug ein dunkles Kleidungsstück mit rundem Ausschnitt – keinen Halsschmuck. Weitere Einzelheiten waren noch nicht zu erkennen.

»Hat hier jemand eine Handtasche oder ähnliches gefunden?« rief die Kommissarin nach oben, wo die Arbeiter sich auf die Schaufeln stützten und das Geschehen mit gebührendem Entsetzen, aber fasziniert verfolgten.

»Nein, nichts!« kam die übereinstimmende Antwort.

»Könnten die Pumpen solche Teile erfaßt haben?«

»Nein!« rief der Bauführer. »Größere Teile wären in den Sieben und Filtern hängen geblieben. Wenn die Tote etwas bei sich gehabt hätte, müßte es noch im Schlamm stecken.«

Angelika stieß ihrem Kollegen in die Rippen. »Komm, wir klettern wieder nach oben, unsere Arbeit hier ist getan. Um den Matsch soll sich die Spurensicherung kümmern.« Und mit einem Blick auf seine schlammigen Schuhe sagte sie: »Aber mit den Mauken steigst du mir nicht ins Auto! – Vielleicht kannst du ja ein Paar saubere Gummistiefel anziehen.«

Oben am Rand traten die Arbeiter schweigend zur Seite, um die Kommissarin und Gansmann vorbeizulassen.

»Haben Sie etwas Besonderes entdeckt?« fragte der Bauleiter.

Die Kommissarin schüttelte den Kopf. »Nichts! – Bitte

schicken Sie die Leute weg. Gleich kommen die Spurensicherung und der Polizeiarzt – die brauchen keine Zuschauer bei ihrer Arbeit. Aber Sie sollten mit einem oder zwei Männern hierbleiben. Vielleicht brauchen wir auch den Kranführer, um die Tote aus der Baugrube zu heben. Bei der Tiefe und dem Matsch wird das keine leichte Aufgabe sein.

Die Arbeiter standen jetzt diskutierend zusammen und hatten offenbar keine Lust, dem Geschehen den Rücken zu kehren.

»Geht rüber in die Baracke und gönnt euch Kaffee und Zigaretten auf meine Kosten. Hier geht's erst weiter, wenn die Kripo den Ort freigibt«, gab der Bauführer Anweisung. Das Grüppchen entfernte sich nur zögernd.

Kommissar Gansmann war inzwischen zu dem Wassertrog gegangen, der neben der Baracke stand. Er zog Schuhe und Strümpfe aus und kippte eimerweise Wasser über seine Füße und die Hosenbeine. Die Schuhe steckte er gleich ganz ins Wasser und schwenkte sie wie Biergläser hin und her. Dann nahm er die triefenden Lederlappen und hielt sie anklagend der Kommissarin entgegen. »Weißt du, was die gekostet haben?«

»Jedenfalls so viel, daß du hier Lehrgeld bezahlt hast, oder?«

Einer der Arbeiter reichte dem Kommissar ein Handtuch, das vor Urzeiten sicher schon einmal gewaschen worden war. – Immerhin war die polizeiliche Säuberungsaktion soweit gelungen, daß die Chefin keinen Grund mehr hatte, ihm den Zutritt in Südwest 18 zu verweigern.

Angelika Lette hatte inzwischen den roten Haarschopf über dem Minirock im Visier und winkte Donka Weber zur Seite. »Du meiner Seel'! Wo bist du mal nicht, wenn wir ankommen!« Die beiden hatten ihren anfänglichen Streit um den Platz an der Sonne bei ein paar kräftigen Drinks beigelegt und beschlossen, daß jeder den anderen seine Arbeit machen ließ.

»Da unten sieht's wohl schrecklich aus?« fragte Donka, die den herangezoomten Kopf im Sucher gesehen hatte. »Gibt's Erkenntnisse?«

»Leider keine wichtigen. Die Frau kann noch nicht alt sein, und sie kann auch noch nicht lange da unten gelegen haben. Ihr Gesicht ist total hin. Da hat sich einer große Mühe gegeben, uns die Arbeit zu erschweren. – Du hast sie doch nicht etwa ...?«

»Sicher habe ich. Das ist schließlich mein Job. Aber nicht jeder wird gleich zum Paparazzo, wenn er eine Leiche fotografiert. Das Bild bringe ich nicht. Nur das Drumherum und natürlich den überzeugenden Auftritt der Berliner Polizei. – Holt ihr nachher die Blechkiste mit dem Kran aus der Grube?«

Angelikas Lachen war wie eine Befreiung. »Schon möglich.«

»Das wäre ein Bild: Himmelfahrt einer Leiche oder so. – Ah, da kommen sie ja.« Donka hatte schon wieder die Kamera am Auge.

Der Wagen der Spurensicherung rumpelte über die Bohlen, der Arzt parkte seinen Wagen am Straßenrand, und als auch noch zwei Streifenwagen hielten, wurde es richtig professionell. Schließlich kam noch Staatsanwalt Decker dazu, der sich mit dem Tatort vertraut machen wollte.

Als erster stand der Arzt am Baugrubenrand, sah kurz in die Tiefe und stellte fest: »Da steige ich nicht rein. Augenschein von hier aus genügt erst mal. Dieser Mensch da unten ist eindeutig tot. Ich sehe ihn mir näher an, wenn er nach oben befördert worden ist.« Auch der Staatsanwalt sah sich die Sache von oben herab an.

Im Institut »Polizeitechnische Untersuchungen (LKA-

PTU)« war man zunächst einmal froh, nicht schon wieder mit einem Bombenfund konfrontiert zu werden. Der Spurensicherungstrupp PTU 11 allerdings, der hier die Drecksarbeit machen mußte, war weniger erbaut. Aber sie waren alle keine Neulinge in dem Geschäft und wußten, wie man so etwas angeht. Nach ein paar informierenden Worten der Kommissarin und einem Blick in die Grube zogen erst einmal alle Gummistiefel an. Hauptkommissar Bulla kletterte als erster die Leiter hinunter. Er stellte nicht lange komplizierte Überlegungen an, sondern rief dem Bauführer zu: »Legt mir mal einen Wasserschlauch runter. Die Tote muß grob gesäubert werden, bevor sie in die Rechtsmedizin gebracht wird. Ihr könnt dann weiter arbeiten. Zwei Leute von mir bleiben hier und sehen sich an, was beim Auspumpen noch zutage kommt.« – Bald floß klares Wasser, und die Leiche erhielt Konturen.

Inzwischen hatte Gansmann über Funk den Wagen des Bestatters angefordert, der dank der Verhältnisse in Berlin immer schnell zur Stelle war. Beim Gespräch über Funk steckten seine Füße nun doch in sauberen Gummistiefeln, die ihm seine Kollegin aus dem Wagen der Spurensicherung besorgt hatte.

»Dieser Service ist eine einmalige Sonderleistung!« erklärte sie. »Du brauchst also in Zukunft gar nicht erst zu versuchen, den Macho herauszukehren.«

Bald darauf stand die Zinkwanne in der Baugrube, zwei Bestattungshelfer legten die Tote hinein – und es kam, wie es kommen mußte: Donka Weber schoß ihre Aufnahmen von der Himmelfahrt, als die makabre Fracht nach oben gehievt wurde. Der Arzt ließ kurz den Deckel anheben und gab mit einem Handzeichen sein Okay zum Abtransport. Staatsanwalt Decker gab seinen Segen dazu. Wieder ging ein Opfer ab zum Seziertisch aus Edelstahl.

7

Die *Offene Zelle* war wieder einmal gut besucht. Nachdem die hohen Tiere aus Politik und Ministerialbürokratie Bonn den Rücken gekehrt hatten und ihr Glück in Berlin suchten, war der Zulauf *Im Bären* eher noch größer geworden. Die Hektik war mit an die Spree gezogen, und in der Stadt am Rhein war es geselliger geworden. Wer Zeit und Lust hatte, schaute zwanglos herein, trank sein Kölsch oder den Schoppen Wein, diskutierte angeregt, hielt die Ohren offen und blieb, so lange es ihm gefiel. Polizei, Staatsanwaltschaft und Presse kamen sich in der *Offenen Zelle* so nahe wie draußen selten, und manche hier kursierende Hintergrundinformation war mehr wert als die gedruckten Mitteilungen der Pressestellen.

Für Redakteure lag der Jour-fixe-Termin nicht so günstig, da sie um diese Zeit ihr Blatt für den nächsten Tag fertigstellen mußten. Aber für die halbe Stunde, die sie fast immer erübrigten, wurden sie belohnt mit brandheißen Informationen, Gerüchten und Vermutungen. Die freien Mitarbeiter hatten es leichter. Ihre Beiträge waren bereits in der Redaktion abgeliefert, und sie konnten den Frust des Tages wegspülen und dabei ganz nebenher Material für den nächsten Artikel sammeln.

Für alle galt ein ungeschriebenes Gesetz: Harte Getränke waren tabu, denn keiner aus dieser Runde wollte bei der Polizei ins Röhrchen pusten.

An diesem Montag stand Hauptkommissar Walter Freiberg von der Ersten Mordkommission im Mittelpunkt des Interesses. Er hatte Geburtstag. Keiner der Anwesenden wollte es sich nehmen lassen, ein paar freundliche Worte mit ihm zu wechseln und anzustoßen. Sein alter Freund und Mitarbeiter Lupus, der »gefürchtete« Mann mit der empfindsamen Seele, den man kürzlich zum Kommissar befördert hatte, war mit von der Partie.

»Mensch Walter, ich wußte gar nicht, wieviele Freunde du hast, trotz deines mörderischen Berufs. – Aber mit der weiteren Karriere hier in Bonn wird's jetzt länger dauern. In Berlin wärst du bestimmt die Leiter raufgefallen und schon Kriminalrat, so wie die dich gedrängt haben damals in der Gründerzeit.«

Freiberg klopfte Lupus auf die Schulter. »Und du, mein Mitstreiter, warum hast du hier ausgeharrt und ewig auf deine Beförderung gewartet, anstatt an die Spree zu ziehen?«

Beide hoben das Glas und tönten unisono: »Darum ist es am Rhein so schön!«

Der junge Staatsanwalt Hartung winkte schon an der Tür mit einem Glas Kölsch und steuerte auf Freiberg zu. »Glückwunsch, Gesundheit, ein langes Leben und keine Kugel zwischen die Rippen! – Prost!« Nach einem kräftigen Schluck begrüßte er die Umstehenden:. »Nanu, ich weiß ja, daß ohne Lupus keine Feier stattfindet, aber wo steckt Ahrens?«

»Der ist mit seiner Octopussy auf Mallorca, in El Arenal. Er wollte seinen Ballermann Zuhause vorübergehend gegen einen mit der Nummer sechs eintauschen«, sagte Lupus breit grinsend.

»Ob ihm das so gut gefällt?« Staatsanwalt Hartung schnalzte mit der Zunge, während er sich einen Stuhl heranzog. »Komm Walter, setz dich neben mich. Wie sieht's aus, was macht deine studentische Hilfskraft? Seid ihr immer noch ein Single-Gespann?«

Freiberg nickte. »Wir bilden eine freie, lockere, streng eingeschworene Gemeinschaft. Du siehst doch, sie läßt ihren Waldi heute ohne Leine laufen.«

»Eine vernünftige Frau. – Und wie geht's der Freundin Angelika Lette in Potsdam?«

»Vorsicht! Vorsicht!« bremste Lupus. »Solche Anspielungen darf seine Sabine nicht hören, sonst singelt er bald allein.«

Freiberg wußte, daß Hartung ein loses Mundwerk hatte. Aber die beiden kannten sich schon lange, und die Flachserei gehörte bei jedem Wiedersehen einfach dazu.

»Frau Hauptkommissarin Lette hat sich nach Berlin versetzen lassen. Am Telefon hat sie über viel Arbeit geklagt. Dabei habe sie schon mindestens fünf Kilo ihrer Lieblichkeit verloren«, sagte Freiberg bierernst.

Hartung hob noch mal sein Glas. »Upon the lady! Möge ihr der Job weiteren Schwund ersparen. – Das wäre eine Frau, für die ich mich begeistern könnte.«

»Dann frag sie doch mal, ob sie eine so zarte Erscheinung wie dich an ihr starkes Herz drücken möchte. – Aber bist du nicht …?«

»Nicht mehr.«

Das Wortgeplänkel wurde unterbrochen, als sich Straßfurt von KK 24 zu ihnen setzte. Er war im Präsidium für so erbauliche Taten wie Raub, Diebstahl und Hehlerei zuständig. Wieder Glückwunsch, Prost und Gesundheit. Auch er kam schnell zur Sache. »Wie geht's eigentlich der Kollegin Lette?«

Staatsanwalt Hartung lächelte süffisant. Freiberg war sauer und verzog das Gesicht. »Nun komm du mir auch noch mit deinen Anspielungen!«

Straßfurt sah ihn verstört an. »Wieso Anspielungen? Ich meine das dienstlich.«

»Schon gut!« Das Gesicht des Geburtstagskindes entspannte sich wieder. »Die Lette ist jetzt in Berlin, wie ich dem hochverehrten Herrn Staatsanwalt soeben erklärt habe. – Worum geht's denn bei deinem dienstlichen Interesse?«

»Um Kirchenkunst und Antiquitäten!«

»Und was sollen wir Kopfjäger damit zu tun haben, vor allem die Starke in Berlin?«

»Weiß ich nicht – noch nicht. Der Antiquitätenladen in der Acherstraße, ein paar Häuser weiter, ist euch bekannt?«

»Da habe ich schon einige schöne Stücke gekauft«, antwortete Hartung. »Leider gibt's dort mehr exquisite Sachen, als ich mir mit meinem Gehalt leisten kann.«

Freiberg nickte zustimmend.

»Ihr kennt auch den größten steuerzahlenden Geschäftsmann dieser Stadt?!«

»Wer kennt den nicht«, sagte Freiberg. »Ihn und seine berühmte Kunstsammlung. Aha, darauf willst du hinaus.«

»Richtig! Mit dem Kunsthistoriker, der diese Schätze betreut, stehe ich schon seit Jahren in Kontakt.«

»Und?«

»Ich habe ihn vor ein paar Minuten auf dem Weg hierher getroffen, und er hat mir im Schaufenster des Antiquitätenladens eine Ikone gezeigt. – Ich verstehe zwar nicht viel von Kirchenkunst, aber so etwas würde ich mir auch in den Herrgottswinkel hängen. – Diese Maria mit dem Kind will er jedenfalls kaufen.«

»Und dafür braucht er die Einwilligung der Staatsgewalt?« flachste Lupus. »An Kleingeld kann's ja wohl nicht fehlen.«

Straßfurt nickte. »Geld ist nicht das Problem. Er hat das Stück schon in der Hand gehabt und sogar einen Tausender angezahlt, um es sich reservieren zu lassen. – Aber nun höret und staunet: Die Ikone ist echt, die Expertise eine Fälschung und der Preis - viel zu niedrig.«

»Das sind allerdings drei Umstände, die bei einem seriösen Geschäft nicht zusammenpassen«, warf Lupus ein.

»Was soll sie denn kosten?« fragte der Staatsanwalt interessiert.

»18.000«

»Und was ist sie nach Meinung deines Kunstfreundes wert?«

»Mindestens das Zehnfache.«

»O-là-là!« staunte Freiberg. »Das stinkt ja meilenweit gegen den Wind nach Hehlerei. Aber was hat meine – in Anführungszeichen – Freundin Lette damit zu tun?«

»Unmittelbar nichts«, erklärte Straßfurt. »Aber hinter der einen Geschichte steckt oft noch eine weitere. So auch hier: Den Inhaber des Geschäfts kennen wir, er ist ein naturalisierter Libanese. Wir haben bei ihm vor einiger Zeit ein paar Sachen beschlagnahmt – geklaute Kleinigkeiten, nichts Gravierendes. Ihm war Hehlerei nicht nachzuweisen.«

Freiberg schüttelte den Kopf. »Trotzdem – was hat die Lette damit zu tun?«

Straßfurt ließ sich nicht beirren. »Wir nehmen an, daß der Libanese nur ein Strohmann für einen anderen ist, der das Kapital einbringt und wahrscheinlich auch die Ware. Bisher hatten wir keinen Grund, uns für diesen Unbekannten zu interessieren. Aber jetzt bin ich neugierig geworden und habe Erkundigungen eingezogen. – Und damit sind wir bei deiner … äh, bei der Kommissarin Angelika Lette. Der Mann im Hintergrund soll in Potsdam nämlich noch so ein Geschäft haben. Eben dort müßte sich die Lette …«

»… deren Wirkungsfeld jetzt Berlin ist …«, warf Freiberg ein.

»… oder einer ihrer früheren Kollegen auskennen«, beendete Straßfurt seinen Satz.

»Dann ruf sie doch an!«

»Es wäre besser, wenn du das erledigen könntest! Ich möchte nicht so offiziell einsteigen, sonst wird gleich ein Vorgang draus. Bei Hehlerei steht ein Grundsatz ganz obenan: Erst diskret recherchieren, dann zuschlagen und möglichst gleich Hintermänner treffen.«

»Kapito. – Wird gemacht. Du hörst morgen von mir, beziehungsweise von – von ihr.«

An der Eingangstür kam Bewegung auf. Mit der für ihn charakteristischen Eile stürmte Mauser herein. Mit seinem Haarschopf, der die Künste der gesamten Friseurinnung zu verhöhnen schien, mit ausgeblichenen Jeans, kariertem Hemd und über der Schulter baumelnder Kamera bot er ein vertrautes Bild. Sobald er Freiberg entdeckte, riß er den Fotoapparat hoch und schoß eine ganze Serie Fotos – die Blitze schlugen in dichter Folge ein. »So, das hätten wir. Glückwunsch, Walter! Diese wunderschönen Konterfeis sind exklusiv fürs Fotoalbum, nicht für meine Brötchengeber. – Gibt's was Neues? Ich bin in Eile.«

Lupus zog ihm einen Stuhl heran. »Komm, setz dich fünf Minuten auf deinen Arsch, sonst laufen dir da die Mäuse rein! Du bist wirklich schwer zu ertragen, Egon!«

»Na dann!« gab Mauser nach und griff nach einem Kölsch. »Prost, Walter! Nicht doch was Neues? Ihr hockt so beieinander, als ob ...«

Freiberg sah ihn durchdringend an. »Kannst du mir heute nacht ein paar schöne Fotos machen?«

»Wie bitte, jetzt noch? Das hat doch sicher bis morgen Zeit. Unser Erster Mordkommissar ist in zwanzig Stunden noch genau so ansehnlich wie jetzt. – Es sei denn, er will sich in den folgenden Stunden um den Verstand saufen.«

»Halt die Klappe, und hör zu!« Freiberg bedeutete ihm näher zu kommen. »Der Kollege Straßfurt hat mir soeben eine komplizierte Geschichte erzählt. Die erfährst du später. Im Moment ist eines wichtig: Könntest du gleich jetzt, sofort und unverzüglich, am besten mit einem Mädchen zur Tarnung, ein paar Fotos von den Auslagen im Antiqitätenladen nebenan in der Acherstraße schießen? Einfangen mußt du vor allem die Ikone der Maria mit dem Jesuskind.«

»Eiderdaus, wußt ich's doch! Da schnappe ich mir unsere Polizeireporterin, die ohnehin schon genug auf deine Kosten gebechert hat, und verschwinde – und zwar subito.« Er winkte zu Petra Siebenstern hinüber, die fröhlich zurückwinkte. Dann grinste er breit und sah Hauptkommissar Straßfurt an. »Wenn ihr den Hehlerladen aushebt, dann bitte nicht ohne mich! Ich lebe schließlich von kleinen Gefälligkeiten. – Die Bilder gibt's zum Frühstück. – Tschüss, meine Herren!«

Er stand auf, nahm die überraschte Petra Siebenstern bei der Hand und marschierte mit ihr zur Tür hinaus.

Staatsanwalt Hartung schüttelte den Kopf. »Das ist vielleicht ein Kerl! – Und ich komme so ganz langsam hinter die Ermittlungsinterna der Polizei.«

Am Morgen nach dieser feucht-fröhlichen Nacht hatte der Chef der Ersten Mordkommission einen handfesten Kater. Trotz aller Tabus war es spät geworden *Im Bären*. Und er fand es nicht sehr erhebend, daß seine »studentische Hilfskraft« Sabine ihn auf die Couch verbannt und einen Eimer ans Kopfende gestellt hatte. Auch wenn das Kölsch vom fünften Glas an immer bitterer geschmeckt hatte – es war drin geblieben. Dafür tanzten kleine Männchen im Gehirn und brüllten *Helau* und *Alaaf!*

Nach einer heiß-kalten Dusche und einer Tasse Kaffee hatte er seinen Dienst verspätet und noch leicht lädiert angetreten. Da trug es auch nicht zur Erbauung bei, daß er Kollegin Lette zwar beim ersten Versuch gleich an der Strippe hatte, dafür aber schnell abgefertigt wurde. »Keine langen Sprüche jetzt, Walter!« unterbrach sie seine offensichtlich etwas wirren Erklärungsversuche. »Ich bin auf dem Weg in die Rechtsmedizin und muß mir gleich ansehen, wie eine Frauenleiche mit zerschmettertem Kopf auseinandergeschnitten wird, die man in einer Baugrube gefunden hat. – Nun also zu deinem Problem: In Potsdam gibt's Antiquitäten- und Kunsthandlungen satt. Eine davon gehört Maik Haschem, der auch in Bonn eine Filiale hatte. Vielleicht ist das euer Mann. Ich sollte ihn während meiner Potsdamer Zeit stellvertretend für einen Kollegen vom Betrugsdezernat vernehmen, traf ihn aber nicht an, weil er in Bonn war. Ich werde die Potsdamer fragen, ob sie das Umfeld mal ausloten können. Aber bitte nicht mehr heute. – Mach's gut, grüß Sabine, Lupus und die ganze Bande. Später mehr – bis dann!

Freiberg überlegte noch, was er mit dieser Information anfangen sollte, als es an der Tür klopfte, die sofort einen Spalt aufging. Erst zeigte sich eine Hand mit Hochglanzfotos, dann Egon Mauser, der mal wieder Wort gehalten hatte.

»Darf ich ...?«

»Ausnahmsweise!«

Presse-Mauser legte die Bilder in einer Reihe auf den Schreibtisch. Trotz komplizierter Lichtverhältnisse und spiegelnden Sicherheitsglases hatte er Maria mit dem Kind ohne Fehl erfaßt. Mauser grinste Freiberg vielsagend an. »Das war wohl eine harte Nacht! Der Kopf sieht großartig aus. – Ich meine den von der Dame. Die Siebenstern hat mir geholfen, der späten Arbeit die schönsten Seiten abzugewinnen. – Was willst du mit den Bildern anfangen?«

Freiberg trank Kaffee in kleinen Schlucken. »Das weiß ich noch nicht. Straßfurt ist zuständig; ich helfe ihm nur bei den ersten Recherchen. Daß es sich um Hehlergut handeln könnte, weißt du nicht von mir. Aber Vorsicht, Mauserich! Versau die Ermittlungen nicht! Noch ist keine Story drin. Doch wenn sich die Sache klärt, kann es interessant werden. Laß mir zwei Bilder hier, und bring Straßfurt die anderen. So etwas fördert die Dankbarkeit der Kripo. – Jetzt keine Fragen mehr. In meinem Kopf müssen die kleinen grauen Zellen erst wieder Tritt fassen.«

Der schnelle Mauser nahm die Bilder, winkte kurz und zog

ab. Er kannte Freiberg zu gut, um nicht zu wissen, daß der ihm schon den Zipfel einer dicken Geschichte in die Hand gedrückt hatte.

8

Als der Pathologe im Institut für Rechtsmedizin mit seiner Arbeit begann, wurde ihr übel. Die Starke mußte ein paar Minuten raus an die frische Luft und den Schock überwinden, den der Anblick der nackten Frau auf dem Seziertisch ausgelöst hatte. Die OP-Lampe warf ein hartes Licht auf das zerstörte Gesicht, in dem der vom Schlamm gesäuberte Körper mit dem nur grob vernähten Y-Schnitt zart und verloren wirkte.

Kommissarin Lette nahm den für die Kripo reservierten Platz wieder ein und registrierte mit einer gewissen Befriedigung , daß einer der anwesenden Studenten die Hand vor den Mund hielt und noch schneller als sie nach draußen verschwand.

Professor Semmler, der Chef des Instituts, ein großer, kräftiger Mann mit Bürstenhaarschnitt, setzte all sein wissenschaftliches und handwerkliches Können ein, um dem, was einmal ein Gesicht gewesen war, seine Geheimnisse abzuringen. Ihm ging es vor allem darum, in den Wunden Splitter oder Spuren des Gegenstands zu finden, mit dem der Täter auf sein Opfer eingeschlagen hatte.

Dr. Jasper, ein älterer Kollege, hatte schon die üblichen Routinen wie Temperaturbestimmung, Blutabnahme, Vaginalabstrich, Untersuchung des Magen- und Darminhalts etc. erledigt. Jetzt beschäftigte er sich mit einer dickwandigen Plastiktragetasche. Sie war noch verschmiert vom Schlamm der Baugrube, der sich mit Blut vermischt hatte. Dieses Objekt hatte ein Beamter der Spurensicherung beim Auspumpen sichergestellt und in die Rechtsmedizin gebracht. Dr. Jasper schabte die Schlammreste in eine Metallschale, schnitt die Tasche auf und stülpte die Innenseite nach außen. Das anhaftende Blut, vermischt mit Schlamm, Haaren und offenbar auch kleinen Knochensplittern, landete ebenfalls in einer Schale.

Dann wendete er die Plastiktasche wieder und zog eine der Lampen zu sich heran. »Herr Professor Semmler«, sagte er, ohne die Stimme zu heben, »in dieser Tüte steckte der Kopf des Opfers, als er mit Schlägen unkenntlich gemacht wurde. Wie Sie hier sehen, sind Spuren der Tatwaffe deutlich zu erkennen, wahrscheinlich war es ein schwerer Hammer.«

Der Professor nickte zustimmend und wandte sich an die Kommissarin. »Bitte kommen Sie doch etwas näher! Dieser Gegenstand könnte für Ihre Ermittlungen besonders wichtig werden.«

Die Starke atmete einmal tief durch, bevor sie zum Stahltisch ging. Dabei vermied sie es krampfhaft, einen Blick auf die Leiche zu werfen. Sie sah nur auf die Plastiktragetasche.

»Schauen Sie her! Um diese Kratzer sollten sich die Spezialisten von PTU 11 kümmern; und die Leute von PTU 33 müßten sich wohl die Fasern und Haare aus dem Inneren der Tasche vornehmen. – Wie Kollege Jasper schon sagte, dürfte der Täter dem Opfer den Beutel über den Kopf gezogen haben, um dann ...«

Angelika Lette ließ ihn den Satz nicht zuende sprechen. »Sehr wahrscheinlich«, stimmte sie schnell zu.

Professor Semmler trat einen Schritt in Richtung des Tisches, dem die Kommissarin am liebsten den Rücken gekehrt hätte. »Hier ist noch etwas. Würden Sie bitte näher kommen?«

Die Starke spürte, wie es in ihrem Magen zu flattern begann. Dankbar nahm sie zur Kenntnis, daß einer der Helfer ein grünes Tuch über das zerstörte Gesicht legte.

»Bitte schauen Sie genau hin«, sagte Professor Semmler und schob das Tuch etwas zurück, so daß der Hals der Toten frei lag. »Sie ist erwürgt worden, bevor man auf ihr Gesicht einschlug. Die Male sind eindeutig. Außerdem hat sie noch an anderen Stellen Prellungen. Aber das werden wir noch genauer untersuchen.«

»Dann hat die Frau von den Schlägen wenigstens nichts gespürt.« Ihrer Stimme war die Erleichterung anzuhören.

»Davon wollen wir mal ausgehen«, erklärte der Pathologe gleichmütig. »Bei unseren weiteren Arbeiten ist Ihre Anwesenheit nicht mehr erforderlich. Aber Sie können natürlich gern bleiben, wenn Sie möchten.«

»Besser nicht! Ich habe an diesem Fall einiges zu knacken, und die Zeit drängt.«

Die Frage: »Gibt es schon neue Erkenntnisse?« zeigte, daß der Professor über sein Fachgebiet hinaus interessiert war.

»Leider nein. Mein Kollege Gansmann sitzt schon seit Stunden im Präsidium vor dem Bildschirm und forscht nach jüngst vermißten Frauen.«

»Ich hoffe nur, daß Sie bald Erfolg haben. – Auf Wiedersehen, Frau Kommissarin.«

Angelikas Lächeln wirkte etwas angestrengt. »Aber bitte nicht an diesem Ort, jedenfalls nicht so bald. – Tschüss, Herr Professor.«

Das war jetzt die dritte Leichenöffnung in Berlin, bei der sie anwesend war. In Potsdam hatte sie das regelmäßig ihrem Vertreter überlassen, der offensichtlich besser damit fertig wurde. Auch er zitierte gern den Spruch, den sie vom Kollegen Freiberg in Bonn zur Genüge kannte: »Leichen sind Menschen wie du und ich, nur etwas kälter.« Inzwischen glaubte sie zu wissen, daß sein Sarkasmus nur eine Abwehrreaktion war.

Nach den Eindrücken in der Pathologie brauchte sie etwas

Abstand. Mit dem neuen Astra steuerte sie ihre Miniwohnung in Tempelhof am Hessenring an, die sie mit viel Glück gefunden hatte. Telefon mit Anrufbeantworter und Faxanschluß gehörten zur Ausstattung. Manchmal gab es eben doch einen Lichtblick. Ihr Appartement in Potsdam hatte sie damals fluchtartig verlassen, um nicht jedes Selbstbewußtsein zu verlieren. Dort lebte jetzt ein Playboy, den sie bei einer Fete in den Filmstudios aufgegabelt und mitgenommen hatte. Schon in der Nacht wurde ihr klar, daß sie wieder einmal zur falschen Zeit am falschen Ort dem falschen Mann auf den Leim gegangen war. Schauspieler nannte er sich, war aber nur Gelegenheitsstatist, der es glänzend verstand, auf Kosten der Frauen zu leben. Der Typ dachte gar nicht daran, sein warmes Quartier zu räumen. Angelika wollte auch kein großes Trara machen; damit hätte sie sich nur zum Gespött der lieben Kollegen gemacht. Die Versetzung nach Berlin war gerade zum richtigen Zeitpunkt gekommen. Jetzt würde ihr Anwalt versuchen, den Kuckuck aus dem Nest zu vertreiben.

Sie parkte abenteuerlich und stürmte die Treppe zur dritten Etage hoch. Als erstes mixte sie einen Drink aus wenig Cola und viel Rum und ließ dieses Labsal in sich hineinlaufen. Dann feuerte sie ihre Schuhe in die Ecke, warf Jeans, Sweatshirt und ihre leichte Jacke über den Sessel und sprang unter die Dusche. Genüßlich ließ sie das heiße Wasser auf sich niederprasseln und nahm reichlich Duschlotion, um die Erlebnisse des Tages abzuwaschen. Dabei glitten ihre Hände über kräftige Rundungen, die, wie es ihr schien, schon etwas weniger fest waren als in der Potsdamer Zeit. Mehr abnehmen durfte sie nicht. Lieber etwas voll und stramm als dünn und schlabberig, sagte sie sich. Die Starke wollte sie schon bleiben.

Kaum zwanzig Minuten später war sie im Präsidium, voller Spannung, ob Gansmann etwas Brauchbares aus dem Computer herausgekitzelt hatte. Aber ihre Hoffnung wurde enttäuscht; es gab nichts, was weiterhelfen konnte. Vermißte gab es genug, doch keine paßte zum Bild der Frau aus der Baugrube. Was auch nur annähernd in Frage kam, hatte Gansmann überprüft. Nur Fehlanzeigen. Jetzt mußten die Medien helfen.

»Diesen Burschen müssen wir erwischen!« knurrte Gansmann. »So was darf man Frauen einfach nicht antun.«

»Was haben wir noch an Identifikationsmöglichkeiten?«

»Wenig! Das bißchen Kleidung gibt nichts her. Handtasche oder Papiere haben wir nicht gefunden, auch keinen Ehering. Nur das hier.« Er hielt einen Armreif hoch. »Den hat PTU 11 rübergeschickt. Schau ihn dir an. Sieht aus wie Silber, ist aber Platin. Die Tote trug ihn am linken Arm.«

Die Kommissarin betrachtete das Stück, das schwerer war, als sie erwartet hatte. Das Muster der umlaufenden Ziselierung ließ sich als Schlange deuten, deren zwei Augen aus Edelsteinen bestanden. Der Reif wirkte gediegen, aber unauffällig. Eine Gravur war nicht zu entdecken. »Für die Presse ist das wenig Futter. Versuch doch mal, Donka Weber zu erreichen. Die hat schließlich das Foto von der Himmelfahrt als Aufmacher gebracht. Vielleicht nimmt ihr dankbarer Redakteur auch das Bild mit dem Armreif.«

Noch während Gansmann am Telefon hing, öffnete sich die Tür, und die Gesuchte sah um die Ecke. »Hallo, ich war in der Pressestelle, aber die haben nichts für mich. Darum dachte ich ... Aber wenn du nichts über die Tote aus der Baugrube sagen willst, verschwinde ich sofort wieder. Ich möchte nicht stören.«

»Du störst zwar, bist aber trotzdem willkommen. Setz dich dort auf den Stuhl, der sonst für Delinquenten bestimmt ist, und sieh dir das hier an.« Damit schob ihr die Kommissarin den Armreif zu.

»Modeschmuck – sieht aus wie Blech«, stellte Donka fest. »Ist das von ...?«

»Ja, aber es ist kein Modeschmuck aus Blech, sondern ein teures Geschmeide aus Platin und Rubinen.«

»Donnerwetter. Aber trotzdem könnte ich mich dafür nicht begeistern. Macht doch nichts her, oder?«

»Für Kenner schon.«

Donka hielt den Armreif hoch und suchte nach einer Gravur. »Keine Widmung eines dankbaren Liebhabers. Schade für euch. Was macht ihr damit? Wandert der auch in die Asservatenkammer?«

»Na klar, du hast doch gerade dein Desinteresse bekundet. Aber im Ernst, du könntest doch ein Foto machen und es als Fahndungshilfe mit einem netten kleinen Artikel in deiner von mir so überaus geschätzten Zeitung unterbringen.«

Die Journalistin war nicht gerade begeistert. »Wer soll mir das denn noch abnehmen? Die Meldung über die Tote in der Baugrube ist längst durch und verbraucht. Was fehlt, ist eine Rekonstruktion vom Kopf der Leiche. So ein Quasi-Phantombild könnte ich gut loswerden.«

»Tja, wenn du's nicht haben willst, geht's über die Pressestelle. Dann beklag dich aber nicht, wenn dein Lieblingsredakteur sauer ist, daß andere etwas bringen, was er nicht hat.«

Donka Weber verzog den Mund. »Deine Tricks sind nicht gerade vom Feinsten, Frau Hochkommissarin. Ich werd's versuchen. Aber bitte vierundzwanzig Stunden Vorsprung, bis ihr es offiziell rausgebt. – Kann ich die Schlange für die Fotos mitnehmen?«

»Du bist wohl verrückt! Der Armreif kommt hier nicht raus. Erstens ist er Beweismaterial und zweitens ein sauteures Schmuckstück.«

Die Kommissarin öffnete die Tür zum Nebenzimmer. »Hier kannst du das wertvolle Ding in Ruhe ins rechte Licht rücken und auf den Film bannen. Was dabei herauskommt, möchte ich morgen in der Zeitung sehen. Dazu den üblichen

Hilfeschrei der Kripo. Die Telefonnummer der Zwölften hast du ja.«

Donka Weber verschwand nach nebenan. Eine Viertelstunde später kam sie zurück und legte den Armreif auf den Schreibtisch. »Der macht wirklich nicht viel her – es fehlt der satte Glanz des Goldes. Ich habe den ganzen Film draufgehalten; vielleicht tritt das Besondere ja erst auf den Fotos zutage. Einstweilen tschüss, ihr Kopfjäger. Ich muß nicht nur tüchtig arbeiten, sondern auch einen Redakteur becircen.«

»Dafür ist dein Rock ja kurz genug«, sagte Angelika Lette nach einem vielsagenden Blick auf die langen Beine der Journalistin.

»Bah! Du bist ja nur neidisch«, konterte Donka fröhlich und zog die Tür hinter sich ins Schloß.

»Schafft die das?« fragte Gansmann, der bis vor zwei Monaten noch beim LKA 31 Betrugsdelikte bearbeitet hatte und das Zusammenspiel zwischen seiner neuen Kollegin und dieser Vertreterin der Presse noch nicht durchschaute.

»Und ob die das schafft!« erklärte die Kommissarin.

Wenn es Reaktionen auf Presseveröffentlichungen gab, in denen die Polizei um Mitarbeit bat, kamen die Anrufe erfahrungsgemäß entweder sehr bald oder gar nicht. Am Foto des Armreifs konnte es nicht liegen, daß die Resonanz aus Leserkreisen diesmal ausblieb, denn Donka hatte ihre Sache gut gemacht. Der Schlangenkopf mit den beiden Rubinen trat auf dem Bild viel deutlicher hervor als bei normaler Betrachtung.

Wieder und wieder ging Kommissarin Lette die dürftigen Erkenntnisse durch. Nach der sichergestellten Kleidung des Opfers zu urteilen, konnte die Tote aus bürgerlichen Kreisen stammen, aber auch aus dem Milieu, wo mit der Ware Liebe gehandelt wurde. Der Armreif sprach nicht unbedingt dagegen, denn manche Callgirls konnten sich durchaus teuren

Schmuck leisten. Es wäre auch nicht das erste Mal, daß ein Mädchen nach getaner Arbeit von ihrem Freier umgebracht und beiseite geschafft wurde, ohne beraubt zu werden. Bewohnerbefragungen in der Nähe der Baugrube erbrachten nicht den kleinsten Hinweis. Baufahrzeuge und Bagger höre man ja ständig – da gingen vielleicht andere Geräusche unter. Und daß es in Strömen geregnet hatte, war keine Erkenntnis, die zur Aufklärung des Falles beitrug.

»Fällt dir dazu noch was ein, Gansmann?« fragte die Kommissarin.

Der schüttelte mißmutig den Kopf. »Ich könnte auch nur mit Bestimmtheit sagen, daß es zur fraglichen Zeit geregnet hat.«

Angelika Lette schob die Akten beiseite und holte sich einen Kaffee aus dem Automaten. Dann erinnerte sie sich an Freibergs Wunsch, etwas über die Beziehungen im Antiquitätengeschäft zwischen Potsdam und Bonn zu erfahren. Sie rief bei ihrer früheren Dienststelle in Potsdam an und bat Oberkommissar Hurler, alles an Informationen über den Laden und das Umfeld zusammenzutragen. »Ruf mich an, wenn du fündig geworden bist. Schon im voraus Dank und Grüße an die früheren Kollegen.«

Energisch schob sie ihren Stuhl zurück. »So, Gansmann, das war's für heute. Ich gehe noch ins Konzert – und das möchte ich ungestört genießen.«

»Das heißt also«, grinste Gansmann, »kein Anruf vor Mitternacht!«

9

Larissas Andeutungen, sie könne schon bald durch die Heirat mit einem deutschen Diplomaten ihren Status verbessern, hatte zu manchen Spekulationen im Kollegenkreis geführt. Daß sie weiterhin ihren Job ausüben konnte, brachte ihr neben Neid auch zusätzlichen Respekt ein. Manche Stewardeß sah darin die Gewißheit, daß persönliches Glück zwischen Himmel und Erde durchaus zu finden war.

Ein Bus der Aeroflot hatte die Besatzung der *Tupolev* mit ihren kleinen Bordkoffern zum Stammhotel gefahren. Von dort nahm Larissa ein Taxi zum Hotel Belgrad.

Arne Wilberg traf kurz nach ihr ein. Als wohlerzogener Kavalier rief er von einer der Telefonkabinen in der Halle bei ihr an. »Darf ich raufkommen?«

»Warum rufst du erst an? Ich warte auf dich.«

»Ich wollte nicht unhöflich sein.«

Sie lachte. »Manchmal benimmst du dich seltsam. – Deine Geliebte bin ich schon, und deine Frau werde ich sehr bald sein. Also kannst du jederzeit zu mir kommen. Wenn's gar nicht paßt, sage ich rechtzeitig Bescheid.«

»Ich fliege!«

Die Begrüßung war stürmisch. »Du hast mir gefehlt«, flüsterte Arne zwischen zwei Küssen.

»Du – mir – auch!« Ihre Stimme klang rauh.

Der Etagenkellner klingelte und servierte lautlos den von Larissa bestellten Imbiß. Für das Trinkgeld fühlte sich der Diplomat zuständig.

»Schönen Dank, mein Herr! Wenn ich noch etwas für Sie tun kann …«

Die Beflissenheit des Kellners entsprach der Höhe des Betrags.

»Die russische Wirtschaft funktioniert mit Trinkgeldern viel besser als früher«, erklärte Larissa. »Die Summen im Servicebereich bewegen sich in durchaus vertretbaren Grenzen. Beim Kunsthandel allerdings geht es schnell in die Hunderte, ja sogar Tausende.«

»Wieso nennst du ausgerechnet den Kunsthandel als Beispiel?« fragte Arne verwundert.

»Weil ich damit mein spärliches Gehalt aufbessere. Aber das sollte jetzt kein Thema sein.« Sie reichte ihm einen Whisky. »Viel oder wenig Soda?«

»Nur einen Schuß. – Auf dein Wohl!«

»Santé!«

Er ließ ihr kaum Zeit, das Glas abzustellen; seine Hände glitten fordernd über ihren Rücken, und er küßte sie wie ein Verdurstender.

»Bitte noch nicht«, stöhnte sie. »Ich muß erst unter die Dusche und den Reisestaub abspülen.« Sie löste sich von ihm und ging ins Bad; die Tür ließ sie offen. Arne füllte Whisky nach und lehnte sich mit dem Glas in der Hand an den Türrahmen. Er genoß es, dabei zuzusehen, wie sie ein Kleidungsstück nach dem anderen ablegte, und er wußte, daß diese Schau für ihn inszeniert war. »Der liebe Gott hat dir einen wunderschönen Körper geschenkt, dazu Gefühl und Verstand. Warum liebst du gerade mich?«

»Wir haben uns gefunden – und wir gehören zusammen.«

Das heiße Wasser prasselte und spritzte, so daß er einen Schritt zur Seite machen mußte. Aber seine Augen folgten jeder ihrer Bewegungen. Als sie aus der Dusche trat, stand er schon mit dem Handtuch bereit, um sie abzutrocknen. Seine hungrigen Hände streichelten sie überall dort, wo sie es gern hatte. Als sein Drängen stärker wurde, schob Larissa ihn zurück. »Laß uns erst etwas essen.«

Sie warf ihren Bademantel über und drückte Arne sanft in

den Sessel auf der anderen Seite des kleinen Tisches. Das Telefon summte. Larissa nahm ab, antwortete kurz und legte sofort wieder auf. »Gleich kommt ein Geschäftsfreund in Sachen Kunst.«

Sie konnte die Enttäuschung in Arnes Gesicht sehen.

»Möchtest du allein mit ihm verhandeln?« fragte er beherrscht.

»Aber nein. Du darfst auch diese Seite meines Lebens kennenlernen.«

Er zog sich in einen Sessel am Fenster zurück und sah auf das Panorama der Stadt. Moskau war beeindruckend; der Arbat quirlte vor Leben. Ein faszinierendes Bild.

Kurz darauf klopfte es an der Tür. Larissa ließ einen jungen Mann mit dunklem Haar und gestutztem Bart ein, der sie mit einer angedeuteten Verbeugung begrüßte. Er schien zu zögern, als er den Gast am Fenster sah.

»Mein zukünftiger Ehemann, ein deutscher Diplomat. Er spricht unsere Sprache«, erklärte sie. »Wir haben keine Geheimnisse voreinander. – Hast du gut eingekauft, Jasko?«

Der Besucher lächelte und schlug sich auf die Brust. Dann legte er die Jacke ab und öffnete das Hemd, so daß seine behaarte Brust zum Vorschein kam, auf der ein goldenes Pektorale mit Edelsteinen glitzerte. Langsam streifte er die Kordel über den Kopf, legte das Brustkreuz auf den Tisch und knöpfte sein Hemd wieder zu.

Larissa beugte sich vor. »Was für eine Pracht, Jasko! Du hast ein Gespür für besonders schöne Dinge. Wundervoll!«

»Der Pope braucht Geld für die Armen seiner Dorfkirche. Nur darum will er das Stück verkaufen. Er hat es während der Diktatur ohne Wissen seiner Oberen versteckt gehalten.«

»Es ist seinen Preis wert. Wir machen es so wie beim letzten Geschäft, ja?«

»Einverstanden!«

Larissa holte aus dem Zimmersafe einige Dollarscheine und reichte sie Jasko. Der steckte sie ein, ohne nachzuzählen. Er warf noch einen schnellen Blick auf den Fremden am Fenster, verbeugte sich kurz vor Larissa und verschwand wie ein Geist.

Arne Wilberg hatte schweigend, aber mit großem Interesse die Abwicklung des Geschäfts beobachtet. Jetzt trat er neben Larissa und nahm das Pektorale in die Hand. »Ein einzigartiges Kunstwerk«, stellte er bewundernd fest. »Und so etwas wechselt ohne viel Worte den Besitzer – ganz ohne Papier. Du hast noch nicht mal eine Quittung über den gezahlten Betrag.«

Larissa winkte ab. »Du verstehst sicherlich viel von der Diplomatie, aber, sei mir nicht böse, wohl nur wenig von unseren Geschäften. Der Mann vertraut mir und ich ihm – so einfach ist das.« Gedehnt fügte sie hinzu: »Er wäre bald erledigt, wenn er es wagen wollte, mich zu betrügen.«

Arne sah sich das Kreuz noch einmal genau an. »Das muß ja Tausende Dollars wert sein!«

»O ja, es ist aus massivem Gold und hervorragend geschliffenen Edelsteinen«, erklärte sie. »Ich habe Jasko ein gutes Angebot gemacht. Schau, wir haben schon einige lukrative Geschäfte zur gegenseitigen Zufriedenheit getätigt, und er weiß, daß ich das Kreuz weit weg von hier an seriöse Käufer weitergebe.«

»Bist du überzeugt, daß die Geschichte mit dem Popen stimmt und daß du nicht gerade Diebesgut oder Hehlerware erstanden hast?«

Sie schüttelte den Kopf. »Das will ich gar nicht wissen. Für mich sind das ganz normale Geschäftsbeziehungen mit zuverlässigen Lieferanten. Ich habe das Kunstwerk für einen Antiquitätenhändler besorgen lassen, der Geschäfte in Potsdam und Bonn betreibt.«

Arne war immer noch skeptisch. »Müssen Antiquitäten

nicht deklariert und verzollt werden? Sind solche Exporte aus Rußland überhaupt zulässig?«

Larissa lächelte. »Für einen Diplomaten stellst du die Fragen viel zu direkt. Nur ein gewisses Maß an Unklarheit sichert das Geschäft. Bei euren Staatsabkommen ist das doch genau so. Damit du beruhigt bist: Über hundert Jahre alte Antiquitäten sind zollfrei. Und was ein Pope mit seinem Privatbesitz macht, geht Mütterchen Rußland gar nichts an.«

»Na, das hätte Väterchen Stalin aber ganz anders gesehen.« Arne Wilberg war nicht so recht überzeugt, daß es mit diesem Geschäft seine Richtigkeit hatte.

»Nun zerbrich dir mal nicht den Kopf über Dinge, die du – noch – nicht kapierst!« fertigte Larissa ihn ziemlich schroff ab. »Diese Seite Rußlands zu ergründen wird dir mit meiner Hilfe schon noch gelingen! Denk dran, daß du bald eine international erfahrene Ehefrau an deiner Seite hast. Aber nun vergiß mal das Geschäft!« Mit einer schnellen Bewegung hatte sie sich das Brustkreuz umgehängt und schlug den Bademantel auseinander. »Na, was sagst du jetzt? Passen diese Schmuckstücke nicht ausgesprochen gut zueinander?«

Es verschlug ihm den Atem. Er spürte sein Blut in den Adern pochen und war mehr als jemals zuvor von ihr fasziniert.

»Das Kreuz der Liebe und du! Wie sehr es deine Schönheit unterstreicht! Komm her ...«

Sie schloß den Bademantel und nahm seinen Arm. »Jetzt wird erst einmal diniert. Ich habe im Flugzeug nur wenig gegessen, und der Tag war anstrengend. Wir brauchen schließlich Kraft für die Nacht.« Sie hob das Glas mit Champagner. »Auf dein Wohl, körperlich und seelisch, mein Diplomat!«

»Auf unsere Liebe!«

»Und daß wir bald richtig zusammengehören!« ergänzte sie.

»Cheers!« Er leerte das Glas und genoß die Vorfreude auf eine lange Liebesnacht, während sie an die künftige Heirat dachte.

Endlich war auch das Essen vorüber, und die Nacht der Nächte begann. Larissa kniete über ihm und ließ das Kreuz vor seinen Augen pendeln. Er wußte, daß es Blasphemie war, fand es aber erregend. Für einen Moment kam ihm der Wahlspruch seines Gymnasiums in den Sinn: *In hoc signo vinces!* – In diesem Zeichen wirst du siegen! – Als ihre Bewegungen heftiger wurden und das Kreuz in sein Gesicht schlug, streifte er es über ihren Kopf und ließ es auf den Teppich fallen.

Larissa fühlte, daß Arne sich in einer fast unwirklichen Stimmung befand, wie auf der Suche nach etwas Unbekanntem, noch nie Erlebtem. Sie würde ihm helfen, die Erfüllung zu finden! Mit Instinkt und Einfühlungsvermögen ließ sie ihn abtauchen in eine Welt, in der nichts zählte als ihrer beider Verlangen, das schließlich zu einer einzigen Explosion wurde.

Erst in der Morgendämmerung hatten sie sich voneinander gelöst. Sie wurden wach, als der Etagenboy das Frühstück servierte. Auf den Early-morning-tea hatten sie verzichtet, obwohl es für Larissa nichts Schöneres gab, als mit einer Tasse Earl Grey geweckt zu werden – wenn sie allein schlief.

»Ich denke, wir haben ein kräftiges Frühstück verdient«, sagte Arne. Er stand auf und rückte den Tisch zurecht. »Prächtig! Wie im guten alten England: Porridge, Ham and Eggs, Toast und Orangenmarmelade – alles, was das Herz begehrt. Auch das Belgrad hat Qualitäten!«

»Leider müssen wir in der nächsten Woche darauf verzichten«, stellte Larissa bedauernd fest. »Ich fliege sozusagen mit Überstunden. Wir sind pausenlos im Einsatz.«

»Schade, aber bei mir sieht's auch nach viel Arbeit aus. Die Botschaft erwartet eine größere deutsche Delegation. Wegen der Vorbereitungen bin ich schon seit Tagen im Dreieck geflogen: von hier nach Genf, von dort nach Berlin und wieder zurück nach Moskau.«

»Möchtest du noch eine Tasse Kaffee?« fragte Larissa und hielt die Silberkanne hoch.

»Ja, bitte! Der ist wirklich gut.«

Larissa räusperte sich. »Warst du auch …?«

Arne ließ sie nicht aussprechen. »Nein, dort war ich nicht. Ich habe nicht weit von der Zentrale im Hotel übernachtet.«

»Wann sprichst du mit ihr?«

»Sobald es geht. Hab' bitte noch etwas Geduld. Das ist keine Angelegenheit, die man zwischen Tür und Angel besprechen kann, und im Moment läßt mir die Arbeit wenig Zeit.«

Larissa wollte den Bogen nicht überspannen und lenkte ein: »Ach, lassen wir das. Nach dieser Nacht sind Worte überflüssig; wir wissen beide, wo wir stehen und was getan werden muß.«

Arne nahm ihre Hand und führte sie an die Lippen. »Ich liebe dich, mein Engel, und ich möchte immer bei dir sein; aber hab noch ein klein wenig Geduld.«

10

Die 12. Mordkommission hatte nicht nur den Fall der Toten aus der Baugrube zu bearbeiten. In einem abbruchreifen Haus war ein Vietnamese gefunden worden – Tod durch Genickschuß. Den kleinen Mann mit den eingefallenen Wangen hatte ganz offensichtlich eine Gang liquidiert, die seit Jahren den illegalen Zigarettenmarkt beherrschte; dafür sprachen die drei Brandmale auf der Stirn. Dieser Fall gab also vom Motiv her keine besonderen Rätsel auf, aber die Täter zu überführen würde ebenso schwer sein, wie den Mord an der jungen Frau mit dem zerschlagenen Gesicht aufzuklären.

»Der wievielte ist das jetzt?« fragte Kommissarin Lette ihren Mitarbeiter, der sich stumm hinter seinem Schreibtisch verschanzt hatte.

»Mit den typischen Brandwunden in diesem Jahr die Nummer vier. Verdammt – und wir haben die Kerle immer noch nicht gefaßt! Wir sollten uns mit den Kollegen von der Organisierten Kriminalität kurzschließen. Vielleicht gibt's dort neue Erkenntnisse.«

»Ich gehe gleich rüber«, sagte Gansmann, machte aber keine Anstalten aufzustehen.

Auf dem anderen Schreibtisch läutete das Telefon. Kommissarin Lette meldete sich, hörte einige Sekunden zu und signalisierte dem Kollegen, daß er mithören solle. Gansmann nickte, nahm den Hörer ab und schaltete das Tonbandgerät ein.

Die Anruferin sprach gebrochen Deutsch. Sie hatte den unverkennbaren Akzent der Angelsachsen. »...yes. Ich sehe Zeitung – das Bild.«

Angelika Lette hielt triumphierend den Daumen hoch. »Mit wem spreche ich bitte?« fragte sie.

»You don't need to know – nicht wichtig. My husband is Attaché. Wollen Sie hören?«

»Selbstverständlich, sprechen Sie nur!«

»Sie sind zuständig bei Polizei? In der Zeitung steht Telefon Mordkommission. Ist richtig?«

»Ja, Hauptkommissarin Lette von der zwölften Mordkommission.«

»Very good, okay! Sie suchen die Tote?«

»Ja. Meine Mitarbeiter und ich ermitteln in dem Fall.«

»Sie kennen inzwischen?«

»Leider nein. Wir wissen nicht, wer die Tote ist und sind für jeden Hinweis dankbar. Können Sie uns helfen? Haben Sie etwas gesehen oder gehört?«

Die Anruferin suchte nach Worten. »Ring von Arm, the bracelet. Vielleicht. Some time ago. – Deutsch ist schwer. Do you speak English?«

Angelika Lette hatte nach der Wiedervereinigung zwar einige Sprachkurse besucht, traute sich aber nicht, von ihren Kenntnissen Gebrauch zu machen. »Nein, tut mir leid. Wollen Sie einen Dolmetscher?«

»Interpreter? – not at all! Ich versuch zu sagen.«

»Ja bitte.«

»An Arm von junge Frau auf Party! Wir Einladunge bei Staatsfeiertag.« Sie lachte leise. »Das kann ich gut deutsch sprechen. Auch Nationalfeiertag.«

»Meinen Sie den deutschen? Aber der dritte Oktober liegt doch schon lange zurück.«

»No, Belgian, this year, July.«

»Und dort haben Sie den Armreif gesehen?«

»I guess, may be – kann sein. It looks like a snake with eyes – wie Schlange mit Augen.«

Die Kommissarin nahm einen Bleistift aus der Schale und rollte ihn hin und her. »Genau so einen Reifen hatte die Tote am Arm«, bestätigte sie.

»Sehr schöne Schmuck, indeed very nice, very decent.«

»Kennen Sie die Frau, die ihn getragen hat?«

»Sorry, ich kenne sie nicht persönlich.« Dieser Satz kam in korrektem Deutsch und war sicherlich einstudiert.

»Und wo bitte hat die Party stattgefunden?«

»In Hotel Adlon. A remarkable house – schöner Abend, sehr schön.«

»War die Dame allein, oder kennen Sie Leute, mit denen sie gesprochen hat?«

»Nicht allein. Mit Herr. Looked very handsome. Aber ich kenne ihn nicht, kein Militärattaché.«

»Wie alt könnte er sein?«

»Noch nicht sehr. May be forty years, vielleicht.«

»Können Sie mir die Frau beschreiben? – Wie sah sie aus?«

»Quite normal, nicht dick, nicht groß, very dark hair, rather long. – Hat mit Herr deutsch gesprochen.«

Kommissarin Lette war mit diesem holprigen Dialog nicht zufrieden und wollte noch einen Versuch machen, die Anruferin persönlich zu sprechen. »Am besten wäre es, wenn Sie zum Polizeipräsidium am Platz der Luftbrücke kommen würden. Hier könnten wir uns in Ruhe ausführlicher unterhalten. Wenn Sie das nicht wollen, kann ich auch gern zu Ihnen kommen. Das Gespräch bleibt in jedem Fall vertraulich.«

»Better not. Ich weiß nicht mehreres. Alles gesagt. Ich wünsche Erfolg. Bye, bye!«

»Moment noch, warten Sie ...!« Der Ruf war vergeblich. Die Anruferin hatte aufgelegt.

Gansmann ließ das Band zurücklaufen.

»Noch mal das Ganze!« forderte die Kommissarin. Gespannt hörten beide das Gespräch ab. »Na bitte! Endlich ein Ansatz für unsere Ermittlungen – auch wenn's etwas mühsam war!«

»Himmel!« stöhnte der Kollege. »Wenn ich mir vorstelle, in welch allerbesten Kreisen wir jetzt herumstochern müssen, wird mir ganz blümerant. Da können wir uns doch nur unbeliebt machen.«

Die Lette gab ihm einen Knuff in die Rippen. »Positiv denken, Gansmann! Ruf beim Adlon an, wann der Empfang zum Belgischen Nationalfeiertag stattgefunden hat und wieviel Leute teilgenommen haben. Sag denen, wir hätten später vielleicht ein paar Fragen zur Gästeliste und würden auf sie zukommen. Willst du dann hinfahren?«

Er grinste. »Better not! Eine Dame macht sich in dem Ambiente viel besser.«

»Nun ruf schon an, alter Miesepeter, und melde dich mit ›Mordkommission‹. Das macht immer Eindruck.«

Auch Kommissarin Lette klemmte sich hinter das Telefon. Sie wollte aus Potsdam die Informationen einholen, um die Kollege Freiberg aus Bonn gebeten hatte. Oberkommissar Hurler hatte angeblich Gott und die Welt befragt, und das Ergebnis hätte er schon zu gegebener Zeit durchtelefoniert. »Du bist mir nur zuvorgekommen«, sagte er etwas pikiert. »Wenn du nicht immer so ungeduldig wärst!«

»Schon gut, Hurler. Ich weiß deine Bemühungen zu schätzen und gelobe Besserung. Was hast du also rausbekommen?«

»Der Antiquitätenladen von Maik Haschem in der Feuerbachstraße scheint gut zu laufen«, erklärte er besänftigt. »Wer im Lustgarten von Sanssouci die Errungenschaften des Alten Fritz bewundert hat, kauft gern ein Erinnerungsstück, wenn er genügend großes Kleingeld hat. Ein bemalter Zinnsoldat der Langen Kerls vom Ersten Garderegiment zu Fuß ist nicht unter zweihundert Mark zu haben. Und dann geht's gleich noch bis in die Tausender. Die Sachen sind verdammt schön!«

»Gut, gut! Aber die Langen Kerls von Friedrich Wilhelm interessieren mich nicht so sehr. Ich möchte wissen, ob es eine Verbindung zu dem Libanesen nach Bonn gibt, und in welcher Beziehung er und Haschem stehen.«

»Die Geschäfte sind selbständig. Angeblich hat Haschem die Bonner Dependance an den Libanesen Omar Torby verkauft, als die Regierung nach Berlin umgezogen ist.«

»Und was sagt die Potsdamer Gerüchteküche?«

»Daß Haschem immer noch mitmischt. Er scheint Geld satt zu haben, Darlehensgeschäfte wären möglich. Aber vielleicht finanziert er lieber das *Glück in der Ferne*. Damit hat er nach der Wiedervereinigung angefangen.«

»Was soll das nun wieder bedeuten: *Glück in der Ferne?*« fragte sie ungehalten.

Hurler ließ sich durch den Ton nicht beirren. »Ich dachte, du kennst den Laden. Der läuft sogar in deinem Abschnitt: Unter den Eichen, dicht beim S-Bahnhof Lichterfelde-West.«

»Also jetzt mal konkret. Erstens: Was ist dieses *Glück in der Ferne*, und zweitens: Ist das ein krimineller Verein?«

»Ein bißchen kriminell wird's schon zugehen bei einer Heiratsvermittlung der besonderen Art.«

»Was soll diese Andeutung nun wieder?«

»Wenn ich das wüßte«, seufzte Hurler. »Jedenfalls hat der Inhaber des Antiquariats genau dort seinen Wohnsitz.«

»Mein guter Hurler, ich danke dir. Das war also der langen Rede kurzer Sinn. Ich werde Freiberg informieren und auf deinen unerschöpflichen Fundus an Wissen über Zinnsoldaten hinweisen. Mach's gut!«

»Das wird ja entsetzlich!« stöhnte Gansmann am anderen Schreibtisch.

»Wieso?«

»Zweihundert! Da waren zweihundert Gäste im Adlon. So steht's jedenfalls auf dem Ausdruck, anhand dessen die Auswahl für das Buffet erfolgt ist. Das Adlon will erst die Zustimmung der Belgier haben, bevor sie uns die Gästeliste einsehen lassen.«

»Das war zu erwarten. Ruf die Botschaft an und erkläre denen, worum es geht. Ich werde mich schon mal auf den Weg ins Adlon machen.«

Kommissar Gansmann sah schon wieder schwarz. »Wenn die nun Nein sagen?«

»Nicht jammern! Druck machen! Ich werde das Hotel jedenfalls nicht verlassen, bevor wir wissen, wer am Empfang teilgenommen hat. In einer Stunde kannst du mich dort anrufen!«

Das Hotel Adlon war nun wirklich eine der besten Adressen in Berlin – auch für Staats- und Nationalfeiertage. ›Auferstanden aus Ruinen‹. Wenn dieser Slogan nicht schon durch die Ex-DDR verbraucht wäre – hier würde er passen. Was der Kaiser geweiht, die Nazis entweiht, was Krieg und frühe Nachkriegszeit vernichtet hatten, war am historischen Platz nahe dem Brandenburger Tor wieder neu erstanden. Die Fassade schlicht, zugleich elegant und beeindruckend – so stand das neue Haus dem gewesenen nicht nach.

Hauptkommissarin Angelika Lette hatte sich nie gescheut, die extremsten Orte der Berliner Unterwelt zu betreten. Sie hatte Leichen aller Art gesehen, in Spelunken das Gruseln gelernt, war durch Gullys und überflutete Tunnels gekrochen, durch Dreck und Morast gewatet, hatte halbtote Fixer versorgen lassen, und sie hatte in der sogenannten besseren Gesellschaft und deren Umfeld ermittelt. Das war Teil ihres Alltags. Aber die führenden Hotels der Luxusklasse in Berlin kannte sie bisher nur von außen.

Sie überlegte, ob sie zur Wohnung fahren sollte, um sich für den Auftritt umzuziehen; verwarf den Gedanken aber sofort. Schließlich wollte sie einen Mord aufklären und nicht an einer Party teilnehmen. Jeans und Sweatshirt mußten genügen, dazu die leichte Jacke, unter der die Dienstpistole verschwand. Um nicht lange nach einer Parkmöglichkeit suchen zu müssen, ließ sie sich vom Taxi vor dem Haupteingang absetzen.

Wie jemand, der dazugehört, grüßte sie den livrierten Portier mit einem Kopfnicken. Die Tür öffnete sich, und sie ging zur Rezeption. Um nicht kritische Blicke auf sich zu ziehen und Fragen nach ihren Wünschen beantworten zu müssen, zeigte sie der Empfangsdame ihren Dienstausweis und bat um ein Gespräch mit dem Geschäftsführer.

»Sagen Sie ihm bitte, Kriminalhauptkommissarin Lette vom Polizeipräsidium möchte ihn sprechen. Es ist dringend.«

Die Dame wußte, was Diskretion in einem solchen Haus bedeutet, und fragte nicht lange zurück. »Ja gern, bitte nehmen Sie dort drüben Platz – ich sage Bescheid.«

Angelika Lette hatte kaum Zeit, ihren Blick über das prächtige Interieur schweifen zu lassen. Obwohl sich viele Menschen darin bewegten, strahlte die Empfangshalle Ruhe aus. Ohne Hast kam aus einer der Seitentüren ein Mann auf Angelika zu; eine gepflegte Erscheinung in dezent dunklem Anzug, groß und schlank, mit vollem, leicht grau meliertem Haar. Ein leichtes Lächeln lag auf seinem Gesicht, als er sie begrüßte. »Willkommen im Adlon, Frau Hauptkommissarin. Mein Name ist Winkler.« Leiser fügte er hinzu: »Ein Besuch der Mordkommission ist – sagen wir – etwas ungewöhnlich und auch der erste seit Wiedereröffnung des Hauses. Mein Vertreter hat mir schon von dem Telefonanruf Ihres Mitarbeiters berichtet. Ich denke, wir sollten unser Gespräch in meinem Büro fortsetzen.«

»Ja, das wäre mir recht. Zuerst einmal Dank für die freundliche Aufnahme. Leute mit meinem Job sind nicht überall gern gesehen.«

»Als Mensch und Gast sind Sie uns immer willkommen, und Ihr Beruf hat bestimmt interessante Seiten.« – So fein vermochte ein Mann mit weltweiter Erfahrung zu differenzieren.

Im Büro durfte die Kommissarin in einem Sessel Platz nehmen, der noch keine Spur einer Benutzung aufwies. Höflich lehnte sie das Angebot, etwas zu trinken, ab und sagte: »Am besten komme ich gleich zur Sache. Sie möchten sicher von mir hören, warum wir uns für die Gäste interessieren, die am Empfang anläßlich des Belgischen Nationalfeiertages hier im Hause teilgenommen haben.«

»Ja, bitte.«

Kommissarin Lette faßte den Stand der Ermittlungen und ihre Überlegungen kurz zusammen. »Der Schlüssel zur Aufklärung des Mordes ist die Identifizierung der Toten. Einen Anhaltspunkt haben wir, und ich hoffe, daß er uns weiterbringt. Die Frau hat einen Armreif getragen, den unsere leider anonym gebliebene Informantin anläßlich besagter Feier am Arm einer Besucherin gesehen haben will. Der Name dieser Dame müßte auf der Gästeliste zu finden sein.«

Der Gérant schmunzelte. »Nur ist dort leider nicht vermerkt, welchen Schmuck die holde Weiblichkeit getragen hat.«

Auch die Kommissarin nahm es mit einem Lächeln. »Ja, und genau das ist mein Problem. Wir müssen also jeden weiblichen Gast ermitteln und befragen – wenn er denn noch lebt. Vielleicht geht es schneller als gedacht, denn die betreffende Dame könnte eine Deutsche sein, so vermutet jedenfalls unsere Informantin.«

»Das leuchtet mir alles ein. Aber – und dafür bitte ich um Verständnis – dieses Haus hat einige Grundsätze, darunter den der Diskretion. Ohne Zustimmung der belgischen Seite möchte ich nichts herausgeben. Warum wenden Sie sich nicht direkt an die Belgische Botschaft, um die Gästeliste zu erhalten?«

»Dann wird's noch schwieriger. Wir möchten lieber mit Ihnen kooperieren. Das hier war schließlich der Ort, wo die Dame mit dem Armreif gesehen worden ist. Im übrigen bemüht sich mein Kollege Gansmann um die Zustimmung der Belgier für eine Einsichtnahme in die Gästeliste. Wenn ich inzwischen vielleicht schon mal einen Blick darauf werfen könnte …?«

Der Vertreter des Hauses wand sich. »Frau Lette, Sie machen mir das Leben unnötig schwer.«

»Das möchte ich unter keinen Umständen. Aber Sie werden doch eine notwendige und mögliche Auskunft nicht an einem Prinzip scheitern lassen. Wie peinlich wäre es für alle, wenn ich richterliche Hilfe in Anspruch nehmen müßte, um auf eine Liste zu blicken, die ja kein Geheimnis enthält.«

Der Geschäftsführer stand auf und ging an einen Ablagetisch, wo eine Kopie der Liste schon bereit lag. »Hier, bitte! Ich habe mir gleich gedacht, daß die Mordkommission so leicht nicht locker läßt.«

Das Läuten des Telefons ersparte ihr die Antwort.

»Für Sie, Frau Hauptkommissarin!« Angelika Lette übernahm das Handy, hörte aufmerksam zu und sagte: »Danke, Gansmann. Bitte wiederholen Sie die Meldung; ich übergebe an den Geschäftsführer des Hauses.«

Dessen Gesicht entspannte sich. »Erfreulich!« sagte er und wandte sich wieder der Kommissarin zu. »Diese Nachricht erleichtert unsere Zusammenarbeit. Die Belgier sind also einverstanden. Am besten nehmen Sie die Kopie der Gästeliste zur Auswertung mit. Nur eine Bitte hätte ich noch: Lassen Sie mich wissen, was bei Ihren Recherchen herausgekommen ist. – Ach ja, die Liste hätte ich gern zurück. Ein Papier mit dem Briefkopf des Adlon sollte nicht Bestandteil der Akte über einen Mordfall sein.«

Die Kommissarin erhob sich. »Versprochen! Und noch einmal vielen Dank für die freundliche Aufnahme und Kooperation.«

11

Im Bonner Präsidium saß der Leiter der Ersten Mordkommission hinter seinem Schreibtisch und quälte sich durch dicke Aktenberge. Er jammerte hinter Fräulein Kuhnert her, die mit Ahrens, seinem erprobten Mitarbeiter, auf Mallorca das Mittelmeer und die Sonne genoß. In der obenauf liegenden Eilmappe fand Walter Freiberg eine vom Präsidenten abgezeichnete Einladung zu einem Dreitageseminar in Berlin. Thema: »Todesermittlungen unter erschwerten Bedingungen«. Rechts am Rand war handschriftlich vermerkt: »Freiberg bitte teilnehmen!« Daran war diesem nun gar nicht gelegen; unter erschwerten Bedingungen zu ermitteln war er gewohnt, dafür brauchte er nicht in die Bundeshauptstadt zu fahren. Außerdem würde Sabine, seine »studentische Hilfskraft«, inzwischen wohldotierte Dr. phil. an der Universitätsbibliothek, nicht gerade glücklich sein, ihn so nahe bei der Starken zu wissen. – Diese Überlegungen wurden durch das Läuten des Telefons unterbrochen.

Der für Hehlerei zuständige Straßfurt vom KK 24 wirkte ziemlich aufgedreht. »Mensch Walter, mit Mausers Bildern von der Ikone haben wir eine Lawine losgetreten. Ich faxe wie wild mit dem Bundeskriminalamt hin und her. Dort liegt von Interpol eine Meldung vor, wonach unsere Maria mit dem Jesuskind in Saratow – das liegt an der Wolga – vor einem Monat geraubt worden ist. Der oder die Täter haben den Priester einer Kirche am Stadtrand erschlagen, als er sie überraschte und den Schatz verteidigen wollte. Auch sein Brustkreuz und die wertvolle Ornatkette wurden gestohlen.«

Freiberg schlug mit der flachen Hand auf den Schreibtisch. »Das ist ja 'nen Ding! – Und was unternehmt ihr jetzt?«

»Meine Leute sind draußen in der Acherstraße. Die beschlagnahmen die Ikone und bringen auch gleich den Libanesen mit. Den Mann werden wir ausquetschen, bis er damit rausrückt, wer ihm das teure Stück geliefert hat. – Und der wird reden, wenn er von dem Mord hört.«

Hauptkommissar Freiberg war davon nicht so überzeugt. »Diese Typen machen doch nur den Mund auf, wenn die Angst vor der Polizei größer ist als die vor ihrem Lieferanten. Wenn die Russen-Mafia dahinter steckt, sagt der kein Wort.«

»Nun, dann machen wir den Laden dicht und nehmen ihn total auseinander. Ein Ansatz wird sich schon finden. Hast du inzwischen von der Lette gehört, ob eine Verbindung zwischen dem Libanesen und Potsdam besteht? Das würde gut zum Geschäft passen.«

»Noch nicht! Die Starke steckt ganz tief in einer Mordsache und hat wenig Zeit. Sie will sich aber bei mir melden, wenn sie Näheres erfahren hat. Übrigens, du kannst mich auch als reitenden Boten einsetzen. Der Präsident hat mich ab übermorgen zu einem Dreitageseminar nach Berlin abgeordnet. *Todesermittlungen unter erschwerten Bedingungen.* – So ein Quatsch! Aber jetzt fliege ich natürlich gern und kann für dich lange Ohren machen. Und *erschwerte Bedingungen bei Raubmord* gehört ja auch zum Themenkreis.«

»Bestens! Ich gebe dir alles rüber, was hier anfällt.«

»Noch etwas: Vergiß nicht, Presse-Mauser zu informieren; das gibt ihm Auftrieb.«

Straßfurt lachte. »Der hat doch schon so viel davon, daß er bald abhebt. Ich hab' ihm aber Bescheid gesagt. Bis bald! Und viel Spaß in Berlin!«

Der Abschied von Sabine wurde ein Trauerspiel mittlerer Art und Güte. Freiberg hatte ihr beim Abendessen von der dicken Sache erzählt, die mit der Entdeckung der Ikone ins Rollen gekommen war. Sie nahm es gleichgültig hin und meinte: »Raubmord an der Wolga! *Der* Tatort ist ja so weit entfernt, daß nicht einmal dein Chef daran denken kann, meinen Lebensgefährdeten dorthin zu schicken.«

Walter Freiberg senkte den Kopf und sah seine »studentische Hilfskraft« von unten her an. »Nein, das hat der Chef nicht vor, aber reisen muß ich trotzdem.« Mit einer langsamen Handbewegung zog er die Einladung mit der schriftlichen Randbemerkung des Präsidenten aus der Tasche. »Hier, lies selbst!« Er stand auf und ging zum Telefon. »Ich brauche noch ein paar Informationen aus Berlin.«

Hinter ihm ertönte ein Aufschrei. »Verdammt, was soll denn dieser Scheiß? Ich habe alle Termine verschoben, damit wir endlich einige Abende für uns haben – und was machst du? Du lächelst freundlich und verabschiedest dich nach Berlin. Angelika wird sich freuen, wieder mal einen passablen Mann in ihrer Nähe zu haben. Aber eins sag ich dir: Wenn du mit der auf Tuchfühlung gehst, sind wir geschiedene Leute.«

»Nun mal langsam. Das ist Dienst und kein Vergnügen«, stellte er richtig und fügte grinsend hinzu: »Wenn wir den Hormonspiegel vorher gut einpendeln, besteht keine Gefahr.«

Sabine wedelte mit dem Papier. »Das ist eine billige Einstellung, und du kannst sicher sein, daß ich nicht mitmache. Es gibt Situationen, da läßt man es lieber – und dieses ist so eine. Der Test findet nach der Rückkehr statt!«

Freiberg hielt immer noch den Hörer in der Hand. »Sag mal, ist deine Eifersucht echt, oder ziehst du nur eine Schau ab?«

Sie hatte sich noch nicht beruhigt. »Ich ziehe gar nichts ab – du ziehst mal wieder ab. Und das ist ein großer Unterschied.«

Seine Wählversuche nach Berlin waren vergeblich. Er legte auf und versuchte statt dessen, Sabine zu versöhnen. Aber die hatte offensichtlich beschlossen zu schmollen, so daß auch der Rest des Abends keine Offenbarung wurde. Wie so oft schon stellte sie fest: »Was hast du nur für einen Scheißjob! Im Lehramt würdest du mir besser gefallen.«

Und wie stets antwortete Freiberg: »Du sagst es!«

Das Telefon schreckte ihn kurz nach Mitternacht aus unruhigem Schlaf hoch. Angelika Lette rief an. Er kroch mit dem Hörer am Ohr unter die Bettdecke und drehte sich auf die andere Seite. Die Starke gab ihm weiter, was Hurler in Potsdam ermittelt hatte. »Damit dürfte Straßfurt nicht viel anfangen können«, meinte sie. »Wenn ihr den Libanesen nicht zum Reden bringt, wird nicht zu beweisen sein, daß die Ware über Berlin/Potsdam kommt. Von Hurler weiß ich, daß dieser Haschem auch eine Heiratsvermittlung in meinem Abschnitt betreibt. Dem Kerl würde ich ja gern auf den Zahn fühlen, aber erst müssen wir die Leiche aus der Baugrube identifizieren. Die Frau soll an einem Empfang im Adlon teilgenommen haben. – Das kann ich dir später alles genauer erzählen. Wir treffen uns doch?«

»Ich hoffe es. – Wann und wo?«

Angelika Lette überlegte. »Bei mir in Tempelhof geht's ja wohl nicht. Dann hätte Sabine ein Problem mehr. Treffen wir uns doch um neun auf ein Kölsch mit *Halvem Hahn* bei Drautzburg in seiner *Ständigen Vertretung.*

»Der Polit-Gastronom hat seinen Berlin-Umzug ja schon früh vollzogen und nicht auf den Regierungstroß gewartet. Läuft der Laden gut?«

»Sieht ganz so aus. Nicht weit vom Reichstag und an der Spree gelegen, wird die Kneipe immer ihre Gäste finden. – Sag mal, was ist mit eurem Telefon los? Deine Stimme klingt so dumpf, daß ich dich kaum verstehen kann.«

Freiberg hüstelte. »Ich spreche unter der Bettdecke. Sabine schläft.«

»Au Backe, da hängt ja wohl irgendwas schief! Sag ihr, daß ich nach der Pleite mit meinem Schauspieler derzeit eine abstinente Phase genieße. Mord ist angesagt, nicht Amore. – Tschüss und schönen Gruß.«

12

Die Gästeliste der belgischen Botschaft umfaßte acht Seiten. An einem Dutzend Stellen waren handschriftliche Änderungen eingetragen und Namen korrigiert. Vor allem die akademischen Grade, Dienstbezeichnungen und Amtstitel schienen sehr gründlich überprüft worden zu sein. Dem Protokollchef wäre es nie verziehen worden, wenn ein deutscher Staatsminister als Parlamentarischer Staatssekretär auf der Liste gestanden hätte, obwohl beide Funktionen identisch sind. Noch schlimmer wäre es allerdings, wenn der Name eines Botschafters Fehler enthalten hätte.

Hauptkommissarin Lette hatte die Liste im Präsidium gleich zweimal kopiert und dem Kollegen ein Stück auf den Schreibtisch gelegt. »Ein Arbeitsexemplar für jeden von uns. Die Originalkopie geht nach einer gewissen Schamfrist mit großem Dank zurück ans Adlon. – Und jetzt müssen wir versuchen, die einzelnen Teile für das Puzzle zusammen zu kriegen.«

Gansmann seufzte. »Wie stellst du dir das vor? Soll ich zum Botschafter sagen: *Guten Tag, Exzellenz, lebt Ihre Frau vielleicht noch?* Oder soll ich die Damen bedrängen, mir unter dem Siegel der Verschwiegenheit zu verraten, wer an besagtem Abend welchen Armschmuck getragen hat – und ob vielleicht eine der Konkurrentinnen seither vermißt wird? Das gibt Empörung und Aufruhr – und wir werden nach Strich und Faden zusammengestaucht.«

Angelika Lette lachte. »Und das mit Recht! Wenn wir so vorgehen, werden garantiert die diplomatischen Beziehungen zu Deutschland abgebrochen, und du wirst zur persona ingrata erklärt und ausgewiesen. Das machen wir ganz anders.«

»Und wie?«

»Wir melden uns als Modehaus GOSPIN – den Namen schön französisch nasaliert aussprechen – und fragen nach der Gattin, besser noch Frau Gemahlin. Sie möge wegen der Bestellung bitte ans Telefon kommen.«

»Und dann?« fragte Gansmann verständnislos.

»Ganz einfach«, sagte die Kommissarin amüsiert. »Wenn sie sich meldet und diejenige ist, die auf der Liste steht, sagen wir: ›Einen Moment bitte, ich verbinde weiter.‹ Dann legen wir auf. Soll man an einen technischen Defekt oder an ein Versehen glauben. Meldet sich eine Haushälterin, Freundin, Tochter oder wer auch immer, dann fragen wir, wann Frau X zu sprechen sei.«

»Na, hochverehrte Chefin, so überzeugend klingt das nicht. Ich bezweifle stark, daß wir so überhaupt ermitteln dürfen. Und bei Diplomaten ist besondere Vorsicht angesagt.«

Die Kommissarin wischte das Argument mit einer Handbewegung weg. »Zweifel hin oder her, wir müssen schnellstens Klarheit haben, ob die Partydamen noch leben. Wir fangen mit denen an, die Deutsch gesprochen haben könnten. Zweifelsfälle kommen auf einen Zettel, und in die steigen wir dann voll ein. Los jetzt, das Modehaus GOSPIN will Umsatz machen.«

Gansmann schüttelte immer noch zweifelnd den Kopf. »Wenn das nur gut geht! Ich sehe mich schon wieder bei den Betrugskollegen. Aber was soll' s – mit wem fange ich an?«

»Du übernimmst alles ab Nummer einhunderteins. Ich kümmere mich um den ersten Teil der Namen. Die Minister, Botschafter, Staatssekretäre und die Verbandspräsidenten lassen wir erstmal außen vor. Die dürfen wir nicht in ihren Dienststellen und Büros behelligen. Was wir brauchen, sind die Privatadressen, das heißt bei den Ehefrauen der Botschafter die der Residenzen. Ich vermute, die haben alle Geheimnummern; also dürfte unser kleines Spiel bei denen nicht klappen.«

Unzufrieden blätterte Gansmann die Liste durch. »Keine

einzige Telefonnummer, nur diese dämlichen Titel«, maulte er. »Ist ein Regierungsdirektor eigentlich mehr als ein Vortragender Legationsrat Erster Klasse?«

»Weiß ich nicht. Darauf kommt's auch nicht an. Wir suchen die dazugehörigen Gemahlinnen, Gattinnen oder einfach Ehefrauen. Also los – steigen wir erstmal mit den deutschen Namen in die Telefonbücher ein. Auskunft nur im Notfall. Wieviel Germanen könnten das sein?«

Eifrig wurden die Seiten der Liste studiert.

»Bei mir sind's etwa ein Dutzend«, meldete Gansmann.

»Ich komme auf ein paar mehr«, stellte Angelika Lette fest und nahm das Telefonbuch zur Hand.

Der erste Name auf ihrer Liste gehörte zu einem Verbandsgeschäftsführer, der nebst Frau Gemahlin am Toast auf das Königshaus teilgenommen hatte. Die Dame des Hauses war schon nach dem dritten Rufton persönlich am Telefon. »Modehaus GOSPIN? Ich habe dort nichts bestellt – das muß ein Irrtum sein.«

Die Kommissarin strich den Namen durch, vermerkte die Uhrzeit des Anrufs und setzte einen dicken Haken dahinter: Alles klar, die Dame lebt. Sehr höflich sagte sie: »Entschuldigen Sie bitte die Störung. Da muß ein Irrtum unserer Bestellabteilung vorliegen.«

Gansmann hatte aufmerksam zugehört und sagte zuversichtlich: »Wenn's so weitergeht, sind wir bald durch.«

Aber so einfach war's dann doch nicht. Bei seinem ersten Versuch geriet er an die Haushälterin eines Ministerialdirektors aus dem Innenministerium. Sie bombardierte ihn gleich mit Fragen, was wann, für wen und zu welchem Preis bestellt worden sei.

Gansmann schaute hilfesuchend die Kommissarin an, die ganz offensichtlich seine Nöte nicht verstand. »Das möchte ich doch besser mit der Dame des Hauses besprechen«, versuchte er den Redefluß am anderen Ende der Leitung zu bremsen. »Und der wird es sicher nicht recht sein, wenn ich ihre Angelegenheiten mit Ihnen bespreche.«

Der Zerberus biß um sich. »Was haben Sie für Vorstellungen von einem gut geführten Haus! Ich habe alle Vollmachten. Belästigungen mit Kleinkram wünscht die gnädige Frau nicht. Ich führe seit Jahren den Haushalt, und sie hat nie einen Grund gehabt, sich zu beschweren.«

»Vielleicht hat sie auch bloß den Mund gehalten«, brummelte Gansmann, den Hörer mit der Hand abdeckend. Jetzt wollte er auch ein bißchen Dampf ablassen. »Sie werden mächtigen Ärger kriegen, wenn ich dieses Gespräch abbrechen muß. Also ...?«

»Frau Eckmann ist nicht da.« Patziger ging es kaum.

»Wann könnte ich sie erreichen?«

»Vorläufig überhaupt nicht. Die macht mit MS Columbus eine Kreuzfahrt auf dem Schwarzen Meer und kommt in einer Woche zurück. – Reicht Ihnen das?«

»Ja, mir reicht's«, sagte Gansmann und legte auf. Dieser Name kam auf den Zettel für zusätzliche Recherchen. Ein solcher Drachen schien wohl nicht die Geliebte zu sein, für die man seine Frau erschlägt. Aber man kann ja nie wissen ...

Die Kommissarin hatte auf ihrer Liste als nächstes eine Frau Belbruch mit der Amtsbezeichnung Ministerialrätin. Dahinter stand in Klammern: Bundesministerium für Wirtschaft. »Mit der mache ich kurzen Prozeß«, ermunterte sich die Starke und wählte die Zentrale des Ministeriums an. Sie bat um eine Verbindung mit besagter Dame, die sich umgehend meldete. Sofort wurde die Verbindung unterbrochen.

»Das war wohl ein technischer Defekt«, grinste die Lette und machte einen Haken auf ihrer Liste. »Lebt und arbeitet!«

Gansmann hatte die kesse Tochter eines Diplomingenieurs an der Strippe. »Meine Mutter ist zum Tratschen bei ihren

Freundinnen in Spandau. – Wollen Sie die Telefonnummer haben?«

»Danke, nicht erforderlich. Ich rufe später wieder an.«

»Aber nicht vor acht. Wenn die sich festquasseln, wird's immer spät.«

»Ich werde dran denken.« Diese Frau Mutter zählte ganz gewiß zu den Lebenden und bekam ihr Häkchen hinter den Namen gesetzt.

Angelika Lette fragte sich, in welcher Eigenschaft wohl ein Herr Professor Dr. med. der Humboldt-Universität mit Frau Gemahlin am Empfang im Adlon teilnehmen durfte. Vielleicht reichten schon Rang und Namen; die Privatadresse in Dahlem konnte sich jedenfalls sehen lassen. Hier war man in Villen inmitten kleiner Parks zu Hause, die einiges an Kleingeld gekostet hatten. Nach viermaligem Läuten meldete sich der Anrufbeantworter mit dem üblichen Hinweis, daß Professor Jacobs und Frau Doktor Jacobs-Meiner derzeit nicht zu erreichen seien. Die Kommissarin wartete den angekündigten Piepton ab und sagte in der Hoffnung, daß doch jemand mithörte: »Hallo, wenn Sie zu Hause sind, nehmen Sie bitte ab. Ich habe eine dringende Rückfrage.«

Es wurde nicht abgenommen. Entweder war niemand da, oder man war nicht neugierig auf die dringende Rückfrage. Das war also ein klarer Fall für die Ermittlungsliste.

Hinter dem nächsten Namen auf Gansmanns Liste stand ›Auswärtiges Amt‹. Der Legationsrat Erster Klasse Arne Wilberg hatte mit seiner Frau Gemahlin die Gastgeber im Adlon mit seinem Besuch beehrt. Gansmann fegte durch das Telefonbuch und hatte schnell die Rufnummer gefunden. Er ließ es lange klingeln – erfolglos. »Angelika, bei Wilberg meldet sich niemand«, rief er. »Soll ich es später noch mal versuchen und erst mit den anderen weitermachen?«

Sie überlegte. »Hm, wir brauchen so schnell wie möglich

Klarheit – am besten noch gestern. Dieses Diplomatenvolk kann man nicht gerade als seßhaft bezeichnen. Die Leute werden dauernd versetzt und in der ganzen Welt hin- und hergeschoben. Wir müssen wissen, ob der Mann noch in Deutschland ist. Mach's wie ich mit der Ministerialrätin und versuch dein Glück im AA.«

»So schlagfertig bin ich nicht. Willst du das nicht übernehmen?«

»Jetzt stell dir kein Armutszeugnis aus«, begann sie, fuhr aber mit einem Blick auf sein Gesicht fort: »Gib mir die Telefonnummer des Auswärtigen Amts – steht unter Bundesbehörden.«

Schon von der Telefonistin in der Zentrale erfuhr sie, daß Legationsrat Wilberg vor einigen Monaten an die deutsche Botschaft in Moskau versetzt worden war.

»Danke für die Auskunft. Ich werde versuchen, ihn dort zu erreichen. Könnten Sie mir die Rufnummer geben?«

»Gern.«

Die Kommissarin notierte eine lange Zahlenfolge. »Ist Frau Wilberg auch in Moskau?«

Die Auskunftsfreude der Telefonistin ließ sofort nach. »Das weiß ich nicht, und ich wäre auch nicht befugt, darüber Auskunft zu geben«, sagte sie knapp.

»Danke vielmals. Sie haben mir auch so geholfen.«

Gansmann hatte mitgehört. »Der spaziert also mit der Frau Gemahlin über den Roten Platz und bewundert die Basilius-Kathedrale! Wie schön, wenn man so auf Staatskosten herumreisen kann. Soll ich abhaken?«

Kommissarin Lette schüttelte den Kopf. »Keineswegs. Da die Wilbergs beide am Empfang im Adlon teilgenommen haben, waren sie in Berlin.«

»Logisch!«

»Wahrscheinlich haben sie hier noch ihre Wohnung, und die

Frau zieht erst später nach Moskau; es ist sicher nicht einfach, dort eine adäquate Unterkunft zu finden. Und wenn er wieder in Moskau ist und sie allein hier ...«

Die Kommissarin stieß mit dem Zeigefinger in Gansmanns Richtung. »Ich hab ein ganz ungutes Gefühl und möchte sehr schnell wissen, ob die Dame ein Schlangenarmband getragen hat!«

»Du willst also in Moskau anrufen?«

»Wo denkst du hin. Erst werde ich zur Wohnung rausfahren und mich schlau machen. Stand die Adresse auch im Telefonbuch?«

»Ich glaub schon.« Gansmann blätterte eifrig. »Hier, Goerzallee – die läuft parallel zum Teltowkanal.«

Die Kommissarin schnalzte mit der Zunge. »Jetzt wird's richtig spannend! Ich fahre mit dem Astra und nehme mein Handy mit; du kannst mich jederzeit erreichen. – Wühl dich schön weiter durch den Dschungel der Eitelkeiten und bleib mein pflichtbewußter Mitarbeiter.«

13

Vom Platz der Luftbrücke führte der Weg über den Tempelhofer Damm in südliche Richtung zur Attila- und Kaiser-Wilhelm-Straße. Das war genau der Weg, den die Mordkommission zur Baugrube bei der BEWAG genommen hatte. Zum Haus an der Goerzallee mußte die Kommissarin den Teltowkanal kreuzen. Kaum zwei Minuten später stoppte sie ihren Wagen vor einem unauffälligen, aber solide wirkenden Wohnhaus. Sogar ein Parkplatz war vorhanden.

Die Klingelleiste ließ auf acht Mietparteien schließen, darunter R. und A.Wilberg in der zweiten Etage. Das Klingelkonzert blieb ohne Erfolg. Während Angelika über das weitere Vorgehen nachdachte, kam eine nicht mehr ganz junge Frau aus der Haustür. Sie schien schlecht gelaunt zu sein und schimpfte: »Dieser Zirkus hier muß aber wirklich bald aufhören. Gott sei Dank scheint Frau Wilberg endlich nach Moskau abgedampft zu sein. Wurde auch höchste Zeit! Auf diese Art Samariterin können wir gut verzichten. Und auf Ihren Besuch auch«, sagte sie lauter werdend. »Verschwinden Sie, hier ist nichts mehr zu holen.«

»Aber die Wohnung haben Wilbergs doch noch?«

»Ja, leider! Hoffentlich nicht mehr lange.«

Diese grantige Nachbarin war ein Glücksfall, denn sie schien einiges zu wissen, was vielleicht wichtig werden könnte. Betont höflich fragte darum die Kommissarin: »Würden Sie mir bitte ein paar Auskünfte geben?«

»Für die Damen, die hier klingeln, verschwende ich keine Zeit. Ich habe Besseres zu tun und muß einkaufen.«

Ohne den amtlichen Dreh ging's also nicht. Die Starke zeigte kurz den Dienstausweis. »Lette, Kriminalpolizei. Vielleicht sprechen Sie jetzt doch mit mir, da ich keine von den Damen bin, die sonst hier klingeln.«

Die Grantige zuckte zusammen. »Entschuldigen Sie, das konnte ich ja nicht wissen«, sagte sie kleinlaut. »Dann gehen wir wohl besser ins Haus. Ich heiße Birgit Weber. Wir wohnen in der dritten Etage, direkt über dieser Diplomatenfamilie. Mein Mann Robert arbeitet noch und kommt erst spät nach Hause. Aber eins sage ich Ihnen gleich: Mit der Frau hat hier keiner was im Sinn. Die stört mit ihren Aktivitäten nur den Hausfrieden!«

Vor der Wohnungstür lag eine Fußmatte mit dem Aufdruck »Willkommen«, und auf dem blankgeputzten Messingschild stand der Name Weber. Drinnen sah es nach braver Bürgerlichkeit aus. Der sandfarbene Teppichboden zeigte keine Flecken, die Fenster waren mit wallenden Gardinen behängt, und die flämischen Möbel erschlugen fast den Raum. Herr Weber mußte ein Riese sein, um in den Sesseln bequem sitzen zu können. Angelika fragte sich einen Moment lang, wie Frau Weber darin ihre Mußestunden verbringen mochte.

Die schien inzwischen von ihrem Besuch recht angetan zu sein, bat Platz zu nehmen und fragte: »Würden Sie eine Tasse Tee oder Kaffee mit mir trinken?«

Angelika sah keinen Grund, die Einladung abzulehnen. Bald durchzog Kaffeeduft den Raum, und als Frau Weber noch eine wertvolle Porzellanschale mit Keksen gebracht hatte, ließ sie sich auf der äußersten Kante eines Sessels nieder und beantwortete so die stumme Frage der Kommissarin.

Nach dem ersten Schluck war die Neugierde nicht mehr zu zügeln. » Ich habe schon immer darauf gewartet, daß die Polizei sich mal drum kümmert, wer hier ein- und ausgeht. Was liegt denn gegen unsere Untermieterin vor?« fragte sie verschwörerisch.

»Wir überprüfen einen Vorgang«, sagte die Kommissarin vage. »Darum hätte ich Frau Wilberg gern persönlich gesprochen.«

»Da werden Sie wohl nach Moskau reisen müssen.«

»Hat sie sich vor der Reise hier im Hause verabschiedet?«

Birgit Weber setzte die Kaffeetasse ab. »Bei mir jedenfalls nicht. Sie hat mit uns nicht mehr gesprochen, seit ich ihr gesagt habe, daß dieses Haus keine Auffangstation für Frauen ist, denen man ihre Profession ansehen kann.«

»Was meinen Sie damit? Hat Frau Wilberg etwa Callgirls vermittelt? Oder kamen auch Männer als Besucher?«

»Männer? Nein! Das hätten wir bemerkt. Das Haus ist sehr hellhörig. Auch Herr Wilberg war in den letzten Monaten nur selten hier.«

Angelika Lette wollte versuchen, ihre Gesprächspartnerin noch etwas mehr aus der Reserve zu locken und fragte: »Ging's vielleicht um Rauschgift?«

Energisches Kopfschütteln. »Nein, das nicht! Die Dame kümmert sich um Frauen, die auf die schiefe Bahn geraten sind, und läßt sich von denen ausnehmen. Manchmal haben die sogar bei ihr übernachtet – und das geht doch nun wirklich nicht!« sagte sie entrüstet.

»War denn der Ehemann damit einverstanden?«

»Wo denken Sie hin! Wenn der mal hier war, hat es regelmäßig Zoff gegeben. Mein Mann und ich sind ja keine Lauscher an der Wand, aber das war nicht zu überhören. Herr Wilberg wollte die Scheidung, und sie nicht. Dabei hat sie sogar den lieben Gott angerufen. Nach außen hin ging's allerdings stets gesittet zu; immer schöne heile Welt vorführen.«

Der Kaffee schien auf die Gastgeberin sehr anregend zu wirken. »Der Ehemann ist viel zu schade für diese Frau«, plapperte sie weiter. »Der würde Ihnen auch gefallen, ein sehr angenehmer Mensch, eine aristokratische Erscheinung mit sehr guten Umgangsformen. Wie die beiden sich wohl gefunden haben?!«

Da diese Frage für die Kommissarin absolut uninteressant war, brachte sie das Gespräch wieder ins richtige Gleis. »Wissen Sie, ob Frau Wilberg wertvollen Schmuck besitzt?«

»Wieso, ist was gestohlen worden?«

Angelika reichte ihr ein Foto von dem Schlangenarmband. »Hat Frau Wilberg vielleicht einen solchen Armreif getragen?«

Birgit Weber schüttelte den Kopf. »Auf ihren Schmuck habe ich nicht geachtet. Ob sie überhaupt welchen trug? Das kann ich wirklich nicht sagen.«

»Lassen wir das. Hat jemand im Hause einen Zweitschlüssel für die Wohnung?«

»Nein, da bin ich ganz sicher. Den hätte niemand von den Mietern auch nur in die Hand genommen.«

Die Kommissarin zog ihr Handy aus der Tasche. »Sie gestatten, daß ich mal telefoniere?«

»Aber selbstverständlich!«

»Hallo Gansmann, ich bin im Haus bei Familie Weber. Unsere Zielperson wohnt eine Etage tiefer. Wir müssen so schnell wie möglich in die Wohnung. Bring den Schlüsseldienst mit und komm sofort her. – Jetzt keine Diskussion! – Ende!«

Frau Weber fragte konsterniert: »Können Sie denn so einfach die Tür aufmachen lassen? Das sind doch Diplomaten.«

»Und wir sind die Kriminalpolizei und müssen einen Mord aufklären.«

»Ach Gottchen!« Ihr Kiefer klappte herunter. »Sind Sie von der Mordkommission?«

»Ja!«

»Dann geht's wohl um die Tote aus der Baugrube auf der anderen Seite vom Kanal?«

»Ja, den Fall müssen wir aufklären.«

»Aber was hat denn Frau Wilberg damit zu tun? – Sie meinen doch nicht …?« fragte sie entgeistert.

Kommissarin Lette winkte ab. »Ich meine gar nichts. Vorerst ermitteln wir an mehreren Orten.«

Der Schlüsseldienst »Ruck-Zuck« hatte schon oft für die Polizei gearbeitet. Der Mann mit dem Werkzeugkoffer mußte erst über den Firmenautofunk von einem Einsatz in Friedenau umdirigiert werden und traf kurz nach Gansmann ein.

Kommissarin Lette hatte sich wiederholt bei Frau Weber vergewissert, daß sie nichts dagegen hatte, wenn ihre Wohnung vorübergehend zu einer Art Polizeistation umfunktioniert wurde. Von solch einer Zusammenarbeit mit der Obrigkeit würde sie lange zehren können.

»Sie werden in der nächsten Stunde vielleicht manches hören, was nicht für die Öffentlichkeit bestimmt ist«, sagte die Kommissarin. »Da ich Sie schwerlich bitten kann, Ihre Wohnung zu verlassen, darf ich doch mit Ihrer Verschwiegenheit rechnen?«

»Aber selbstverständlich. Ich kann schweigen wie ein Grab.«

Kommissar Gansmann hatte beim Eintritt einen Gruß gemurmelt und war im Sessel versunken. Der Mann von »Ruck-Zuck« stand wartend in der Tür, während die Starke ihrem Kollegen mit wenigen Worten das Ergebnis ihrer Überlegungen wiedergab.

»Aber da brauchen wir doch eine richterliche Durchsuchungsanordnung«, tönte es kläglich aus der Tiefe des Sessels. »Gewaltsames Eindringen – und das bei einem Diplomaten – o nein!«

»Ach scheiß was drauf«, wütete die Kommissarin. »Jetzt sind wir hier, schöpfen dringenden Tatverdacht, bejahen Gefahr im Verzuge und was sonst dazu gehört. Ich will in die Wohnung – und rein müssen wir so oder so.«

»O nein, das halten meine Nerven nicht aus! Versuch wenigstens in Moskau Herrn Wilberg zu erreichen«, jammerte Gansmann.

»Den Deubel werde ich tun und die Pferde scheu machen. Hier geht's weiter – und das sofort.« Die Starke zeigte, daß sie auch in psychischer Hinsicht ihren Namen verdient hatte. »Damit sich deine Nerven beruhigen, klapperst du jetzt alle Mieter ab. Stell fest, was über Romana Wilberg bekannt ist, und wer sie wann und wo zuletzt gesehen hat. Frau Weber, Sie möchte ich bitten, unserer Durchsuchung als Zeugin beizuwohnen. Das ist nach der Strafprozeßordnung so vorgesehen.«

»Ach Gottchen, auch das noch. Ich war ja noch nie in der Wohnung Wilberg.«

Die Kommissarin schmunzelte. »Eine bessere Gelegenheit dazu gibt's doch gar nicht. Aber denken Sie an die Verschwiegenheit. Auf geht's!«

Der Mann vom Schlüsseldienst nahm seine Werkzeugtasche hoch und folgte den beiden Frauen nach unten. Das Öffnen der Tür dauerte knapp zehn Minuten. Mit einer ausholenden Geste trat der »Ruck-Zuck«-Mann zurück. »Bitte sehr, meine Arbeit ist getan. Brauchen Sie mich noch?«

»Nein, danke!« Die Kommissarin nickte anerkennend. »Gute Arbeit, und sogar ohne Flurschaden. Die Rechnung bitte ans Präsidium, zwölfte Mordkommission.«

»Immer gern zu Diensten. Es gibt bessere Schlösser als dieses hier.«

Frau Weber stand noch auf dem Treppenabsatz und schüttelte fassungslos den Kopf. »So einfach ist das also, in eine fremde Wohnung zu gelangen.«

»Einfach für Profis – und teuer für den Auftraggeber. Auf Wiedersehen, meine Damen.«

Inzwischen war auch Gansmann zurückgekommen und berichtete: »Ich habe nur drei Mieter angetroffen. Entweder wissen die tatsächlich nichts, oder sie wollen nichts sagen. Ein Pensionär hat angeblich die Frau zuletzt vor einer Woche gesehen, aber genau wisse er das eben auch nicht. Er bestätigte lediglich, daß immer wieder fremde Frauen bei Wilbergs gewesen seien. Gehört habe er wegen seiner Schwerhörigkeit nichts. Tut mir leid, Chefin, das war alles!«

Die Wohnung des Ehepaars Wilberg war so ganz anders, als sich die Kommissarin vorgestellt hatte – einfach und durchschnittlich. Das Wohnzimmer mit verglasten Bücherschränken in Eibenholz war zu einer Art Living umfunktioniert. Eine Schlafcouch stand unter dem Fenster, daneben zwei zusammengeklappte Liegen. Der Couchtisch war zur Seite geschoben und mit Illustrierten der Vorwoche bedeckt.

Das mit Rattanmöbeln ausgestattete Schlafzimmer wirkte ordentlicher. Von einem der Betten war die Decke zurückgeschlagen, das andere war offensichtlich unbenutzt. Keine Spuren von Gewaltanwendung.

Auch im Badezimmer gab es nichts Ungewöhnliches. Zahnbürste und Kosmetika waren säuberlich auf der Ablage aufgereiht, und die Handtücher hingen über der Heizstange. Nur die Küche gab Rätsel auf. Hier stand noch ein Teil des Abendessens mit Brot, Wurst und Käse auf dem schmalen Tisch. Die Flasche Mineralwasser war zur Hälfte geleert, und im Glas befand sich noch ein daumenbreiter Rest. Es roch säuerlich und abgestanden.

Dieses Szenarium deutete keineswegs auf eine geplante Abreise nach Moskau hin. Näher lag die Vermutung, daß Frau Wilberg von jemandem abgerufen worden war und nur kurz die Wohnung verlassen wollte.

»Hier stimmt was nicht«, knurrte die Kommissarin. »Gansmann, sei so gut und ruf die Spurensicherung her. Wir fassen nichts mehr an.«

Birgit Weber hatte sich im Hintergrund gehalten, spürte aber die aufkommende Spannung. Sie zuckte zusammen, als Angelika Lette sie ansprach. »Jetzt muß ich Ihnen leider doch zumuten, das Foto der toten Frau anzuschauen. Erschrecken Sie nicht, sie ist nackt und das Gesicht unkenntlich. Unser Fotograf hat es mit einem Tuch abgedeckt. Sehen Sie sich die Figur und vor allem die Haare an. Lassen Sie sich ruhig Zeit. Könnte das Romana Wilberg sein?«

Birgit Weber schluckte. »Muß das sein? Ich habe noch nie einen Toten gesehen.« Wie zur Entschuldigung fügte sie hinzu: »Meine Eltern leben ja beide noch.«

»Es tut mir leid, aber wir brauchen Ihre Hilfe.«

Bisher hatte sich die Nachbarin als sehr kooperativ erwiesen. Auch jetzt gab sie sich einen Ruck und nahm das Foto in die Hand. Sie sah genau hin und schüttelte dann hilflos den Kopf. »Ich kann es wirklich nicht sagen. Das Haar, Farbe und Länge, könnte stimmen. Die Figur – ich weiß nicht! So im Liegen wirkt alles anders, viel flacher und irgendwie breiter ... Ich weiß beim besten Willen nicht, ob das Frau Wilberg ist.«

»Würden Sie sagen, sie ist es auf keinen Fall?«

»Nein. Ähnlichkeiten sind ja da. Wenn man das Gesicht sehen könnte?«

»Sie hat keins mehr, alles zerschlagen.«

»O Gott, die arme Frau.«

»Beruhigen Sie sich. Wir wissen, daß sie schon tot war, als man ihr das angetan hat. Ich glaube, Sie sollten jetzt wieder in Ihre Wohnung gehen. Vielen Dank für Ihre Hilfe und für den Kaffee. Mein Kollege und ich warten hier auf die Spurensicherung. Die Spezialisten werden alles ganz genau untersuchen. In Kürze wissen wir, ob Frau Wilberg die Tote aus der Baugrube ist oder nicht.«

Birgit Weber ging zur Tür. »Nein, so ein Schicksal! Das mag man ja seinem ärgsten Feind nicht wünschen. Und wenn ich bedenke, wie wütend ich war ...« Sichtlich niedergeschlagen ging sie zur Tür.

»Die Spurensicherung ist unterwegs«, meldete Kommissar Gansmann. Er war noch immer beunruhigt. »Was machen wir nur, wenn das nicht die Frau ist, die wir suchen?«

Kommissarin Lette gab ihm eine Antwort, die seinen Seelenfrieden auch nicht wiederherstellte: »Einen ganz dummen Eindruck und ein noch dümmeres Gesicht. Jetzt bleibt nichts anderes übrig, als in Moskau anzurufen. Das hätte ich mir und dem Herrn Legationsrat gern erspart.«

Sie setzte sich auf den Stuhl vor dem Schreibtisch, zog das Notizbuch aus der Tasche, blätterte im Telefonverzeichnis und wählte. Die Deutsche Botschaft in Moskau meldete sich nach wenigen Sekunden. Die Kommissarin nannte nur ihren Namen und fragte, ob Legationsrat Wilberg zu sprechen sei.

»Der ist nicht im Haus«, meldete sich die Sekretärin nach einem vergeblichen Vermittlungsversuch. »Wenn Sie etwas Wichtiges auszurichten haben, verbinde ich Sie gern mit dem Büro des Kanzlers der Botschaft.«

»Ja, bitte.«

Ein Klicken, und die angekündigte Vorzimmerdame wünschte einen guten Tag und fragte nach den Wünschen der Anruferin.

Die Kommissarin übermittelte den Wunsch, Herr Wilberg möge in einer persönlichen Angelegenheit ganz dringend die Nummer dieses Handys anwählen. Sie zögerte einen Moment und fügte hinzu: »Die Sache ist sehr wichtig. Mein Name ist Lette. Ich bin Kriminalhauptkommissarin im Berliner Polizeipräsidium und auch dort zu erreichen.«

Die Frage, ob sie nicht andeuten könne, um welche Angelegenheit es sich handele, beschied sie mit dem Hinweis, daß sie nur mit Herrn Wilberg darüber sprechen wolle.

Für die Spurensicherung war der Fall nichts Besonderes. Fingerabdrücke wurden gesichert, einige Kleidungsstücke und ein Fotoalbum zum Vergleich eingepackt, die Schmucksachen fotografiert, aufgelistet und vorläufig sichergestellt. Die Essensreste kamen in besondere Behältnisse, so auch die Mineralwasserflasche und das Glas mit dem Restwasser. Nach gut zwei Stunden hatte das Team seine Arbeit getan und rückte ab.

Den einzelnen Wohnungsschlüssel vom Haken hinter der Flurtür – möglicherweise ein Zweitstück – nahm die Kommissarin an sich. Sie schloß die Tür ab und legte das Polizeisiegel an. Dann schaute sie noch kurz bei Frau Weber vorbei. »So, wir verabschieden uns jetzt. Die Wohnung darf kein Unbefugter betreten. Siegelbruch wird streng bestraft.«

»Wissen Sie schon ...?«

»Nein, noch wissen wir nichts über die Identität der Toten. Aber das wird der Erkennungsdienst sehr schnell geklärt haben. Sie hören später von mir. Nochmals vielen Dank und auf Wiedersehen.«

Kurz nachdem im Präsidium die Merkmale der in der Wohnung reichlich gefundenen Fingerabdrücke in den Computer eingegeben und mit denen der Toten aus der Baugrube verglichen worden waren, stand fest: es handelte sich um Romana Wilberg.

14

Das Seminar über »Todesermittlungen unter erschwerten Bedingungen« sollte am Nachmittag um 14 Uhr im kleinen Saal des Berliner Polizeipräsidiums beginnen. Der Erste Kriminalhauptkommissar Walter Freiberg – so stand er mit voller Dienstbezeichnung auf der Teilnehmerliste – wollte den Vormittag nutzen, um sich in Potsdam mit Kunst- und Antiquitätengeschäften vertraut zu machen. Er hatte die Lufthansamaschine um 6.25 Uhr genommen und war nach einer Stunde Flugzeit in Berlin-Tegel gelandet. Mit dem Taxi über die Avus durch den Grunewald – und er fuhr 50 Minuten später über die Glienicker Brücke. Während der Teilung Deutschlands wurden hier zwischen Ost und West Agenten ausgetauscht, wenn das Lösegeld oder die Gegenleistung stimmte. Kein Spionageroman konnte auf die Dramatik an diesem Grenzübergang verzichten. Jetzt brummte der Frühverkehr darüber hin, als ob es hier nie Mauer, Stacheldraht und Schranken gegeben hätte.

Um die Erinnerung an die gemeinsame Arbeit mit der Kollegin Lette bei der Klärung des Falles der »Dame aus Potsdam« aufzufrischen, vor allem aber um seinen Reisekoffer zu deponieren, nahm Freiberg den Weg zum Präsidium an der H.-v.-Tresckow-Straße. Unübersehbar klotzte nicht weit entfernt der Bau des Hotelhochhauses in den Himmel. Ein wiederaufgebautes Preußen-Schloß wäre den Potsdamern wahrscheinlich lieber gewesen.

Den Koffer für einige Stunden loszuwerden war kein Problem. Der Diensthabende am Eingang kannte den Gast aus Bonn noch aus früherer Zeit. Danach ließ Freiberg sich vor Beginn der Geschäftszeit in der Feuerbachstraße absetzen. Die Rechnung für die Taxifahrt war saftig, und Freiberg dachte mit Vergnügen an das Gesicht Straßfurts, wenn der das Sümmchen als Ermittlungskosten mit der immer knauserigen Verwaltung abrechnen sollte.

An den beiden Kunst- und Antiquitätengeschäften dieser Straße waren noch die Metallrollos heruntergelassen. Es hätte sicherlich einen ungünstigen Eindruck gemacht und Mißtrauen hervorgerufen, wenn Freiberg gleich nach Geschäftsöffnung erschienen wäre. Also blieb Gelegenheit für einen Spaziergang durch den Park von Sanssouci. Das Schloß und das Neue Palais kannte er von früheren Aufenthalten. Darum durchstreifte er den südlichen Teil des Parks und genoß den Blick auf das kleine Schloß Charlottenhof, das Schinkel nach der Rückkehr von seinen Italienreisen für den preußischen Kronprinzen entworfen hatte.

Etwas nördlich am Maschinenteich mit seiner Insel und der Bronzestatue des »Germanicus« zierten wieder einmal Baugerüste die Gebäude der Römischen Bäder. An der Meierei vorbei kehrte Freiberg kurz nach elf zur Feuerbachstraße zurück. Die Häuser hier vermittelten fast den Eindruck einer überdimensionierten Puppenstadt. In einem der restaurierten Schmuckstücke war das Geschäft »Kunst und Antiquitäten« untergebracht. Auf einem kleinen Bronzeschild unten links am Schaufenster war zu lesen: »Inhaber Maik Haschem«.

Kunstvolle Kleinmöbel, angeblich aus preußischem Besitz, Tischgeschirr, Tabakdosen, Kerzenhalter und die unvermeidlichen Zinnsoldaten vom Regiment der Langen Kerls warteten zu ansehnlichen Preisen auf Käufer.

Ein Glockenspiel mit der Kurzfassung »Üb immer Treu und Redlichkeit« begleitete Freibergs Eintritt.

Ein Mann im dunkelgrauen Zweireiher kam aus dem dämmerigen Hintergrund des Raums. Das war nun kein zierlicher Verkäufer, wie ihn der Kommissar in dieser Umgebung erwartet hätte, sondern ein kräftiger, durchtrainierter Mann mit ausgeprägten Gesichtszügen, dessen offenbar gefärbtes Haar tiefschwarz glänzte. Sein Lächeln wirkte aufgesetzt und vermochte nicht die Härte seines Aussehens zu mildern.

Freiberg sah sich eine Weile interessiert um und ließ seine Augen auf den teuren Stücken verweilen.

»Guten Morgen, der Herr! Suchen Sie etwas Bestimmtes?« fragte der Verkäufer mit einem harten Akzent, der Russisch als Muttersprache vermuten ließ.

»Etwas Bestimmtes wäre zu konkret gesagt. Mich interessiert von meiner Ausbildung her die kleinere Kirchenkunst, nicht so sehr das, was der verarmte preußische Adel zu bieten hat. Ich denke eher an Tabernakel, Monstranzen, Pektorale und Ikonen aus dem achtzehnten und neunzehnten Jahrhundert.« Die Begriffe gingen Freiberg glatt von der Zunge; schließlich hatte er neben Französisch und Geschichte auch einige kunstgeschichtliche Vorlesungen gehört. »Ältere Stücke sind ja praktisch nicht mehr auf dem Markt – oder sie sind unbezahlbar.«

Der Mann im grauen Anzug wirkte schon etwas zugänglicher. »An welchen finanziellen Rahmen denken Sie denn – über oder unter zehntausend?«

»In beiden Richtungen. Ich kaufe für mich im unteren Bereich, und für einen potenten Dritten im oberen. Der Sammler möchte nicht in Erscheinung treten. Wie viele seiner Kollegen scheut er die Öffentlichkeit; auch mancher Antiquar zeigt ja nicht gern alles, was er zu bieten hat«, sagte Freiberg mit einem verständnisvollen Lächeln. »Spreche ich mit dem Geschäftsinhaber persönlich?«

»Nein, Herr Haschem hat zur Zeit in Berlin zu tun. Ich bin sein Geschäftsführer und genieße sein volles Vertrauen. Ohne das geht's ja nicht in unserer Branche.«

Freiberg nickte und zeigte auf die Seitenwand. »Die Ikonen dort sind recht kompakt in der Wirkung. Allerdings fehlt ihnen die Patina von hundert Jahren, und mit denen von Andrej Rublew sollte man sie auch nicht vergleichen.«

»Dafür sind die Preise erträglich, zwischen drei- und achttausend.«

»Und das Tabernakel dort?«

Der Verkäufer zögerte kurz. »Gerade noch im unteren Limit – neunfünf«, sagte er dann. »Bei Barzahlung könnte ich Ihnen einen Sonderpreis von neuntausend machen.«

»Das käme mir schon entgegen.« Freiberg sah sich weiter um.

»Wenn Sie noch etwas ganz Besonderes suchen, müßten Sie aber in ein sehr viel höheres Preisniveau einsteigen.«

»Warum nicht – wenn es sich lohnt«, meinte Freiberg gelassen.

Der Verkäufer trat ein paar Schritte zurück und griff hinter den gerafften Vorhang, der den Laden teilte. »Hier sehen Sie ein sehr schönes Brustkreuz eines orthodoxen Geistlichen. Dem Interessenten im Westen ist es mit vierunddreißigtausend wohl zu teuer geworden.«

»Aber wie kommt so ein Pektorale der hohen Geistlichkeit auf den Markt? Das ist doch ziemlich ungewöhnlich.«

»Der Gottesmann in Rußland brauchte Geld für seine Kirche. Darum hat er sich von diesem großartigen Stück getrennt.

Ein Verkauf aus reinem Privatbesitz. Zugegeben, etwas nicht Alltägliches, aber in diesen bewegten Zeiten sicher nicht einmalig.«

»Darf ich es mal in die Hand nehmen?«

»Aber bitte!«

Das Kreuz wog schwer. Ob es aus reinem Gold war, ließ sich ohne eine gründliche Prüfung nicht feststellen. Die eingelassenen Rubine deuteten die Stellen an, wo der Sohn Gottes ans Kreuz geschlagen war. Ein Kranz von Diamanten schien die Dornenkrone darzustellen. Freiberg war überzeugt, daß der tatsächliche Wert um ein Mehrfaches höher sein mußte als der geforderte Preis. Er erinnerte sich an Straßfurts Bemerkung, daß bei dem Raubmord in Saratow auch das Brustkreuz des erschlagenen Priesters verschwunden war. »Ein ganz und gar ungewöhnliches Stück«, bestätigte er. »Das übersteigt meine Möglichkeiten allerdings beträchtlich; doch ich könnte mir vorstellen, daß mein Bekannter Interesse zeigt – vorausgesetzt, der Preis sagt ihm zu. Da müßte ich selbstverständlich erst rückfragen. Haben Sie noch einen gewissen Verhandlungsspielraum?«

»In diesem Fall leider nicht.«

»Nun gut. Mein Auftraggeber ist zur Zeit in Italien unterwegs, so daß ich ihn erst übermorgen in Düsseldorf erreichen kann. Ich werde dann wieder auf Sie zukommen.«

So ganz recht schien dem Verkäufer diese Entwicklung des Geschäfts nicht zu sein. »Sicherer wäre es für Sie, sich das Pektorale bei einer eher symbolischen Anzahlung von – sagen wir – tausend Mark reservieren zu lassen. Selbstverständlich ganz unverbindlich für Sie; sollten Sie das Stück nicht nehmen, könnte die Anzahlung auch mit anderen Käufen verrechnet werden.«

Freiberg lächelt freundlich. »Ich möchte da nichts vorentscheiden und werde Ihnen telefonisch Nachricht geben. Darf ich annehmen, daß Ihnen Barzahlung recht wäre, formlos Ware gegen Geld?!«

Ein verstehendes Lächeln ging über das harte Gesicht. »Selbstverständlich. Man sollte kein unnötiges Risiko eingehen.«

Während der Mann in Grau das Brustkreuz wieder hinter dem Vorhang verschwinden ließ, fragte Freiberg: »Würden Sie mir bitte ein Taxi rufen?«

»Aber gern.«

»Es soll an der Erlöserkirche auf mich warten. Auf Wiedersehen.«

Ohne sich umzusehen, schwenkte Freiberg auf die Clara-Zetkin-Straße ein. In fünf Minuten hatte er die Kirche erreicht. Das Portal war geschlossen, so daß er sie nur von außen betrachten konnte. Schon einige Minuten später fuhr das Taxi vor. Der Kommissar ließ sich vor dem Hotelhochhaus absetzen und wartete, bis der Wagen sich entfernt hatte. So würde der Fahrer nur sagen können, daß er seinen Gast vor dem Hotel Mercure abgesetzt hatte.

Ein paar Minuten später hatte er das Sportstadion passiert und das Polizeipräsidium erreicht. Mit lautem Hallo wurde er von Oberkommissar Hurler begrüßt, der sich nicht wenig über den unverhofften Besucher wunderte. Ein paar kurze aufklärende Worte – und schon hing Freiberg am Telefon.

In Bonn hatte Straßfurt den Libanesen aus dem Antiquitätengeschäft vergeblich in die Mangel genommen. Der hatte von einem Notverkauf der Ikone durch einen vertrauenswürdigen Mann gefaselt und den Vorwurf der Hehlerei weit von sich gewiesen. Eingeräumt hatte er nur den Verstoß gegen die Aufzeichnungspflicht bei derartigen Geschäften. Eine finanzielle Verflechtung mit Maik Haschem konnte ihm nicht nachgewiesen werden. »Damit ist für uns wieder einmal der Ofen aus«, resümierte Straßfurt übellaunig.

»Nicht ganz. Vielleicht kann ich ja Brennstoff nachlegen«, sagte Freiberg und beschrieb seinen Besuch in Haschems Geschäft in Potsdam. »Dort wird ein Brustkreuz angeboten, das aus demselben Raub stammen könnte wie die Ikone.« Dann beschrieb er Größe, vermutliches Gewicht und die Anordnung der Edelsteine.

Hauptkommissar Straßfurt am anderen Ende der Leitung blätterte durch die ihm vom BKA zugefaxten Unterlagen. »Moment, ich habe hier eine Objektbeschreibung, die allerdings ziemlich ungenau ist. Mit Sicherheit wissen wir nur, daß ein wertvolles Brustkreuz gestohlen wurde. Kaum einer der Gläubigen schaut hoch, wenn er einem Würdenträger gegenübersteht; die meisten neigen demütig die Köpfe. Aber für mich sind die Zusammenhänge eindeutig.« Er schnaufte ungehalten. »Können wir denn gar nichts machen? Oder hast du einen brauchbaren Vorschlag?«

»Wir haben bis übermorgen Zeit. Ich werde mein Wissen bei den Kollegen in Potsdam abladen, und du schließt dich dann mit ihnen kurz. Jetzt muß ich los, sonst verpasse ich das Seminar, welches ja der eigentliche Zweck meiner Dienstreise ist. Du darfst mich gern jederzeit stören, wenn es irgendwo brennt. Heute abend treffe ich mich mit der Lette um neun bei Drautzburg in der ›Ständigen Vertretung‹. Unterkunft habe ich in unserer Stammpension bei Hertha Kastorp in der Boelckestraße. Mach's besser.«

Das Besondere an Seminaren dieser Art ist neben der Freistellung vom Alltagsjob das Wiedersehen mit Kollegen und die Möglichkeit, die touristischen Attraktionen wahrzunehmen. Die sorgfältig ausgearbeiteten Vorträge der Dozenten mit Overheadprojektoren und TV-Kurzbeiträgen werden dabei gern hingenommen und dienen der entspannten Vorbereitung auf den unvermeidlichen Bummel durch Berlin bei Nacht.

So gab es auch erst einmal Protest von den Kollegen, als Freiberg verkündete, er könne sich wegen anderer Verpflichtungen dem gemeinsamen Ausflug nicht anschließen. Dann wünschten sie ihm mit vielsagendem Zwinkern einen angenehmen Abend und Erfolg bei seiner »Pflichterfüllung«.

15

Bei der 12. Mordkommission verlief der Tag hektisch und voller Spannung. Noch war das erste Ermittlungsergebnis interne Sache der Polizei; aber bald würden sich die Medien darauf stürzen. Vordringlich waren also die Instanzen zu informieren: Referatsleiter 41, Abteilungsleiter 4, der Chef des Landeskriminalamtes und der Polizeipräsident. Die Ermordung der Ehefrau eines deutschen Diplomaten war gewiß ein Fall, der besonderes Aufsehen erregen und Schlagzeilen machen würde. Die Information des Personalabteilungsleiters im Bundesministerium des Auswärtigen übernahm der Leitende Kriminaldirektor Kesselbach von LKA 4.

Kriminalhauptkommissarin Lette hatte sofort deutlich gemacht, daß ihr Job nicht darin bestand, für die Hierarchie zu arbeiten, sondern vor Ort zu ermitteln. Die Kommissare Burger und Schack erhielten von ihr den Auftrag, im Raum zwischen Baugrube und der Wohnung des Opfers nach Anhaltspunkten für den Ablauf der Tat zu suchen. Sie selbst und Gansmann machten sich auf den Weg zur Goerzallee. Jetzt, nachdem die Tote identifiziert worden war, mußten alle Hausbewohner und Nachbarn eingehend befragt werden. Noch sah es nicht so aus, als ob die Mordkommission verstärkt werden müßte. Das Klinkenputzen war nicht sehr beliebt, aber unvermeidlich. Von diesem Zeitpunkt an kam unweigerlich die Öffentlichkeit ins Spiel, denn in Berlin gelangten Nachrichten über Mord und Totschlag wie von Geisterhand gesteuert besonders schnell in die Redaktionen der Zeitungen und Rundfunkanstalten.

Erste Anlaufstation der beiden Ermittler war wieder Birgit Weber. »O Gottchen, nun ist sie es doch«, jammerte sie über den Tod der ungeliebten Dame. »Nein so was! Wer war's denn, der sie umgebracht hat?«

Kommissarin Lette wehrte mit beiden Händen die Frage ab. »Das zu klären ist unsere Aufgabe. Wir müssen jetzt alle in der Umgebung hier vernehmen – jeder Hinweis, jede Beobachtung kann Bedeutung erlangen.«

Birgit Weber nickte eifrig. »Da fangen Sie am besten gleich in der Wohnung unter den Wilbergs an. Karl Reker, unser oberster Tugendwächter, ist zu Hause. Ich habe ihn mit einer Brötchentüte wiederkommen sehen. Kalle, wie ihn alle nennen, rentnert nämlich vorzeitig, macht kleinere Reparaturen im Haus und verdient sich gelegentlich bei einem Kleinverlag ein paar Mark dazu«, gab Birgit Weber ihr Wissen bereitwillig weiter. »Manchmal glaube ich, der ist ein bißchen gestört, seit ihm die Frau weggelaufen ist. Aber er paßt auf, sage ich Ihnen. Ein Wachhund ist gar nichts dagegen. Und oft genug zum Teufel gewünscht hat er die Wilberg auch.«

»Haben Sie schon mit ihm gesprochen?«

Ein entrüstetes Kopfschütteln begleitete die Antwort: »Nein, das haben Sie mir doch verboten.«

»Gut so!« lobte die Kommissarin, wobei sie Mühe hatte, ein entsprechend ernstes Gesicht zu machen. »Komm, Gansmann«, wandte sie sich an den Kollegen, »hören wir uns gemeinsam an, was der Herr zu sagen hat.«

Nach dem Klingeln wurde die Tür nur einen Spalt geöffnet – Reker hatte die Kette vorgelegt. »Was wollen Sie?«

»Kriminalpolizei. Hauptkommissarin Lette – hier mein Ausweis.« Sie hielt ihn vor den Türspalt. »Wir müssen Sie wegen Frau Wilberg sprechen.«

Sofort ging die Tür weit auf. » Na endlich! Endlich kümmert sich die Polizei um das Nuttennest da oben!« Diese Feststellung kam aus tiefster Seele.

Kalle Reker wirkte mager, fast ausgemergelt, wie ein Magenkranker oder stiller Trinker. Sein angegrautes Stoppelhaar stand hoch aufgerichtet, und die engstehenden blauen Augen waren starr auf die Besucher gerichtet. Rasiert hatte er sich seit Tagen nicht, und sein Jogginganzug mußte dringend in die Waschmaschine.

»Kommen Sie mit ins Wohnzimmer«, sagte er barsch.

Das war nun wirklich schäbig: Ein einfacher Schrank und eine durchgesessene Sitzgruppe standen in einer Ecke. Einige Drucke an den Wänden, und ein schmutziger, viel zu kleiner Teppich auf dem zerkratzten Parkettboden konnten den trostlosen Eindruck dieser Behausung nicht mildern.

Kommissarin Lette und ihr Kollege nahmen mit einigem Widerwillen in den angebotenen Sesseln Platz.

»Was is'n los da oben?« eröffnete Reker das Gespräch. »Seit Tagen ist alles ruhig. Ist die etwa weg nach Moskau?«

Entweder war »Kalle« so unbedarft, wie er tat, oder er versuchte sein Spielchen zu machen. Mit dem Mord wollte die Kommissarin ihn noch nicht konfrontieren, daher fragte sie erst allgemein: »Was haben Sie denn gehört oder gesehen?«

»Immer andere Weiber sind hier rein- und rausmarschiert; das ging zu wie im Taubenschlag. Man hört in dieser Bruchbude ja so manches – und von oben besonders deutlich.«

»Und – was war so besonders deutlich?«

»Erst haben sie geheult – alle. Aber die Oberdame hat sie immer schnell getröstet. Dann wurde gelacht und sogar getanzt. Oft haben sie zu mehreren in der Wohnung übernachtet.«

»Und was hat Sie daran gestört?«

»Na hören Sie mal!« brauste er auf. »Bei so vielen Weibsbildern macht man sich schon seine Gedanken. Ich glaube, das war ein Lesbentreff.«

»Gab's keine Männer?«

»Das ist es ja eben. Mit Männern schienen die allesamt nix am Hut zu haben.«

»Aber es gibt doch einen Herrn Wilberg, oder?«

»Der Herr Gemahl ist immer seltener gekommen. Früher hat man ja noch die typischen Geräusche aus dem ehelichen Schlafzimmer gehört, aber seit Wochen schon sind die sich jedesmal in die Haare geraten, wenn er aus Moskau kam. Manchmal hat sie ihn angeschrien, daß man jedes Wort verstehen konnte: ›Niemals lasse ich mich scheiden! Gott will das nicht. Wenn du mich loswerden willst, mußt du mich schon umbringen!‹ – Ist das nicht stark? Zimperlich ging's da nicht zu. Einmal haben sie sogar die Möbel verrückt, daß es nur so polterte. Vielleicht hat er sie auch verdroschen.«

»Nun mal langsam! Wann haben Sie Herrn Wilberg das letzte Mal in seiner Wohnung gehört oder gesehen?«

Kalle biß eine Weile auf seiner Unterlippe herum. »Warten Sie ...Ich will ja nichts Falsches sagen«, meinte er treuherzig. »Also, das ist schon ein paar Tage her, ich denke Montag oder Dienstag. Da war vielleicht eine Stimmung in der Bude. Die Wilberg war völlig von der Rolle und hat gebrüllt, niemals würde sie Ja sagen. ›Du willst doch nur diese Stewardeß heiraten, von der die Mädchen mir erzählt haben.‹ Und dann schrie sie nochmal: ›Kapier's doch endlich. Niemals!‹ – Mir wurde es dann zu dumm, und ich habe mich vor die Glotze gesetzt und den Ton einfach lauter gestellt. Schließlich lasse ich mir von denen doch nicht meine alten Schimanski-Filme verderben.«

»Ging es bei den Auseinandersetzungen, die Sie gehört haben, häufig um die Scheidung?«

»Ja, aber er war auch deswegen sauer, weil sie diesen Weiberzirkus aufgezogen hat und nicht nach Moskau wollte. Aber jetzt hat sie sich ja wohl anders besonnen und ist zu ihm hin.«

Das war der richtige Moment, um der Vernehmung einen zusätzlichen Kick zu geben. Ganz ruhig sagte die Kommissarin: »Die geht zu niemandem mehr! Frau Wilberg wurde ermordet und drüben in der Baugrube bei der BEWAG versenkt.«

Kalle Reker sah eine Weile mit offenem Mund geradeaus. Dann fragte er emotionslos: »Wer ist ihr denn an die Gurgel gegangen?«

»Sicherlich jemand, der sie haßte.«

»Vielleicht hat er ihr eine verpaßt, daß sie tot umgefallen ist. Dann hat er sie kurzerhand entsorgt.«

Der Kommissarin gefiel dieser Ton ganz und gar nicht. Aber manchmal sagten auch Kodderschnauzen die Wahrheit. Unvermittelt kam ihre nächste Frage: »Wann waren Sie denn zuletzt in der Wohnung oben?«

»Ich? Nie! Verdammt, wollen Sie mich etwa da reinziehen?«

»Überlegen Sie sich Ihre Worte sorgfältig. Da oben gibt's Fingerabdrücke.«

Kalle Reker rutschte unruhig hin und her. »Äh, nein, ja. Ich war kurz drin, weil der Abfluß vom Klo verstopft war. Ich erledige im Haus schon mal solche Kleinigkeiten.« Sein Lächeln wurde schief. »Für so was sind Handwerker in Rente immer noch gut.«

Bisher hatte Gansmann geschwiegen. Jetzt fragte er: »Wann war das?«

»Wann, wann! Irgendwann vor ein paar Tagen.«

»Vor dem großen Regen oder nachher?«

Reker schien viel von seiner schnodderigen Forschheit verloren zu haben. Er stotterte: »Geregnet hat's schon, glaube ich. – Warten Sie mal! Das muß an dem Tag gewesen sein, wo alles quer lief. Ja genau!« Auf einmal war seine Mitteilungsbereitschaft wieder da. »Seit dem späten Nachmittag stand ein BMW auf einem der reservierten Plätze, wo er nicht hingehört. Und abends habe ich mich noch über einen Kleinlaster geärgert, der die Auffahrt blockierte. Die Handwerker sind einfach rücksichtslos; sie stellen ihre Wagen auf den hauseigenen Parkplätzen ab, auch wenn sie in der Nachbarschaft zu tun haben. Aber den erkenne ich wieder mit seiner gespachtelten Tür. Wenn der noch einmal hier auftaucht, kann er was erleben.«

»Wissen Sie, von welcher Firma der Wagen war, und in welchem Haus gearbeitet wurde?«

»Keine Ahnung; es stand nix dran, und weil der Regen stärker wurde habe ich mich auch nicht weiter darum gekümmert. Als ich später noch mal nachgesehen habe, war er auch schon verschwunden.«

Die Kommissarin hakte nach: »Was für ein Autotyp war das, welche Farbe? Haben Sie die Zulassungsnummer sehen können?«

»Grau war die Kiste, geschlossene Karosserie, ohne Fenster. Die Nummer weiß ich nicht. Ich habe nur das große B für Berlin gesehen. Wenn's nicht geregnet hätte, wäre ich raus und hätte dem die Leviten gelesen. Aber bei dem Wetter jagt man ja nicht mal 'nen Hund auf die Straße. So habe ich mich lieber vor die Glotze gesetzt. Mir hat's gereicht an dem Tag. Morgens sitzt der Lokus zu, und nachmittags ist der Herr Diplomat wieder Zuhause und macht Stunk. Es wird einem ja langsam zu blöd hinzuhören. Mein Hobby ist Fernsehen. Erst lief ein Film über Vulkanausbrüche. Die Berge explodierten wie ...«

»Interessant!« unterbrach ihn die Kommissarin. »Und was gab es im Abendprogramm?«

»So'n amerikanischen Krimi mit dem Bogart. Toller Kerl, der gefällt mir.«

»Waren Sie in der letzten Zeit an der Baugrube auf der anderen Seite des Teltowkanals?« brachte die Kommissarin das Gespräch auf die Frage zurück, die sie klären wollte.

»Ich? Nie! Was soll ich denn da?«

»Das Wort ›nie‹ habe ich doch eben schon mal von Ihnen gehört, als ich gefragt habe, ob Sie in Wilbergs Wohnung waren.«

»Wollen Sie mir schon wieder was anhängen?« maulte Reker.

»Nein, absolut nicht. Ich möchte nur, daß Sie die Wahrheit sagen und keine dummen Sprüche machen. Können wir mal Ihre Schuhe sehen?«

»Was denn ...«, fuhr er auf, zuckte mit den Schultern und beendete den Satz fast höflich: »Wenn Sie unbedingt wollen – bitte! Die stecken im Schrank in der Garderobe.«

Kommissar Gansmann war schon aufgestanden und kam mit einem Paar Halbschuhe zurück, das, wie alles in Rekers Umgebung, ziemlich verdreckt war. »Die nehmen wir mit zum Spurenvergleich.«

Karl Reker blieb stumm. Seine Kopfbewegung konnte sowohl zustimmendes Nicken als auch Resignation bedeuten.

Als Kommissarin Lette zur nächsten Frage ansetzte, schlug das Handy in ihrer Tasche an. Vom Präsidium kam die Mitteilung, daß Legationsrat Wilberg in Genf auf ihren Anruf warte. Sie bedankte sich, notierte die Rufnummer und sagte zu Gansmann: »Mach hier weiter und versuch noch ein paar Hausbewohner zu befragen. Mich erreichst du bei Frau Weber.«

Dem Gespräch mit Arne Wilberg hatte die Kommissarin mit großem Unbehagen entgegengesehen. Einem Mann telefonisch mitzuteilen, daß seine Ehefrau Opfer eines Verbrechens geworden war und mit zerschmettertem Kopf von ihm identifiziert werden mußte, würde nicht einfach sein.

Diese Sorge war überflüssig, wie sich herausstellte. Legationsrat Wilberg nahm die Nachricht mit erschreckender Ruhe auf. Fast geschäftsmäßig kündigte er seinen sofortigen Flug nach Berlin an. Die Fragen nach den näheren Umständen der Tat wirkten wie die eines Fremden. Kommentarlos nahm er zur Kenntnis, daß der oder die Täter noch nicht gefaßt seien und daß es auch keine heiße Spur gab.

Dem Rascheln nach zu urteilen, blätterte er in einem Notizbuch oder in einem Flugplan. Dann sagte er: »Sie können mit mir in den späten Nachmittagsstunden rechnen. Ich bin zwischen 17 und 18 Uhr in meiner Wohnung. Ist Ihnen das recht, oder wünschen Sie einen anderen Treffpunkt?«

»Treffen wir uns in der Wohnung. Mein Kollege Gansmann und ich werden hier im Hause sein und auf Sie warten. – Danke.«

Die Unterhaltung war so emotionslos verlaufen, daß Angelika Lette versucht war, ihm einen guten Flug zu wünschen. Sie mußte ein leichtes Unbehagen abschütteln, als sie den Hörer auflegte.

Birgit Weber hatte sich während des Anrufs in der Küche aufgehalten. Jetzt kam sie zurück und sah die Kommissarin fragend an.

»Legationsrat Wilberg fliegt heute noch von Genf hierher und wird am späten Nachmittag in seiner Wohnung sein. Wir sprechen dort mit ihm.«

»Der muß doch seine Frau identifizieren – oder?«

»Ja, ich werde ihn begleiten.«

»Wie schrecklich für ihn.« Frau Weber war ganz Mitgefühl. »Welch unangenehme Aufgabe auch für Sie. – Wollen Sie jetzt einen starken Kaffee?«

»Danke, später vielleicht. Erst müssen wir unsere Befragung im Haus und bei den Nachbarn hinter uns bringen. – Sie haben also auch keine Ahnung, woher die Frauen gekommen sein könnten, die oben in der Wohnung waren?«

»Nein, ich habe ja nie mit ihnen gesprochen.«

Kommissarin Lette zuckte mit den Schultern. »Vielleicht gibt es Hinweise in den sichergestellten Unterlagen. Ich hoffe auch, daß der Ehemann etwas dazu sagen kann. Wir werden sehen. – Einstweilen tschüss, Frau Weber.«

Auf dem Weg zu Gansmann, noch im Treppenhaus, gab das Handy wiederum Laut. Diesmal war Kommissar Bulla von der Spurensicherung in der Leitung. »Hallo, Angelika! Wir haben einige Notizen von der Toten gefunden. Bruchstücke nur, aber vielleicht interessant. Die Wilberg hat offensichtlich gestrandeten Mädchen geholfen, und zwar immer so, daß eine Abschiebung vermieden wurde. Darum ist das Ganze auch an der Sitte vorbeigelaufen. Wie sie das bewerkstelligt hat, ist vorerst unklar. Auf einem Zettel steht hinter dem Namen Mirna in Klammern: Valparaiso. Vielleicht hat Romana Wilberg, die ja Chilenin war, dafür gesorgt, daß diese Mirna zurückfliegen konnte. Aber das ist reine Spekulation.«

Angelika Lette hatte sich auf eine Treppenstufe gesetzt und drückte das Handy fest ans Ohr. »Das hört sich doch schon recht vielversprechend an. Hast du noch mehr?«

»Ja. Da gibt's noch den Hinweis auf einen Benno, versehen mit einem dicken Fragezeichen. Ob das ein Mäzen ist?«

»Oder der Lude im Hintergrund?«

»Könnte auch sein. Sachhinweise sind nirgends vermerkt.«

»Dann mach mal unsere Sittenstrolche mobil, ob die von diesem Benno gehört haben.«

»Geht klar. Ich melde mich dann wieder.«

»Danke, daß du angerufen hast. Wir sind beim Klinkenputzen – bisher mit mäßigem Erfolg.«

Und das hatte sich auch nach einer Stunde nicht geändert. Nachdem die Hausbewohner vom Tod der Diplomatenfrau erfahren hatten, schien die große Unwissenheit ausgebrochen zu sein. Ja, da seien schon mal Besucherinnen ins Haus gekommen, aber das sei wohl üblich in diesen Kreisen. Gewiß, man habe hin und wieder Geräusche aus der Wohnung gehört, aber auch bei anderen. Das Haus sei nun mal sehr hellhörig. So und ähnlich lauteten die Einlassungen. Nicht einmal das Platinarmband wollte jemand am Arm der Frau gesehen haben. Anstoß genommen hatten offenbar nur die Mieter über und unter der Wohnung. Wahrscheinlich hätten die auch geschwiegen, wenn sie vor der Befragung vom Tod der Romana Wilberg gewußt hätten.

Gansmann war sauer über das Ergebnis seiner Bemühungen. Sogar der gesprächige Kalle hatte plötzlich nichts mehr sagen wollen. »Der hat sich ein schönes Alibi zurechtgebastelt«, stellte er fest. »Ob das mit dem Fernsehprogramm stimmt, werde ich erst mal überprüfen.«

»Schluß jetzt mit dem albernen Unternehmen«, faßte Kommissarin Lette das Arbeitsergebnis zusammen. »Letztlich scheinen alle froh zu sein, daß der Störenfried nicht mehr im Hause ist, aber keiner will einer Toten etwas Übles nachsagen. – Wir nehmen uns nachher den scheidungswilligen Herrn Gemahl vor.«

»Au weia, da möchte ich lieber nicht in meiner Haut stecken«, stöhnte Gansmann. »Der Mensch ist Jurist und Diplomat – eine spitzzüngige Mischung. Der macht uns noch zu Sündenböcken.«

Die Kommissarin gluckste. »Keine Angst – bei mir schafft er das nicht. Oder hast du schon von einer femininen Form dieser Tierchen gehört?«

16

Kriminalhauptkommissar Walter Freiberg war noch rechtzeitig zum Seminar über die Todesermittlungen erschienen. Nach der Begrüßung begann der Gastdozent seinen Vortrag tatsächlich bei Adam und Eva: daß deren erstgeborener Sohn Kain seinen Bruder Abel auf dem Felde erschlug, weil dessen Opfergaben von Gott wohlgefälliger angesehen wurden als seine. In späteren Zeiten, so der Vortragende, seien die Todesermittlungen dann immer schwieriger geworden.

Nach einer halben Stunde stand für Freiberg fest, daß er auf den zweiten Teil des Eröffnungsvortrags mit Lichtbildern verzichten konnte.

Er sagte seinem Nachbarn ein paar erklärende Worte und verdrückte sich, ohne daß der Dozent etwas merkte. Von der biblischen Erbauung wollte er sich jetzt den irdischen Freuden zuwenden und bei Maik Haschem das »Glück in der Ferne« suchen. Der Heiratsvermittler war schließlich der Mann, dem die Antiquitätenhandlung in Potsdam gehörte und der so kostbare Stücke wie das Brustkreuz eines Geistlichen und wahrscheinlich auch Ikonen zu beschaffen wußte.

Wieder einmal war eine Fahrt mit dem Taxi fällig, denn Zeit war kostbar, und Freiberg kannte sich im Labyrinth der öffentlichen Verkehrsmittel in Berlin nicht aus. Die Adresse »Unter den Eichen« klang richtig preußisch in seinen Ohren, die an den weichen Tonfall des Rheinländers gewöhnt waren. Der Verkehr hatte eine Dichte, die Fußgängern den Atem nahm und Hunde dem Erstickungstod nahebrachte. Der Taxifahrer meckerte eifrig über die Zustände im Lande generell und in Berlin speziell. Der Umzug der Regierung schien für ihn auch nicht das Gelbe vom Ei zu sein, und der Jammer über viel zu niedrige Tarife konnte nur gemildert werden, indem der Fahrgast ein großzügiges Trinkgeld gab. Die Quittung steckte Freiberg mit etwas schlechtem Gewissen zu den schon vorhandenen; die würden spätestens dann zu einem Problem werden, wenn Kollege Straßfurt in Bonn die Ermittlungskosten für einen nicht zuständigen Mitarbeiter abrechnen mußte.

Das Haus, in dem das »Glück in der Ferne« seinen Sitz hatte, schien vielen Zwecken zu dienen. Drei Privatpensionen hatten ihre Schilder neben der Eingangstür. Ein Versicherungsvertreter und ein Zahnarzt boten Hilfe an. Das verheißungvolle Messingschild mit dem Zusatz ›Internationale Partnervermittlung‹ war blank geputzt. Der Druck auf den Klingelknopf löste im Inneren einen gedämpften Dreiklang aus, und eine weibliche Stimme fragte über die Sprechanlage nach den Wünschen des Ankömmlings. Einigermaßen seltsam, dachte Freiberg, daß hier ein Kunde draußen vor der Tür sein Anliegen offenbaren muß, wo doch Diskretion zum Geschäft gehören sollte. Links oben, versteckt in den Ranken eines Kunstgewächses, war das Objektiv einer Überwachungskamera angebracht. »Ich hätte einen Vermittlungswunsch«, sagte Freiberg unbeholfen und fühlte sich so deplaziert wie lange nicht mehr.

Die Tür sprang auf und wurde nach seinem Eintritt sofort automatisch geschlossen. Eine sehr junge blonde Dame im topmodischen Outfit saß halb verdeckt durch einen großen PC-Monitor hinter einem Schreibtisch und lächelte bis tief in seine Brieftasche. »Womit kann das Unternehmen Ihnen dienen?« fragte sie und gewährte einen ausgiebigen Blick auf ihren BH-losen Busen.

Freiberg nannte ganz wahrheitsgemäß seinen vollständigen Namen und gab sein Alter zutreffend mit einundvierzig an. Dann fragte er freundlich: »Läßt sich das Glück auch hier in der Nähe finden?«

Sie nickte und lächelte. »Durchaus. Wenn Sie Ihre Wünsche etwas konkretisieren könnten?«

»Ich arbeite für ein größeres Unternehmen und suche nach einer Frau, die viel Zeit mit mir verbringt und mich auf meinen Reisen begleitet. Mit einem Heimchen am Herd ist mir nicht gedient.«

»Das dürfte für Männer Ihres Typs kein Problem sein. Wollen Sie lieber erst einmal unsere Kartei durchsehen oder zuvor mit Herrn Haschem sprechen? Er ist heute im Haus.«

»Ein Vorgespräch wäre wohl am besten.« Freiberg sah die Dame mit seinem Sonntagslächeln an. »Sind Sie schon gebunden?«

Routiniert kam das Lächeln zurück, und die sibyllinische Antwort »An meinen Chef – sonst nicht« gab sie bestimmt nicht zum erstenmal. »Wenn Sie dort drüben Platz nehmen wollen ...«

Zwei Sessel mit roten Lederbezügen standen hinter einem Paravent. Auf dem Glastisch lagen Hochglanzmagazine von den schönsten Urlaubsorten der Welt: Hawaii, Rio, Florida mit den Everglades, Niagarafälle, und was manch träumendes Herz so begehrt.

Nach angemessener Wartezeit durfte der Klient in den Raum eintreten, wo das Glück geschmiedet wurde. Freibergs Überraschung war groß, denn hier hatte der Antiquitätenhändler ein Ambiente geschaffen, das ohne Zweifel wohlhabende Interessenten ansprach. Louis XVI. hatte Pate gestanden. Nur die Sitzgruppe war zu schwer und bildete einen disharmonischen Kontrast.

Maik Haschem, mit dunklem Teint und dichten, schwarzen Haaren über einem kantigen Gesicht, entsprach durchaus dem Bild eines Mannes, der mit der Ware Liebe handelt. Seine Miene war glatt, verbindlich und undurchsichtig. Er kam hinter dem Schreibtisch hervor, um seinen Gast zu begrüßen, und setzte sich zu Freiberg in einen der Sessel. Dann begann das vorsichtige Abtasten nach den Wünschen und dem finanziellen Hintergrund. Um gleich die Spreu vom Weizen zu trennen, nannte Haschem die Preisskala, die bei 8.000 Mark begann.

Freiberg sagte seinen Spruch auf; wiederholte den Wunsch nach einer Dame, die ihn auch auf Geschäftsreisen begleiten solle. Unverfroren log er, daß er bei dem pharmazeutischen Großunternehmen *DOCTRANS* arbeite, für das er viel in der Welt herumreisen müsse.

»Denken Sie eher an den deutschsprachigen Raum, oder wären Frauen aus Thailand, Indonesien, den Philippinen interessanter für Sie?«

Freiberg legte eine kurze Denkpause ein, bevor er sagte: »Eine Liaison mit Damen aus den asiatischen Herkunftsländern ist nicht immer geschäftsfördernd – und deutsche Frauen sind mir zu problematisch.«

»Kommt es da nicht auf die Erscheinung und das Wesen an?«

»Schon richtig. Doch solche Werte zeigen sich oftmals erst nach längerer Zeit und bei besonderen Gelegenheiten. Und da ich viel unterwegs bin, wäre aus meiner Sicht eine gutaussehende und gebildete Dame aus den früheren Ostblockländern repräsentativer. In Sankt Petersburg habe ich wirklich schöne Frauen gesehen. Aber man kann ja nicht einfach auf sie zugehen und sagen: ›Hätten Sie Lust, nach Deutschland zu kommen und als meine Geliebte mit mir die Welt zu bereisen?‹ Ganz abgesehen von der Vergangenheit, die man nicht kennt und die bestimmt nicht immer einwandfrei ist.«

Sehr direkt kam jetzt die Frage: »Sind Sie scharf auf echte Jungfrauen?«

Freiberg lachte kurz auf. »Ha, wer übernimmt dafür schon die Garantie?«

Maik Haschem schnalzte mit der Zunge. »Ich, genauer gesagt ein Arzt meines Vertrauens, der die Virginität attestiert. Aber das kann nur ein Ausnahmefall sein, und dann wird's auch sehr teuer.«

»Wie teuer?«

»Ganz oben in der Preisskala – ab 20.000 etwa. Ich habe auch schon Damen aus russischen Adelskreisen vermittelt. Dafür muß allerdings ein kleines Vermögen eingesetzt werden, 100.000 und mehr.«

Freiberg schüttelte den Kopf. »Da muß ich passen. Haben Sie denn so gute Beziehungen in das alte Zarenreich?«

Etwas wie Stolz war in Haschems Stimme zu hören, als er sagte: »Durchaus. Schon vor der Perestroika habe ich die Seele Rußlands schätzen gelernt. Ein geheimnisvolles Land mit liebenswerten Menschen. Inzwischen ist alles anders und unkomplizierter geworden. Ich handele ja auch mit Antiquitäten, und das wiederum eröffnet den Weg zu Frauen, die das Glück in der Ferne suchen.«

Haschem hatte bemerkt, daß Freibergs Blick auf dem Mobiliar ruhte. »Lassen Sie sich davon nicht irritieren, diese Ausstattung ist Frankreich, 18. Jahrhundert«, erklärte er. »Wenn Sie sich für Stücke aus dem alten Rußland interessieren, kann ich Ihnen mein Geschäft in Potsdam am Park von Sanssouci in der Feuerbachstraße empfehlen.«

»Ladies first«, lenkte Freiberg wieder zum scheinbaren Anliegen seines Besuchs über. »Wann ließe sich denn ein Kontakt zu ein oder zwei Damen herstellen, die in etwa dem entsprechen, was ich angedeutet habe? Für eine Woche bin ich noch in Berlin.«

Haschem überlegte kurz. »In drei oder vier Tagen müßte das möglich sein. Wo soll das Treff…?«

Die Frage wurde unterbrochen, weil die chefgebundene Dame aus dem Vorzimmer nach kurzem Anklopfen den Kopf durch die Tür steckte.

»Was ist denn?« fragte Haschem ärgerlich. »Sie wissen doch, daß ich jetzt nicht gestört werden möchte.«

»Ich habe Benno in der Leitung. Er sagt, es sei äußerst dringend.«

»Nein zum Teufel, jetzt nicht. Ich rufe später zurück.«

Der Kopf verschwand wieder aus dem Türrahmen.

Haschem bat um Verständnis. »Entschuldigen Sie bitte die Unterbrechung. Manche Mädchen schaffen es einfach nicht, den Chef abzuschirmen, obwohl sie dafür auch bezahlt werden. – Wo waren wir stehengeblieben? Ach ja, wo kann ich Sie erreichen, wenn ich etwas für Sie habe?«

Freiberg hatte sich schon eine Strategie zurechtgelegt und sagte: »Von einer verreisten Kollegin habe ich für die Zeit meines Aufenthalts in Berlin das Appartement in Tempelhof übernommen. Ich gebe Ihrer Sekretärin Adresse und Telefonnummer. Sie kann gern eine Nachricht auf dem Anrufbeantworter hinterlassen oder auch ein Fax schicken. – Noch etwas zur Klarstellung: Eine Jungfrau mit Attest muß es nicht sein. Deutsche und vor allem englische Sprachkenntnisse wären mir wichtiger.«

Die Sekretärin, oder welche Funktion die Dame in Blond auch immer haben mochte, nahm im Vorzimmer die Angaben für Fax und Telefon entgegen und sah dann auf. »Wäre das alles?«

Freiberg versuchte es noch einmal mit dem Sonntagslächeln. »Vorerst ja. Herr Haschem muß einige Vorbereitungen treffen. – Wenn Sie sich auf meine Eingangsfrage inzwischen eine nettere Antwort überlegt hätten, würde ich mich freuen. Sie wissen jetzt, wie ich zu erreichen bin. Angaben von Ort und Zeit ohne Namensnennung genügen für ein Treffen. Nur heute geht's leider nicht.«

»Soll ich ein Taxi bestellen?« fragte sie distanziert, aber freundlich.

»Danke nein, ich gehe zu Fuß. Etwas Bewegung kann mir nicht schaden. Auf Wiedersehen!«

Sie nickte und schenkte ihm einen koketten Augenaufschlag.

Freiberg nahm den kürzesten Weg zum Taxistand an der S-Bahn-Station. Von der ersten intakten Telefonzelle aus wählte er Angelika Lettes Nummer und hörte ihre Ansage auf dem Anrufbeantworter ab. Die war unverfänglich und ließ keinen Rückschluß darauf zu, daß sich dahinter eine Kriminalbeamtin verbarg. In wenigen Worten teilte er ihr mit, daß über kurz oder lang auf diesem Anschluß eine Nachricht vom ›Glück in der Ferne‹ eingehen werde. Sie möge bitte nichts unternehmen. Er brauche den Kontakt wegen der Probleme in Bonn und werde sich drum kümmern. Zum Schluß sagte er: »Ich bin wie besprochen um 21 Uhr in der ›Ständigen Vertretung‹. – Bis dann!«

17

Der Legationsrat Erster Klasse erschien kurz nach 17 Uhr. Obwohl er erst vor wenigen Stunden vom gewaltsamen Tod seiner Frau erfahren hatte, war sein Auftreten so, wie man es auch in heikler Mission von einem Diplomaten erwarten durfte. Er trug einen dunkelgraugestreiften Anzug und zum weißen Hemd eine mattsilberne Krawatte mit diskret schwarzem Karo. Sein volles Haar war perfekt gestylt (ein Hut hätte den Sitz nur beeinträchtigt), den leichten Gabardinemantel hatte er sich über den Arm geworfen.

Kommissarin Lette hatte das Polizeisiegel von der Eingangstür enfernt und wartete mit dem Kollegen Gansmann im Wohnzimmer. So konnte sie gleich deutlich machen, daß diese Wohnung von der Kriminalpolizei mit Beschlag belegt war. Sie begrüßte Legationsrat Wilberg an der Tür und bat einzutreten. Dann machte sie ihn mit ihrem Kollegen bekannt, der sich in Gegenwart des Diplomaten offensichtlich gehemmt fühlte. Die Atmosphäre war steif und unterkühlt, und auch die Erklärungen über den Stand der polizeilichen Erkenntnisse klangen hölzern.

Arne Wilberg stellte keine Fragen und schien abzuwarten.

»Leider war es notwendig, die ersten Schritte unserer Ermittlungen sofort und, wegen der besonderen Umstände des Falles, ohne Ihre Zustimmung vorzunehmen«, erläuterte die Kommissarin. »Die Feststellung der Identität des Opfers war besonders langwierig und sehr schwierig.«

»Warum betonen Sie das?«

»Weil Sie bitte nachher mit mir zum Institut fahren müssen, um die Tote als Ihre Ehefrau zu identifizieren. Es wird sehr schwer für Sie sein, denn ihr Gesicht ist bis zur Unkenntlichkeit zerstört.«

Gansmann zog eine Beweissicherungstüte aus der Tasche und nahm das Schlangenarmband heraus. »Das trug die Tote am linken Arm«, sagte er nach kurzem Räuspern.

Ohne es in die Hand zu nehmen, erklärte der Ehemann: »Ja, das gehört meiner Frau. Ich habe es ihr in Chile zur Verlobung geschenkt.« Zum erstenmal zeigte sich eine Regung in dem sonst so beherrschten Gesicht.

»Wir haben ein Bild davon in der Presse veröffentlicht«, fuhr die Kommissarin fort. »Eine anonym gebliebene Teilnehmerin am Empfang zum Belgischen Staatsfeiertag im Adlon hatte den Reif am Handgelenk einer anwesenden Dame gesehen und sich bei uns gemeldet. Wir haben dann nach der Gästeliste eine Befragung vorgenommen und sind so zum Ziel gelangt.«

Dem Legationsrat schien das gar nicht recht zu sein. Mit einem mißbilligenden Unterton stellte er fest: »Das ist mir aber sehr unangenehm. In diplomatischen Kreisen schätzt man kriminalpolizeiliche Ermittlungen dieser Art gar nicht.«

Der Kommentar dazu kam kurz und knapp: »Wir haben einen Mord aufzuklären – den Mord an Ihrer Frau!«

Legationsrat Wilberg zuckte zusammen und schwieg.

»Haben Sie gemeinsam mit Ihrer Gattin am Empfang anläßlich des Belgischen Nationalfeiertags teilgenommen?« fragte die Kommissarin, ohne höflich sein zu wollen.

»Ja!« bestätigte Wilberg. »Ich habe es so einrichten können, daß ich zu der Zeit in Deutschland war. Seit meiner Dienstzeit in Belgien kennen wir den Missionschef und seine Gattin näher. Daher konnten wir uns der Einladung nicht entziehen.«

»Sind Sie nach der Veranstaltung gleich wieder abgereist?«

»Am nächsten Tag. Ich war nur kurz hier in der Wohnung, bevor ich nach Moskau zurückgeflogen bin. Von dort aus werde ich häufig als Kurier nach Genf und Berlin eingesetzt.«

»Halten Sie sich, wenn Sie in Deutschland sind, immer in Ihrer Wohnung auf?«

Die Antwort wurde vorsichtig formuliert: »In den letzten Monaten weniger. Es gab eine gewisse Entfremdung zwischen meiner Frau und mir, da sie nicht nach Moskau umziehen wollte.«

»Warum wollte sie das nicht?«

»Sie mag das Land nicht; außerdem hat sie sich hier in soziale Aktivitäten verbissen. Sie half Frauen aus Südamerika, sich aus dem Milieu zu befreien, in das sie – mehr oder weniger selbstverschuldet – hineingeraten waren.«

»Sie haben das mißbilligt?!« Die Frage war eher eine Feststellung.

»Durchaus, denn das gehört nicht zu den Aufgaben der Ehefrau eines deutschen Diplomaten.«

»Wollten Sie sich von Ihrer Gattin trennen?«

Wilberg schüttelte den Kopf. »Warum sollte ich? Dieser Törn endet in ein oder zwei Jahren. Bis dahin wäre die Situation für unsere Ehe akzeptabel gewesen. Danach hätte vielleicht eine Versetzung nach Mittel- oder Südamerika angestanden, sozusagen in das Land ihrer Sehnsucht. – Aber die Frage stellt sich ja nun nicht mehr.«

Kommissarin Lette ließ nicht locker. »Haben Sie mit Ihrer Frau zusammengelebt, wenn Sie in Berlin waren, Herr Wilberg?«

An der Art, wie er versuchte seine Hände ruhig zu halten, erkannte die Kommissarin, daß diese Fragen ihm nicht gefielen. Noch vorsichtiger als zuvor formulierte er seine Antwort. »Wir haben stets unsere gesellschaftlichen Pflichten erfüllt. Wie Sie ja aus unserem gemeinsamen Auftritt im Adlon ersehen können.«

»Das stelle ich auch nicht in Frage. Trotzdem möchte ich wissen: Haben Sie in den letzten Wochen noch hier gewohnt, geschlafen, übernachtet, oder wie Sie die Selbstverständlichkeiten einer ehelichen Beziehung interpretieren wollen?«

Arne Wilbergs Miene versteinerte. Schließlich antwortete er: »Meine Wohnung habe ich in Moskau, wohin meine Frau mir nicht folgen wollte. Ich hatte keine Veranlassung, während meiner kurzen Aufenthalte in Berlin bei ihr zu wohnen. Ich habe Hotels vorgezogen.«

Um das Gespräch nicht zu einer Farce werden zu lassen, fragte die Kommissarin unverblümt: »Liegt der Grund für die eingetretene Entfremdung nur bei Ihrer Gattin, oder spielt dabei auf Ihrer Seite auch die Beziehung zu einer anderen Frau eine Rolle?«

Arne Wilberg lächelte herablassend. »Ich habe die Situation so geschildert, wie sie sich entwickelt hat, und werde dem nichts hinzufügen.«

Kommissar Gansmann hatte den immer gereizter werdenden Dialog schweigend verfolgt. Jetzt überraschte er mit der direkten Frage: »Wann waren Sie zuletzt in der Wohnung?«

Der Legationsrat wandte sich mit hochgezogenen Brauen dem Fragenden zu. »Wa-n-n?« Er dehnte das Wort. »Vor zwei Wochen. Ich hatte noch diverse Kleidungsstücke abzuholen.«

»Hat es zu dieser Zeit geregnet?«

»Was soll denn diese Frage bedeuten?« fragte Wilberg und fügte süffisant hinzu: »Sie sind an der falschen Adresse; ich bin Jurist – kein Meteorologe.«

Kommissarin Lette verhinderte eine scharfe Antwort ihres Kollegen mit der nächsten Frage: »Waren Sie während der Tage des großen Regens, der in Berlin und der Mark allerhand Schaden angerichtet hat, hier in diesem Hause?«

»Dazu hatte ich keine Veranlassung.«

»Aber Sie waren in Berlin?«

»Ich sagte es bereits – zwischen meinen Kurierfahrten ziehe ich den Aufenthalt im Hotel vor.« Seine Stimme wurde sarkastisch: »Da hat es allerdings auch schon mal geregnet.«

»Herr Legationsrat Wilberg«, sagte die Kommissarin scharf. »Ich halte es nicht für angebracht, über berechtigte Fragen zu spötteln. Der Mord an Ihrer Frau erfolgte dem Urteil des Polizeiarztes und der Spurensicherung nach kurz vor oder nach Beginn des Unwetters. Und alles spricht dafür, daß die Leiche während des Regens in die Baugrube verbracht worden ist. – Ich frage also nochmals: Waren Sie während dieser Zeit in Ihrer Wohnung?«

»Nein, dazu bestand keine Veranlassung.«

»Wie erklären Sie sich dann eine Zeugenaussage, wonach Sie zur fraglichen Zeit mit Ihrer Frau hier eine Auseinandersetzung hatten?«

Wilberg hob ruckartig den Kopf »Wer will mir das unterstellen?« fragte er aufgebracht.

»Ihnen kann doch nicht entgangen sein, wie hellhörig dieses Haus ist, und daß man laut geführte Gespräche ganz zwangsläufig mitbekommt«, entgegnete die Kommissarin ruhig. »Also – ich erwarte eine klare Antwort auf meine Frage: Haben Sie sich schon früher und speziell an jenem Abend mit Ihrer Frau gestritten und die Zustimmung zur Scheidung verlangt?«

»Unsinn! Es kann bei meinem letzten Aufenthalt – das war gleich nach dem Empfang im Adlon – etwas laut geworden sein. Ich habe wiederholt darauf gedrängt, daß sie ihre Aktivitäten für Prostituierte einstellt und sich für den Umzug nach Moskau entscheidet. Wenn ein neugieriger Mitbewohner etwas gehört haben will, dann diesen Streit.«

»Haben Sie mit der Scheidung gedroht?«

»Ich???«

»Wer denn sonst – Ihre Frau vielleicht?«

»Sie war sehr wütend, und es ist nicht ausgeschlossen, daß sie Ähnliches gesagt hat. Jetzt habe ich aber genug von Ihrer impertinenten Fragerei.« Jetzt versuchte Wilberg durch Entrüstung zu beeindrucken. »Was denken Sie sich eigentlich? Wollen Sie mich zum Beschuldigten machen? Dagegen werde ich mich zu wehren wissen.«

Die Kommissarin zeigte sich unbeeindruckt und sah in ihre Notizen. »Ihre Frau soll bei einem der Streitgespräche zu Ihnen gesagt haben – ich zitiere wörtlich: ›Niemals lasse ich mich scheiden. Gott will das nicht. Wenn du mich loswerden willst, mußt du mich schon umbringen!‹ – Stimmt das?«

Arne Wilberg ballte die Fäuste. »Das ist ja eine ungeheuerliche Verleumdung. Dieses Gespräch, Frau Hauptkommissarin, werden Sie so mit mir nicht fortsetzen. Ich lehne es ab, auf diese Art Fragen zu antworten.«

»Gut, beenden wir das Gespräch. Gleichwohl muß ich Sie bitten, jetzt mit uns zum Institut zu fahren und die Tote zu identifizieren. Außerdem lade ich Sie für morgen 10 Uhr zur

Vernehmung ins Polizeipräsidium Berlin, zwölfte Mordkommission vor. Sie können mit oder ohne Anwalt erscheinen, ganz wie Sie möchten.«

Kommissar Gansmann stand erleichtert auf. »Der Wagen steht unten bereit«, sagte er und ging zur Tür. Legationsrat Wilberg warf seinen Mantel über den Arm und folgte wortlos. Die Kommissarin schloß die Wohnungstür ab und steckte den Schlüssel ein. Ein Polizeisiegel legte sie diesmal nicht an.

Die Fahrt mit » Südwest 18«zum Landesinstitut für Gerichtliche und Soziale Medizin verlief schweigsam. Kommissar Gansmann war vertraut mit dem Weg über Steglitz und Schöneberg zur Invalidenstraße nördlich des Tiergartens, wo das Leichenschauhaus seit vielen Jahren seine makabre Funktion erfüllte. Hier warteten tiefgekühlte menschliche Schicksale auf die Freigabe durch die Staatsanwaltschaft, um endlich ihre Ruhe auf dem Friedhof zu finden.

Legationsrat Arne Wilberg saß im Fond des Streifenwagens. Kommissarin Lette hatte über Funk den Besuch im Institut angekündigt und der Einsatzleitstelle im Präsidium das Fahrtziel durchgegeben. Sie sah keine Veranlassung, den »Fahrgast« noch einmal anzusprechen, der sie so rüde in die Schranken gewiesen hatte.

Hinter dem Haus waren Parkplätze für Besucher reserviert. Mit einem »Bitte, dort geht's lang« wies sie den Weg. Im Schauraum wurden sie schon erwartet; der mit einem Tuch bedeckte Leichnam war aus einer Kühlzelle herausgerollt und bereitgestellt worden. Ein Assistent schlug auf ein Zeichen der Kommissarin das Tuch zurück; noch blieb das zerstörte Gesicht der Toten bedeckt. Arne Wilberg stand aufrecht und wie erstarrt neben der Rollbahre.

Erst jetzt sprach Kommissarin Lette ihn an: »Können Sie die Tote als Ihre Frau Romana identifizieren, Herr Wilberg?«

Nach merklichem Zögern zog er die Schultern hoch.

Der Assistent sah die Kommissarin an, und als sie nickte, zog er das Tuch weiter zurück. Arne Wilberg zeigte kein Erschrecken. Angelika Lette wandte sich ab. Sie konnte den Anblick des zerstörten Gesichts nur schwer ertragen.

»Ja, das ist meine Frau Romana«, bestätigte der Legationsrat, drehte sich abrupt um und ging zum Ausgang.

Die Kommissarin sagte dem Assistenten ein kurzes »Danke für Ihre Hilfe« und verließ ebenfalls den Raum. Draußen war sie mit wenigen Schritten neben Wilberg und fragte: »Möchten Sie irgendwo abgesetzt werden, oder können wir sonst noch etwas für Sie tun?«

»Nein«, antwortete er kurz, ohne zur Seite zu blicken. »Ich möchte jetzt allein sein.«

Kommissar Gansmann hatte wie selbstverständlich im Auto gewartet. Der erste Anblick der Toten – schlammbedeckt in der Baugrube – hatte ihm gereicht. »Wie hat der Mann es aufgenommen?« fragte er, als sich Angelika Lette auf den Beifahrersitz fallen ließ.

Sie schüttelte den Kopf. »Aus dem soll einer schlau werden. Cool wie ein Eisblock und ohne jede Emotion! Da liegt seine tote Frau mit zerschmettertem Gesicht vor ihm, und er verzieht keine Miene. – Für heute bin ich restlos bedient. Setz mich an meiner Wohnung ab, ich muß dringend unter die Dusche und den ganzen Mist abspülen. – Übrigens, ich treffe mich heute abend um neun mit dem Kollegen Freiberg aus Bonn bei Drautzburg in der ›Ständigen Vertretung‹. Wenn's brennt, kannst du mich dort erreichen. – Und jetzt los, gib Gas!«

18

War es der Wille zur Provokation, Nostalgie, ein Gespür für clevere PR-Arbeit – oder alles zusammen, was den Mann mit dem grauen Wuschelkopf und dem überdimensionierten Schnauzbart dazu bewogen hatte, mit dem Umzug der Regierungskarawane seinen Kneipensitz vom Rhein an die Spree zu verlegen? Was einstmals als »Ständige Vertretung« mit Botschaftscharakter die BRD und die DDR repräsentierte, war jetzt unter diesem Namen in Berlin ein beliebter Treffpunkt, wo Kölsch mit Halvem Hahn genauso selbstverständlich serviert wurde wie Buletten. Nicht nur Politiker und Beamte zog es zu Friedel Drautzburg; auch Berliner, die sich mit dem Wesen der manchmal unfreiwillig Zugereisten vertraut machen wollten, und die schnell lernten, daß unter einem Halven Hahn etwas anderes verstanden wird als ein halbiertes Federvieh. Hier ging es, ob einfach, ob vornehm, immer herzlich zu.

Kommissar Freiberg war von »Friedel Gastro« mit echter Freude und heftigem Schulterklopfen begrüßt worden. Viel Zeit für Reminiszenzen blieb nicht, denn der Laden lief, und der Boss mußte einige Honneurs machen, die zum Geschäft gehörten. Walter Freiberg hatte als Kontrast zum rheinischen Getränk Hackepeter bestellt. Auch der paßte vorzüglich zum Kölsch, dem obergärigen Bier aus der Domstadt, das erst süffig, dann herb und nach der vierten oder fünften Stange so schmeckte, daß man es für den Trunk aus einem Gesundbrunnen hielt.

Der Fensterplatz mit Blick auf die Spree konnte gar nicht besser sein. Über die eiserne Brücke rollten in kurzen Abständen die S-Bahnzüge zum Bahnhof Friedrichstraße, der während der Teilung der Stadt so viele Wiedersehens- und Abschiedstränen erlebt hatte. Freiberg mußte ständig um den freien Stuhl an seiner Seite kämpfen, da das Lokal voll wurde und Kollegin Lette sich mit ihrem Erscheinen Zeit ließ.

Sie kam mit einer Viertelstunde Verspätung, die für die Suche nach einem Parkplatz draufgegangen war. Mit der S-Bahn wäre sie schneller und vor allem bequemer am Ziel gewesen, aber sie brauchte den Wagen, um jederzeit verfügbar zu sein.

»Angelika, wie schön, dich wiederzusehen«, begrüßte Walter Freiberg die Frau, gegen deren Anziehungskraft er immer wieder ankämpfen mußte, wollte er Sabine nicht verlieren. Hier, an diesem lebhaften Ort war kein Platz für Intimitäten – und das war auch gut so.

»Walter, mein Alter!« mit diesen Worten drückte sie ihm immer wieder Küsse auf beide Wangen. »Willkommen in Berlin! Viel lieber hätte ich dich in Potsdam getroffen; aber von dort bin ich nach einer mißlungenen Liebe in die Hauptstadt geflüchtet. Und jetzt stecke ich mitten drin im Berliner Sumpf mit Mord und Totschlag.« Wegen des hohen Lärmpegels mußte sie ihren Mund ganz nahe an sein Ohr bringen. »Die Tote aus der Baugrube könnte leicht zum Gesellschaftsskandal werden. – Aber später mehr davon. Laß uns erst einmal anstoßen.«

Freiberg winkte dem Köbes. »Noch ein Kölsch, bitte!« »Und ein Käsebrötchen«, ergänzte Angelika.

Freiberg lachte. »Wenn du mit einem Bonner in einer rheinischen Kneipe sitzt, selbst wenn sie sich in Berlin befindet, heißt dein Käsebrötchen ›Halver Hahn‹ – kannst du dir das immer noch nicht merken?«

»Doch, aber ich finde deine Entrüstung so eindrucksvoll; außerdem hoffe ich immer noch, daß ich beim ›Käsebrötchen‹ keine Zwiebeln mitgeliefert bekomme.«

Dann wurde fix serviert – mit Zwiebeln natürlich –, und beide stießen auf ihr Wiedersehen an.

Die Frage, wie es denn in Bonn so weitergehe, konnte Freiberg ehrlichen Herzens mit »bestens – und bei dir?« beantworten.

Angelika winkte ab. »Ich bin auf einen Kerl reingefallen, von dem ich annehme, daß ihm meine Wohnung in Potsdam letztlich wichtiger war als ich. Jedenfalls hat er sich dort eingenistet, und ich wurde ihn nicht wieder los. Also hieß es für mich: nichts wie weg in die Nachbarstadt, wo man schnell in der Masse untergeht. Dafür ersticken wir in Arbeit, die genaugenommen ein anderer ja schon getan hat, bevor wir am Tatort erscheinen. Wir müssen immer die schwierige Aufräum- und Nacharbeit machen«, sagte sie bitter.

Angelika schilderte den Lauf der Ermittlungen, die Probleme mit der Gästeliste im Adlon, das undurchsichtige Verhalten des Legationsrats Erster Klasse Arne Wilberg und schloß mit der Bemerkung: »Er hat ziemliche Eheprobleme; gleichwohl kann ich ihn mir als Mörder nicht vorstellen.«

Freiberg nahm einen kräftigen Schluck Kölsch und sagte: »Mußt du aber: Diplomat sein heißt nicht zwangsläufig unschuldig sein. Wenn eine Frau dahinter stecken sollte, müssen alle Alarmglocken schrillen. ›Cherchez la femme!‹ ist immer noch ein guter Einstieg bei Ermittlungen, wenn die Ehefrau tot aufgefunden wird.«

Sie nickte. »Morgen um zehn im Präsidium gibt's keine Schonung mehr für den Mann, der seine Eheliebste betrauert – wenn er sie denn betrauert.«

»Habt ihr in der Wohnung der Wilbergs keine Hinweise auf die Frauen gefunden, die dort ein- und ausgegangen sind?«

»Nichts! Keine Namen, keine Dossiers. Ich nehme an, Romana hat alles vermieden, was Spuren hinterlassen könnte. Als Diplomatenfrau wollte sie bestimmt nicht mit Gesetzen in Konflikt geraten, die Einwanderung und Abschiebung regeln.«

»Noch 'nen Kölsch?« fragte Freiberg.

Angelika schüttelte den Kopf. »Nein, lieber nicht. Bitte nur ein Wasser. Ich muß einen klaren Kopf behalten; der Teufel mag wissen, was heute alles noch passiert. Das einzige, was die Spurensicherung gefunden hat«, nahm sie den Faden wieder auf, »war ein Zettel mit dem Namen ›Benno‹ – versehen mit einem dicken Fragezeichen. Vielleicht verbirgt sich dahinter ja ein Geldgeber oder ›Exporthelfer‹. Ich möchte zu gern wissen, wer dieser Mann ist und welche Rolle er spielt.«

Walter Freiberg schaute sie treuherzig an. »Warum fragst du nicht einfach mich?«

»Dich?? Kannst du etwa hellsehen?« lachte Angelika los. »Ich denke, du schnüffelst in Sachen Antiquitäten-Connections zwischen Bonn und Potsdam herum.«

»Stimmt! – Außerdem gehe ich auf Freiersfüßen.«

Angelika hob vielsagend den rechten Zeigefinger an ihre Stirn. »Sitzt du schon lange beim Kölsch? Geht das Obergärige so schnell ins Oberstübchen?«

Freiberg lachte mit und erzählte von seinem Besuch beim »Glück in der Ferne«. »Maik Haschem und ich diskutierten über den Preis von Jungfrauen mit Attest und Damen aus Adelskreisen, als ...«

»Teuer?«

»Sehr! ...als die Sekretärin den Kopf durch die Tür steckte und sagte, sie habe Benno in der Leitung, und der müsse ihn dringend sprechen. Mein Gastgeber war stocksauer und hat die reizende Dame ziemlich unhöflich rausexpediert.«

»Mensch Walter, das wäre zu schön! Kannst du dich bei dem Namen vielleicht irren?«

»Bestimmt nicht. Der ist so kurz und einprägsam; einmal gehört, und er sitzt.«

»Und was schließen wir daraus?«

»Folgendes: Dieser Benno mit dem Fragezeichen könnte den Frauen, die bei Romana Wilberg Hilfe gesucht haben, bekannt gewesen sein. Vielleicht haben sie Romana gegenüber seinen Namen erwähnt«, überlegte Freiberg gerade so laut, daß er es seiner Nachbarin ins Ohr flüstern konnte.

»Das würde wunderbar zusammen passen«, stellte Angelika fest. »Ich habe unsere Sittenstrolche schon mobil gemacht, sich mal im Milieu umzuhören. Wenn Benno von der Sorte ist, die du meinst, finden sie ihn auch. Es gibt in Berlin keinen Puff, den sie nicht kennen – ich meine dienstlich.«

Freiberg grinste. »Gibt es auch verdeckte Ermittler?«

Bevor Angelika ihm die passende Antwort geben konnte, schnarrte ihr Handy. Sie seufzte aus vollem Herzen: »Verdammte Scheiße!« Dann meldete sie sich: »Ja?«

Sie sah Freiberg mit größer werdenden Augen an. »Verstanden! Veranlaßt alles Nötige! Ich schwinge mich in den Wagen und komme, so schnell es geht!«

Walter Freiberg wußte, was das bedeutete. »Das war's dann wohl?« fragte er.

»Ja, das war's. Fund einer Frauenleiche in den Kleingärten am Heinrich-Laehr-Park; mein Abschnitt mal wieder. Verflixt und zugenäht, dieses Berlin schafft mich noch! Aber es hilft nichts – ich muß raus!«

»Das würde mich auch interessieren. Kann ich nicht mitkommen?«

Angelika Lette schüttelte den Kopf. »Schön wär's, wir zwei an einem Fall. Aber besser nicht. Du weißt ja: die Zuständigkeiten und Kompetenzen, nicht zu vergessen die Häme der lieben Kollegen, wenn ich mit einem Bonner im Schlepp aufkreuze.«

»Du hast recht. Es war auch nur so ein Gedanke. Wenn's eben geht, sehen wir uns morgen wieder hier um die gleiche Zeit. Vielleicht sollte ich mich bis dahin doch als verdeckter Ermittler versuchen.«

»Führe dich nicht in Versuchung!« mahnte Angelika und

hängte sich den Riemen der Schultertasche über Kopf. Sie gab ihrem Kollegen einen schnellen Abschiedskuß und drückte sich durch die Menge zum Ausgang.

Noch bevor die Tür ins Schloß gefallen war, fragte ein Gast, der sich mit einem Mädchen an der Hand suchend umsah: »Wird dieser Tisch frei?«

»Ja, Moment, ich zahle nur noch«, antwortete Freiberg und stand auf. »Das ist schon eine verrückte Welt«, dachte er im stillen. »Da bringt eine Leiche zwei freie Plätze für ein glücklich liebend Paar.« Er schüttelte den Kopf und drückte dem Köbes einen großzügig bemessenen Geldschein in die Hand. »Stimmt so!«

An der Tür hielt ihn jemand am Ärmel fest. »Nanu, schon Ende der Fahnenstange?« fragte Friedel Gastro.

»Für heute ja, morgen klettern wir weiter. Sag mal, gibt's hier im Milieu einen Benno?«

»Ich kenne einen, der berühmt-berüchtigt ist für seine meist russischen Mädchen. Hochkarätiger Edelpuff – gut und teuer. Aber das solltest du der Frau an deiner Seite besser nicht antun. Bleibe im Lande und nähre dich redlich.«

»Okay! Trotzdem – wo finde ich ihn?«

Die Antwort klang um einige Nuancen kühler: »Wedding, Seestraße, Nähe Urnenfriedhof.«

»Danke.« Freiberg sah ihn bierernst an. »Ich übe Treu und Redlichkeit und helfe der Frau an meiner Seite. Morgen sind wir wieder hier.«

Mit dieser Antwort konnte der Chef der ›Ständigen Vertretung‹ nun gar nichts anfangen. Verdutzt murmelte er: »Dann viel Glück!«

19

Der Weg durch die Stadt ohne Blaulicht und Martinshorn war eine Tortur, weil Hauptkommissarin Lette es nicht riskieren wollte, wegen Verstoßes gegen die Straßenverkehrsordnung angehalten zu werden. So paßte sie sich dem allgemeinen Verkehrsfluß – der eher einem Stau glich – an; denn ob ihr Kripoausweis die Verkehrspolizei beeindruckt hätte, war sehr zweifelhaft. So nahm sie nicht den kürzesten, wohl aber den schnellsten Weg über den Großen Stern zum Ernst-Reuter-Platz, dann die Leibnizstraße nach Süden bis nach Wilmersdorf. Von jetzt an fühlte sie sich schon fast wie zu Hause. Schließlich brachte sie der Dahlemer Weg zum Ziel.

Der übliche Aufmarsch am Tatort hatte schon stattgefunden. Erst als Kommissar Gansmann bei einem jungen Kollegen in Uniform für seine Chefin bürgte, konnte sie mit ihrem Astra die Absperrung passieren.

Bei den Laubenpiepern herrschte große Aufregung, denn ein Frauenmord paßte ganz und gar nicht zu den Gartenfreunden, die hier Entspannung und Erholung suchten. Im Scheinwerferlicht machte der Arzt Notizen, der Fotograf schoß mit und ohne Blitz die üblichen Fotos, und Spurensucher krabbelten durch das Gelände.

»Na, liebe Frau Hauptkommissarin, auch schon da?« grüßte Staatsanwalt Decker, der endlich mal beweisen konnte, wie schnell er war – wenn es nicht regnete.

»Ich kann nicht umhin, Ihre Wahrnehmung zu bestätigen, Herr Decker. Ist die Tote noch am Ort?«

Kommissar Gansmann zeigte auf einen Pulk Menschen, der sich auf einer der Parzellen gebildet hatte. »Sie liegt gleich dort an der Hecke. Ein Nachbar, der sich um das Grundstück kümmert, hat sie entdeckt und uns alarmiert.«

»Wo ist der Mann, und wie heißt er?«

»Gerhard Zilker! Da steht er und ist bereit für den nächsten Auftritt. Staatsanwalt Decker ist vor dem Wortschwall schon geflüchtet«, flüsterte Gansmann.

»Dann wollen wir mal unser Glück versuchen«, meinte die Kommissarin und näherte sich dem erwartungsvoll dastehenden Mann. Nach einem kurzen Gruß prasselte es ohne Pause auf sie los: »Ich habe sie in den Johannisbeersträuchern nur gefunden, weil ich das Grundstück abgegangen bin. Die Hasenmüllers sind auf Rügen. Da muß in gegenseitiger Nachbarschaftshilfe – das ist hier selbstverständlich – bei Bedarf gemäht und gewässert werden. Meine Frau ist vollkommen durcheinander und hockt in der Laube. Sie will keinen Fuß mehr vor die Tür setzen, so lange die Leiche ... Meine Nichte ist auch ganz durchgedreht. Sie sitzt bei meiner Frau wie ein kleines Mädchen, obwohl sie schon neunzehn ist. Sonja besucht uns oft hier draußen. Den größten Teil des Sommers verbringen wir ja in unserem kleinen Paradies. Nur die beiden letzten Tage waren wir in der Wohnung; wir sind heute morgen erst wiedergekommen. Daß die in den Büschen tot war, habe ich gleich bemerkt, so wie sie da lag, ganz verdreht und schlaff.«

Zilker mußte Luft holen, und die Kommissarin fand endlich Gelegenheit, eine gezielte Frage zu stellen. »Wann haben Sie die Tote entdeckt?«

»Na vorhin. Da war es noch nicht dunkel. Ich habe sofort 110 angerufen, und ein paar Minuten später war schon der erste Streifenwagen hier. Dann kamen all die anderen. Das ist ja ein Riesenaufmarsch«, meinte er anerkennend.

»Haben Sie etwas Auffälliges beobachtet – waren Fremde in der Nähe?«

»Ne, gesehen hat hier keiner was, das habe ich schon geklärt. Aber man kann mit dem Auto an die Hecke fahren und so'n Leichtgewicht glatt rüberschmeißen. Dann Kehrt Marsch und ab dafür. – Stell ich mir jedenfalls so vor.«

Als Hauptkommissar Bulla von der Spurensuche seine Kollegin zu sich winkte, war das Gespräch erst einmal beendet. Zusammen mit dem Arzt und Staatsanwalt Decker trat sie zu der Toten, auf die sie nur einen kurzen Blick warf.

»Wir sollten hier räumen«, erklärte Bulla. »Was möglich war, haben wir im Kasten; also kann die Leiche in die Invalidenstraße gebracht werden. Die Pietät wartet dort drüben. Ich fahre mit raus und lasse mir die Klamotten geben, um sie gründlich zu untersuchen. Bisher fehlt noch jeder Hinweis auf die Identität.«

»Wie ist Ihrer Meinung nach die Sache abgelaufen?« fragte der Staatsanwalt?«

»Für mich steht fest: Der Fundort ist nicht der Tatort. Es wird wohl so sein, wie der ehrliche Finder meint. Die Leiche wurde mit dem Auto hertransportiert und über die Hecke geworfen«, erklärte Hauptkommissar Bulla. »Reifenspuren sind nicht zu finden, geschweige denn zu sichern.«

»Uns bleibt mal wieder die Freude, die Nachbarschaft abzugrasen«, stellte die Kommissarin fest. »Viel Chancen sehe ich allerdings nicht. Was meinen Sie, Kollege Bulla, schafft es einer allein, den Körper über die Hecke zu werfen?«

»Schwerlich – aber unmöglich ist es nicht. Es spricht aber manches dafür, daß eine zweite Person geholfen hat.«

»Haben Sie am Körper der Toten Spuren von Gewaltanwendung entdeckt?«

»Oberflächlich nicht. Wie es unter der Kleidung aussieht, weiß ich natürlich nicht.«

Der Arzt nickte zustimmend. »Die Pathologen vom Institut werden es schon klären.«

»Und die Zwölfte wird sich in dieser lieblichen Gegend noch eine Weile umsehen«, verabschiedete sich die Kommissarin. Sie nahm Gansmann beiseite. »Schnapp dir den Zilker und laß dich von ihm bei den Laubenpiepern herumführen. Das übliche Spiel. Wo sind Burger und Schack?«

»Die streifen durch den Park und sehen sich die Leute an.«

»Gut! Ich werde mal die verschreckten Frauen trösten.«

Als Gansmann und sein Führer sich auf den Weg durch die Gartenanlage machten, ging Angelika Lette zur Wohnlaube der Zilkers. Die Tür stand offen. In der Tat hockte dort eine recht stramme Frau in den Sechzigern zusammengekauert im Sessel und ließ sich von der brünetten Nichte einen Kaffee reichen, dessen Duft das Dach abzuheben drohte.

»Hallo! Darf ich reinkommen?« fragte die Kommissarin, nachdem sie sich vorgestellt hatte.

»Nur zu! – Ist die Leiche weg?« war die erste Frage.

»Die wird soeben abtransportiert. Haben Sie die Tote gesehen?«

»Ja, sicher. Ein ganz junges Ding, bestimmt nicht älter als meine Nichte. Wer sowas bloß fertigbringt. Den Kerl kriegen Sie doch?«

»Bestimmt! Solche Fälle werden schnell aufgeklärt«, antwortete die Kommissarin und legte in ihre Stimme mehr Überzeugung, als sie fühlte.

»Und dann gibt's lebenslänglich!«

»Bei Mord immer.«

»Das will ich doch hoffen! – Trinken Sie einen Kaffee mit uns?«

»Danke, vorerst nicht. Ich muß noch ein paar Informationen sammeln. Sie waren also, wie Ihr Mann sagt, die beiden letzten Nächte nicht hier draußen?«

»Stimmt, ich habe zu Hause geputzt. Muß ja auch mal sein.«

Während dieses belanglosen Dialogs hatte Sonja sich im Hintergrund gehalten. Jetzt trat sie hinter den Sessel der Tante und gab der Kommissarin ein Zeichen, daß sie draußen mit ihr sprechen wolle. Die hatte verstanden und sagte beiläufig: »Ihre Nichte könnte mir doch den kürzesten Weg zur Hauptstraße zeigen. Allein verfranze ich mich unweigerlich.«

»Klar doch. Wir helfen immer gern, wenn's nötig ist.«

Vor der Tür wußte Sonja offenbar nicht so recht, wie sie beginnen sollte.

»Sie haben doch was auf dem Herzen. Nur zu, raus damit!« ermunterte die Kommissarin. »Vergessen Sie mal, daß ich bei der Kripo bin. Von Frau zu Frau geht's leichter.«

Sonja griff mit beiden Händen nach Angelikas Arm und stieß hervor: »Ich war letzte Nacht hier in der Laube mit meinem Freund. Aber das darf kein Mensch erfahren. Onkel und Tante schmeißen mich sonst auf Nimmerwiedersehen raus. Dabei ist es hier so schön romantisch.«

»Wir sind äußerst diskret«, beruhigte die Kommissarin. »Sagen Sie mir erst einmal den Namen Ihres Freundes?«

»Das kann ich nicht. Der ist verheiratet und will nicht, daß ich mit der Polizei rede. Das hätte ich auch nicht – vielleicht nicht, wenn's ein Kerl gewesen wäre, den die über die Hecke geschmissen haben ... Aber ein Mädchen!!! Genauso hätte ich das ja sein können.«

Diese Logik leuchtete der Kommissarin nicht ganz ein, aber sie hatte oft erlebt, wie unterschiedlich die Menschen in solchen Fällen reagieren. »Also – was haben Sie gesehen oder gehört«, fragte sie ruhig.

Sonja holte tief Luft. »Es war schon weit nach Mitternacht, und wir waren noch ziemlich aufgedreht, weil wir ... na ja, weil wir uns ausgiebig geliebt hatten«, sagte sie fast trotzig. »Ich mußte dann mal zum Außenklo. Also habe ich mir den Mantel umgehängt und bin los.« – Wieder Pause.

»Ja und dann?«

»Auf der Straße bremste ein Auto, nicht sehr scharf, eher leise, als wenn es langsam gefahren wäre. Das Licht ging aus, und die Türen klappten, auch sehr leise. Dann hörte ich Schritte, und ein Mann sagte: ›Hier geht's! Mach mal den Kofferraum auf.‹ Wieder Schritte, dann klapperte es, und der Mann flüsterte: ›Los, nun pack schon mit an.‹ Dann sagte eine andere Stimme: ›Mensch, ist die schwer!‹ worauf der erste Mann lachte und sagte: ›Tote sind immer schwer.‹ Gleich darauf zählten die beiden, als wenn sie jemanden in der Badeanstalt ins Wasser werfen wollten: ›Eins, zwei und drei‹, und dann kam was Großes über die Hecke gesaust. Dann ist das Auto ohne Licht weggefahren.«

»Und Sie – was haben Sie gemacht?«

»Ich bin die paar Schritte rüber zu den Büschen und ...na ja, da lag die Frau. Mein Gott, hatte ich Angst! Ich habe mir die Faust in den Mund gesteckt, um nicht zu schreien, und bin zu meinem Freund gerannt. Wir sind noch nie so schnell in die Klamotten gekommen! Kurz aufgeräumt und dann nichts wie weg.«

»Sie hätten das melden müssen!«

»Ja, aber die Frau war doch tot, und für uns beide wäre das die reine Katastrophe geworden.«

»Können Sie noch was zu dem Auto sagen? Typ, Größe, vielleicht Farbe?«

»Gesehen habe ich es ja nicht; aber vom Geräusch her würde ich sagen, es war ein schwerer Wagen.«

»Und die Uhrzeit? Ist die noch etwas genauer zu bestimmen?«

Sonja überlegte. »Kurz nach zwölf sind wir heimlich, still und leise gekommen. Erst zwei Pikkolos, gedämpfte Musik zum Träumen – na ja, das schaukelte sich dann so hoch. Ich denke, es wird zwischen eins und halb zwei gewesen sein, als ich das Auto gehört habe. Das ging ja alles wahnsinnig schnell.« Sie hob die Schultern. »Tut mir leid, genauer kann ich es nicht sagen.«

»Danke, daß Sie den Mut gefunden haben, mit mir zu sprechen«, sagte die Kommissarin und gab ihr die Hand.

»Das kommt doch nicht raus?« fragte Sonja ängstlich.

»Keine Bange. Die Kripo kann auch verschwiegen sein. Grüße an die Tante; für einen Kaffee reicht die Zeit nun doch nicht mehr. Auf Wiedersehen.«

Die Nachricht von der weiblichen Leiche, die in Hasenmüllers Sträuchern gelandet war, hatte sich wie ein Lauffeuer verbreitet und die Anlieger nach draußen gelockt. Zilker in Begleitung eines Kommissars auf Ermittlungstour war eine zusätzliche Attraktion. Kommissarin Lette traf die beiden nach ein paar Minuten.

»Hallo, Angelika, gut, daß ich dich noch erwische. Da gibt's eine Aussage, die Bedeutung haben könnte. Ein Mann, der kurz nach eins angesäuselt nach Hause kam, will ein Auto gesehen haben, das ganz langsam ohne Licht gefahren ist. Einige Sekunden später wurden dann die Scheinwerfer eingeschaltet, und der Wagen fuhr schnell davon. Vielleicht ist auch nur jemand vom Parkplatz gefahren, ohne das Licht einzuschalten, hat es später bemerkt und dann erst angemacht.«

»Das soll ein Mercedes gewesen sein, den der Brachmann gesehen haben will«, ergänzte Zilker. »Aber was kann man schon von der Aussage dieses alten Saufkopps halten!«

»Tja, viel hilft uns das leider auch nicht«, meinte die Kommissarin. »Danke für Ihre Assistenz bei den Ermittlungen.«

Gansmann merkte, daß die Chefin den Helfer loswerden wollte, und verabschiedete ihn.

Als sie allein waren, erklärte sie bestimmt: »Das war das Auto der beiden Männer, die die Tote über die Hecke geworfen haben.«

»Weißt du schon mehr?« wunderte sich der Kollege.

Sie erzählte ihm die Geschichte von der zunächst gelungenen Liebesnacht, die dann so abrupt geendet hatte. »Das

Mädchen ist die Nichte der Zilkers. Die sollen aber bitte, bitte nichts davon erfahren.«

»Donnerwetter! Das ist doch schon einiges.«

»Ja, aber immer noch nicht viel. Wir kennen ziemlich genau die Uhrzeit, wissen von zwei Männern, die sich als Leichenschleuderer betätigt haben, und dürfen vielleicht annehmen, daß ein Mercedes unterwegs war. Mit Sicherheit wissen wir nur, daß es von diesen Fahrzeugen eine Menge in Berlin gibt. Vorrangige Frage ist also: Wer ist die Tote, und wer hat sie über die Hecke geworfen?«

»Das sind schon zwei Fragen«, zählte Gansmann auf. »Und auf die erste möchte ich antworten, daß da auf ziemlich unfeine Art eine Prostituierte beiseitegeräumt worden ist.«

»Da liegst du wahrscheinlich richtig! Gespannt dürfen wir auf die Todesursache sein; vielleicht kommen wir damit weiter. Ich hoffe, daß uns Bulla schon Ergebnisse mitbringt. – Das kann ein langer Tag werden. Erst einmal werden wir uns mit dem Herrn Legationsrat befassen; der muß endlich Farbe bekennen! Vielleicht brauchen wir für ihn dann eine Diplomatenloge. Immer wieder dieses ›vielleicht‹! – Mach's gut; mein Astra steht dort drüben.«

»Bis dann. Ich nehme Burger und Schack mit zurück.«

20

Nach dem Gespräch mit der Starken hatte sich Walter Freiberg noch zu Fuß auf den Weg gemacht, um Bennos Revier zu erkunden. Obwohl er gut durchtrainiert war, spürte er schon bald das Straßenpflaster in den Beinen. Das waren andere Entfernungen als in der Stadt am Rhein. Wer hier schnell vorankommen wollte, mußte öffentliche Verkehrsmittel oder ein

Taxi nehmen. In der letzten Dreiviertelstunde, immer geradeaus auf der Chaussee- und Müllerstraße, hatte er sicherlich 4 Kilometer abgetrampelt. Dies war also der Wedding mit seinem schäbigen Charme. So alle sechs- bis siebenhundert Meter tauchte ein leuchtendes »U« auf; endlich auch das für die Seestraße. Dieses Ziel hätte er um einiges schneller und ohne schwere Beine erreichen können! Er beschloß, den Rückweg von hier aus per U-Bahn anzutreten. Den Marsch bis Tempelhof würde er sich sparen.

Freiberg war sich immer noch nicht im klaren, worauf seine Aktion hinauslaufen sollte. Russische Liebesfreuden zu erkaufen war indiskutabel; dafür hätte Sabine noch weniger Verständnis aufgebracht als für seine Schwäche gegenüber der Starken.

So spazierte er unentschlossen eine Straßenseite rauf und die andere wieder runter. Auch hier endlose Blechlawinen, zu wenig Parkplätze, hin und wieder Durchfahrten zu den Innenhöfen, von denen manche durch Tore verschlossen waren. Er beobachtete von mehreren Stellen aus die Passanten. Im Eingang eines renovierten Gebäudes wartete ein Mann, der mit jemandem durch eine Klappe in der Haustür sprach. Freiberg ging zügigen Schrittes vorbei und bemerkte neben der Tür eine beleuchtete Klingeltaste – nicht größer als eine Zigarettenschachtel – auf der »Pension Benno« stand. Der wartende Mann wurde eingelassen. Fast gleichzeitig schwenkte ein Metalltor hoch und gab den Blick auf einen Innenhof frei. Ein dunkler Mercedes fuhr heraus und bog Richtung Autobahn ab. Am Steuer eine kräftige Figur mit Bürstenhaarschnitt. Der Chef des Hauses schien einen Ausflug zu machen.

Plötzlich packte Freiberg der Übermut. Ohne lange zu überlegen, taumelte er auf die Tür zu und legte die flache Hand auf die Klingeltaste. Als die Klappe in der Tür geöffnet wurde, lallte er: »Ich will eine Russin, stramm und fest für ganz viel Geld.« Dabei rülpste er dem Mann hinter der Klappe eine Mischung aus Bier und Zwiebeln entgegen, daß der den Kopf zurückwarf. »Buh, du bist ja besoffen und stinkst wie 'ne Wildsau. Hau ab!«

»Eine Russin für viel Pinke-Pinke!« forderte er monoton, um dann mit erhobener Stimme loszusingen: »Aba scheen muß se sein – auch wenn se Mäuse hat und richtig Läuse satt ...«

»Halt endlich das Maul, oder ich komme raus und werde dir die Läuse austreiben.«

Als sich die Tür einen Spalt breit öffnete, wurde es höchste Zeit, den Rückzug anzutreten. Der »Besoffene« hob beide Hände, murmelte »geh ja schon« und torkelte davon. Ein paar Häuser weiter hatte er einen Verfolger im Nacken, von dem er nicht wußte, woher der so schnell gekommen war.

»Nun rück schon die Mäuse raus!« sagte der schmalbrüstige Jüngling, der sich offensichtlich als Abstauber bei den Herren betätigte, die ihren Aufenthalt bei Bennos Damen genossen hatten. »Komm raus damit oder ich mach dich fertig. Dalli, dalli!«

Freiberg sang noch einige Takte und ging weiter. Als der Bursche ihn beim Arm packte, drehte er sich blitzschnell um, ergriff dessen Handgelenk und setzte einen Polizeigriff an, der auch stärkere Männer aufheulen ließ und auf die Zehenspitzen trieb. »So mein Junge, dir ist hoffentlich klar, daß du an den Falschen geraten bist. Jetzt habe ich das Sagen. Kapiert?«

Noch ein kräftiger Druck und das gejaulte »Jaaah« stieg in den Himmel.

»Arbeitest du für Benno?«

»Neihein!«

»Für wen? Rede, oder ich brech' dir den Arm!«

»Auuu! Für keinen, nur für mich.«

»Du lügst!«

»Für mich und meine Mieze, die braucht Stoff.«

»Kennst du Benno?«

»Jaha, das ist ein Arschloch – der hat mich schon mal fürchterlich verdroschen.«

»Warum?«

»Weil ich angeblich seine Besucher belästige …«

»Und? Tust du's nicht?«

»Ich schnorre nur, wenn Benno nicht da ist. Und eben ist er weggefahren.«

Freibergs Hand löste sich. »Du spionierst hier also rum. Hör zu und mach jetzt keine Zicken, sonst kommst du mit. Ich bin von der Kripo, und um die Ecke warten noch ein paar Kollegen im Auto. Die werden dir gut zureden, wenn du das Maul nicht aufmachst. – Also: Was hast du hier in den letzten Tagen beobachtet?«

Der Schmächtige – froh, dem festen Griff entronnen zu sein – reckte sich zu voller Größe. »Was wollen Sie denn hören? Daß Benno kräftig Umsatz macht? Der Laden hier nennt sich zwar Pension, aber in Wirklichkeit kommt das Geld woanders her – das bringen seine Russenweiber; die müssen toll was bieten. Da finden nur Männer aus besseren Kreisen Einlaß«, – und mit Anspielung auf Freibergs »Zustand« fügte er anzüglich hinzu: »Keine Besoffenen.«

Freiberg lachte. »Na, na, nun werd' mal nicht übermütig, sonst nehme ich dich mit. Also, was läuft hier noch? Kommen auch Freunde oder Bekannte von Benno?«

»Weiß ich nicht. Die mit dem Auto kommen, fahren alle dicke Schlitten; für die wird das eiserne Tor geöffnet, damit sie in den Hof fahren können. Aber die meisten kommen mit der U-Bahn.«

»Und auf deren Rückweg versuchst du dann, sie unter Druck zu setzen – kleine Erpressung, oder?«

»Von den Frauen sieht man praktisch nichts«, fuhr der

Schnorrer fort, ohne Freibergs Frage zu beachten. »Wenn Benno mit dem Auto losfährt, sitzt schon mal eine neben ihm. Meist kommt er dann allein zurück und fährt später nochmal raus, um sie abzuholen. Ich denke, das ist so eine Art ›Außendienst‹.«

»Gibt es jemanden aus Bennos Bekanntenkreis, der öfter hier aufkreuzt? – Los, Bürschchen, spuck 's aus!«

»An einen kann ich mich erinnern. Den hat er vor der Tür mit Namen begrüßt – Maik heißt der Kerl. Ich glaube, dem gehört der ganze Schuppen.«

»Was für einen Wagen fährt dieser Maik?«

»BMW oder Mercedes. Die haben's ja alle dicke.«

»Warst du letzte Nacht auch – sagen wir – auf dem Posten?«

»Ja, praktisch jede Nacht. So glänzend läuft das Geschäft nicht. Da muß man sich schon einsetzen. Erst nach Mitternacht wird es interessant, und dann bis in die frühen Morgenstunden. Um die Zeit lohnt es sich am meisten, wenn man schön bittet.«

»Du Schlitzohr! Wie war das nun letzte Nacht; ist Benno rausgefahren?«

»Doch, ja. War schon nach zwölf.«

»Und – war eine Frau dabei?«

»Ja, das war komisch. Die wollte ihm wohl um den Hals fallen, aber er hat sie zur Seite gestoßen. Dann ist er losgebrettert wie vom Deubel gejagt.«

»Welche Richtung?«

»Avus oder Ernst-Reuter-Platz nehme ich an.«

»Hat er sie auch wieder abgeholt?«

»Keine Ahnung. Ich bin kurz danach gegangen. Meiner Mieze ging's nicht gut; die hatte Fieber. Dafür wollte ich heute nacht durchmachen. Ausgerechnet jetzt muß die Kripo auftauchen und mir das Geschäft vermasseln.«

»Du weißt doch, daß ich dich einsperren könnte?!«

»Hm!«

»Aber ich drücke ein Auge zu, wenn du dafür beide Augen aufmachst. Merk dir alles, was rund um Bennos Pension passiert. Und nun zeig mir deinen Ausweis.«

»Hab' ich nicht dabei.«

»Mann, du mußt doch irgend etwas haben, mit dem du dich ausweisen kannst, einen Wisch, auf dem dein Name steht.«

»Nur den Brief von meiner Mutter.«

»Her damit!«

Der beflissene Jüngling kramte in seinen Taschen und förderte einen Briefumschlag zutage. »Hier!«

Freiberg las die Adresse: Werner Brederhoff, Sansibarstraße 116a, in 13351 Berlin. Absender Hermi Brederhoff, Bielefeld.

»Hab ich mir doch gleich gedacht, daß du kein Berliner bist. Warum bist du in der Stadt?«

»Nur wegen Regine. Die habe ich bei einer Besichtigung kennengelernt. Bin dran hängengeblieben. Wir haben ein Kind, ein Mädchen. Erst hatte ich noch einen Job, aber der ist futsch. Regine mußte aufhören wegen dem Kind. Jetzt leben wir von Stütze.«

Freiberg war nicht darauf aus, hier ein kleines Nebeneinkommen kaputt zu machen. »Den Umschlag behalte ich«, sagte er und reichte den Brief zurück. »Nun dreh keine dummen Dinger mehr. Morgen oder übermorgen kurz nach Mitternacht komme ich noch mal vorbei. Dann möchte ich hören, was es Neues gibt. Also schön aufpassen!«

»Ich darf also weiter um Spenden bitten?«

Walter Freiberg schüttelte über soviel Unverfrorenheit den Kopf. »Ich sage nur, was du nicht darfst: Stehlen, rauben und erpressen zum Beispiel. Betteln interessiert mich nicht. Und jetzt trennen sich unsere Wege.«

»Gibt's denn keine müde Mark für die freundliche Auskunft?«

Freiberg griff in seine Tasche. »Du bist vielleicht ein Schluffen! Hier, zwanzig Mark für den Verdienstausfall. Die Kripo ist arm.«

»Na ja, besser als gar nichts!«

»Was ich noch bieten könnte, wäre eine Festnahme wegen versuchten Straßenraubes. Ist dir das lieber? Nun hau schon ab.«

Freiberg ging in die andere Richtung, bog um die Ecke und verschwand in der U-Bahnstation. Nach einer abenteuerlichen Umsteigefahrt kam er immerhin noch vor Morgengrauen beim Platz der Luftbrücke an. Fünfzehn Minuten später fiel er nach einer Katzenwäsche hundemüde ins Bett seiner Stammpension in der Boelckestraße.

Die »Todesermittlungen unter erschwerten Bedingungen« begannen für den Ersten Hauptkommissar aus Bonn mit einer reichlichen Stunde Verspätung. Er hatte verschlafen und drückte sich im verdunkelten Raum auf seinen Platz. Heute hatten die Mediziner das Wort. Am Pult stand eine Pathologin und kommentierte auf eine riesige Leinwand projizierte Bilder von Wasserleichen. Freiberg mußte sich erst deutlich machen, daß Berlin eine Stadt mit Flüssen, Kanälen und großen Seen war. Wie oft wurde die Spree besungen, die Havel gerühmt. Und wie hieß es in der Moritat: Es schwimmt eine Leiche im Landwehrkanal ... Daneben wirkte das Stück Rhein im Bonner Stadtgebiet doch recht bescheiden; nur breiter war der Fluß und bot den Reim auf Wein. Aber Wasserleichen gab es in Berlin bestimmt mehr als in Bonn zwischen Konrad-Adenauer- und Friedrich-Ebert-Brücke.

Als die Dozentin sich über Waschhaut, Fäulnisemphyseme, Fußnagellockerung und andere Erscheinungen für die Bestimmung der Verweilzeit ausließ, war er froh, ans Telefon gerufen zu werden. Er schlich sich leise in den anschließenden kleinen Raum. Der Anruf kam von Angelika Lette. Sie teilte ihm kurz mit, daß die Sekretärin vom »Glück in der Ferne« auf dem Anrufbeantworter die Nachricht hinterlassen habe, daß er gegen 16 Uhr zum Gespräch mit einer Interessentin erwartet werde. Zeit für weitere Erklärungen hatte die Starke nicht, da sie sich auf eine Vernehmung vorbereiten wollte. Über seine nächtlichen Eindrücke in Bennos Revier könne er sich später mit ihr unterhalten.

Freiberg schob sich wieder an seinen Platz, um zu hören, daß Leichen im Meerwasser mit seinem höheren spezifischen Gewicht rascher auftauchen als im Süßwasser. Das war zugleich die gelungene Überleitung zur Kaffeepause.

21

Der Flughafen Tempelhof hatte an internationaler Bedeutung verloren, seit er für die großen Maschinen zu klein geworden war – sie flogen jetzt Tegel und Schönefeld an. Nur das Luftbrückendenkmal erinnerte noch daran, daß vor allem von hier aus während der sowjetischen Blockade die Rosinenbomber der Alliierten eine Millionenstadt mit dem Minimum fürs Überleben versorgt hatten. Jetzt boomte hier der Regionalluftverkehr.

Legationsrat Wilberg hatte sich vom Taxi in der Nähe des Denkmals absetzen lassen und war über den Tempelhofer Damm zum Polizeipräsidium zu Fuß gegangen. Ein Beamter des Hausdienstes nahm den Besucher in Empfang und führte ihn ins Vernehmungszimmer, wo die Kollegin Lette wartete. Schon bei der Begrüßung wurde deutlich, daß Wilberg auf

Trauer und Verbindlichkeit umgeschaltet hatte. Auf die Anwesenheit eines Anwalts schien er keinen Wert zu legen. Sein Aussehen war auch heute korrekt. Zum dunkelblauen Blazer und grauer Hose trug er die Krawatte vom gestrigen Tag.

In Erinnerung an das unangenehme Ende des Gesprächs in seiner Wohnung gab sie ihm nicht die Hand; sie bat ihn höflich Platz zu nehmen und ersparte sich jedes Wort der Anteilnahme.

Kommissar Gansmann saß an der Stirnseite des Tisches und hatte das Tonbandgerät zur Aufnahme bereit gemacht. Sein Gruß bestand aus einem geknurrten »Guten Morgen«.

»Herr Wilberg, ich danke Ihnen, daß Sie uns bei der Aufklärung des Mordes an Ihrer Frau unterstützen wollen«, sagte die Kommissarin zur Einführung. »Zur Klarstellung darf ich darauf hinweisen, daß dies kein unverbindliches Gespräch sein wird, sondern eine Zeugenvernehmung, die den Regeln der Strafprozeßordnung folgt. Sind Sie mit der Verwendung eines Tonbandgeräts einverstanden, oder soll eine Sekretärin das Protokoll aufnehmen?«

Wilberg gewährte ein halbes Lächeln. »Ich habe nichts gegen eine Tonbandaufzeichnung einzuwenden. Gleichwohl wäre mir ein Gespräch ohne Formalitäten lieber gewesen. Aber das ist nicht meine Entscheidung.«

»Als Jurist kennen Sie sich ja mit den zu beachtenden Bestimmungen aus?!«

»Davon dürfen Sie ausgehen.«

»Damit ist das geklärt. Hinweisen möchte ich noch darauf, daß Sie als Zeuge verpflichtet sind, die Wahrheit zu sagen – wenn Sie nicht die Aussage vor der Polizei verweigern wollen.«

»Aber Frau Hauptkommissarin! Mit diesen Sprüchen sollten Sie sich und mich verschonen.«

»Darf ich fortfahren: Sie können nach geltendem Recht die Auskunft auf solche Fragen verweigern, durch deren Beantwortung Sie sich der Gefahr aussetzen, wegen einer Straftat oder Ordnungswidrigkeit verfolgt zu werden.«

Wilbergs Lächeln wurde sarkastisch. »Danke für die Belehrung, Paragraph 55 der Strafprozeßordnung. Jura, drittes Semester.«

» Genau daran halte ich mich«, stellte die Kommissarin kühl fest. »Und auch an Absatz zwei: Der Zeuge ist über sein Recht zur Verweigerung der Auskunft zu belehren.«

»Was Sie hiermit außerordentlich charmant erledigt haben. Ich bin belehrt, aber nicht geehrt.«

Kommissarin Lette verzog keine Miene. »Nun zur Sache: Welche Kenntnisse haben Sie über die Besuche bei Ihrer Frau?«

»Besucherinnen, auf die sich Ihre Frage nur beziehen kann, habe ich persönlich nicht kennengelernt. Meine Frau hat mir aber wiederholt erklärt, daß sie sich um Mädchen aus Mittel- und Südamerika kümmert, die in die Prostitution abgerutscht sind und in ihre Heimat zurückwollten.«

»Waren das nur Frauen aus diesen Ländern?«

»So bestimmt kann ich das nicht sagen. Im Milieu dürfte sich der Name der Wohltäterin sicherlich herumgesprochen haben. Vielleicht hat es dadurch Hilfesuchende aus anderen Ländern gegeben. Wie das alles abgelaufen ist, weiß ich nicht. Mein Standort ist Moskau, und da hätte meine Frau auch sein sollen!« äußerte Wilberg seine Meinung sehr deutlich.

»Hat Ihre Gattin in irgendeiner Weise mit ihrer Tätigkeit – oder sagen wir Hilfsbereitschaft – geworben? Hat sie mit Sozialdienststellen zusammengearbeitet?«

»Das kann ich nicht beantworten, darüber ist mir nichts bekannt.«

»Um wieviele hilfesuchende Frauen kann es sich gehandelt haben?«

»Auch das weiß ich nicht! Bedenken Sie bitte, daß ich seit etwa einem Jahr an der Deutschen Botschaft in Moskau tätig bin. Der Kontakt zu meiner Frau ist in den letzten Monaten immer lockerer geworden.«

»Wissen Sie von Männern, die ins Haus gekommen sind? Haben sich vielleicht Nachbarn darüber beschwert?«

»Nein! Und Kontakte zu anderen Hausbewohnern hat es praktisch nicht gegeben.«

Kommissarin Lette kam noch einmal auf das Gespräch vom Vortage zurück. »Stimmt es, daß Sie das Verhalten Ihrer Frau mißbilligt haben?«

»Absolut! Das hat auch meinem Dienstherrn nicht gefallen. Irgend jemand muß es gemeldet haben. Die Zentrale am Werderschen Markt hat mich gebeten, darauf hinzuwirken, daß solche Aktivitäten aufhören. Darin liegt schon ein starker Vorwurf auch in dienstrechtlicher Hinsicht.«

Ein ganz feines Lächeln umspielte die Augen der Kommissarin. »Karrierefördernd ist das sicherlich nicht.«

Legationsrat Wilberg schien auf das Stichwort gewartet zu haben. Mit vor Entrüstung rauher Stimme sagte er: »Was sich in meiner Wohnung abgespielt hat, gehört sich einfach nicht für die Ehefrau eines Angehörigen des Auswärtigen Dienstes.«

»So ähnlich haben Sie sich bereits gestern ausgedrückt.«

»Genauso drücke ich mich auch heute aus. Und wie es aussieht, ist Romana das Opfer der Leute geworden, mit denen sie sich eingelassen hat.«

»Dafür haben wir bisher keine Beweise. Ich möchte zunächst klären, wer zur Zeit des einsetzenden Regens in der Wohnung war. Frauenbesuche gab es jedenfalls am Montag und Dienstag nicht. Nach Ihrer gestrigen Äußerung haben Sie sich zuletzt am Tag nach dem Empfang im Adlon dort aufgehalten. Sind Sie vielleicht später noch einmal in Ihrer Wohnung gewesen? Sie waren doch zu dem Zeitpunkt in Berlin; oder habe ich das falsch in Erinnerung?«

»Ich war in Berlin – auch das habe ich gestern schon gesagt – und war im Hotel *Unter den Linden* untergebracht, soweit ich nicht im Auswärtigen Amt zu tun hatte.«

»Nach einer Zeugenaussage sind Sie an einem der fraglichen Tage in Ihrer Wohnung gewesen und haben eine Auseinandersetzung mit Ihrer Frau gehabt, die, wie Nachbarn gehört haben wollen, mit lauten Worten die Scheidung abgelehnt hat.«

Wilberg schüttelte den Kopf und sagte gepreßt: »Das ist ja eine hirnrissige Behauptung. Ich werde denjenigen wegen Verleumdung verklagen. Wer will mich denn an diesen Tagen im Haus gesehen haben?«

Kommissarin Lette wußte, daß es hier einen Schwachpunkt gab; und erklärte offen: »Gesehen hat Sie niemand. Ihre Anwesenheit wurde nur mit dem, was zu hören war, begründet.«

»Also bitte, jetzt steht Ihre Vermutung aber wirklich auf schwachen Füßen! Ihr sogenannter Zeuge kann doch genauso gut den Dialog aus einer Fernsehsendung gehört haben oder einen Ehestreit in einer anderen Wohnung. Auch das ließe sich mit der Hellhörigkeit des Hauses erklären.«

»Sie haben sich also nicht gestritten?«

»Vorsicht mit verdeckten Unterstellungen, Frau Kommissarin. Ich war zu dieser Zeit nicht in der Wohnung. Gestritten, wenn Sie auf den Begriff nicht verzichten wollen, haben wir uns am Tage nach dem Empfang, als es um den Umzug nach Moskau ging. Den hat Romana allerdings wiederholt abgelehnt, und ich bestreite auch nicht, daß wir dabei laut geworden sind.«

Kommissarin Lette blickte noch einmal auf ihre Notizen. »Herr Wilberg, auch wenn Sie sich wieder entrüsten, ich muß es Ihnen noch einmal vorhalten: Ihre Frau soll unter anderem gesagt haben: ›Du willst doch nur diese Stewardeß heiraten.‹ Haben Sie ein Verhältnis mit einer Stewardeß?«

Arne Wilbergs Lächeln wirkte übertrieben. »Vielleicht hat

Romana, geplagt von Eifersucht, so etwas den Zeugen gegenüber behauptet. Dagegen kann ich mich ja nicht wehren. Durch meine Flugreisen als Kurier habe ich natürlich Kontakt mit Stewardessen – das läßt sich wohl nicht vermeiden. Aber dieser Kontakt beschränkt sich auf die Zeit zwischen Himmel und Erde.«

»Ja, das wäre eine Erklärung«, gab sich die Kommissarin zufrieden.

Ihr Kollege Gansmann sah verwundert auf. Ihm schien diese Wendung in der Vernehmung nicht zu gefallen. Als er zu einer Zwischenfrage ansetzen wollte, bemerkte er das nur leicht angedeutete Kopfschütteln seiner Chefin. Er schwieg, senkte den Kopf und starrte angestrengt auf das Gerät.

»Damit wäre auch dieser Punkt abgehakt«, sagte Wilberg sichtlich zufrieden. »Ich habe fünf Tage Urlaub genommen, um hier das Notwendige abzuwickeln und die Beerdigung zu veranlassen. Möglicherweise muß ich den Aufenthalt in Berlin für einen Kurierflug nach Moskau unterbrechen. Dann werde ich Ihnen Bescheid geben. Im übrigen erreichen Sie mich im Hotel oder über meine Dienststelle.«

»Danke für die Hinweise. Um die Freigabe der Leiche werde ich mich kümmern; das kann allerdings noch ein paar Tage dauern.«

»Das läßt sich wohl nicht ändern. Ich werde ein Bestattungsinstitut beauftragen, alles in die Hand zu nehmen. Haben Sie noch weitere Fragen?«

»Vorerst nicht. Vielleicht muß ich Sie später noch einmal ansprechen, wenn die Ermittlungsergebnisse neue Fragen aufwerfen. Einstweilen vielen Dank für Ihr Erscheinen.« In Richtung Tonbandgerät und für Gansmann bestimmt fügte sie hinzu: »Die Zeugenaussage ist beendet.«

An der Stirnseite des Tisches machte es »Klick«, als das Tonband ausgeschaltet wurde.

»Dann darf ich mich wohl verabschieden«, sagte Wilberg und bot der Kommissarin die Hand; da sie nicht beleidigend sein wollte, nahm sie die dargebotene Rechte und lächelte höflich. Gansmann erhob sich ein wenig und nickte nur. Als der Besucher das Zimmer verlassen hatte, schob er das Tonbandgerät wütend über den Tisch. »Ich glaube, es ist nicht richtig, den Mann gehen zu lassen. Wir hätten ...«

Angelika Lette unterbrach ihn mit einer schnellen Handbewegung, griff zum Telefon und wählte die Nummer von Kommissar Burger, dem sie Bereitschaft verordnet hatte. »Paß auf!« sagte sie. »Uns verläßt soeben der Legationsrat Wilberg. Dunkelblauer Blazer, graue Hose. Der Mann wird observiert. Häng dich mit Schack an ihn dran – aber bitte unauffällig. Vielleicht nimmt er ein Taxi zum Hotel *Unter den Linden*. Los ab!«

Gansmanns Unzufriedenheit war verschwunden. Strahlend zitierte er ein Kaiserwort: »›Welch glückliche Wendung durch Gottes Fügung!‹ – Ich dachte schon, die Leiterin der Zwölften sei dem Charme des Diplomaten erlegen.«

»Durch Gottes Fügung nicht. Aber er übt eine seltsame Anziehungskraft auf das weibliche Geschlecht aus. Wir müssen herausfinden, ob und welche Stewardeß dahintersteckt. Romana kann nicht so eifersüchtig gewesen sein, wie er uns weismachen will. Sonst hätte sie ihn nicht allein nach Moskau gehen lassen. Vielleicht liegt dort der Schlüssel zur Erkenntnis.«

Gansmann spekulierte weiter: »Ich tippe auf Lufthansa oder Aeroflot. Das sind die Linien, mit denen ein Sonderkurier im Dienste seines Landes nach Moskau fliegt.« Und grinsend fügte er hinzu: »Ich bin davon überzeugt, daß er uns die Hucke vollgelogen hat.«

Die Kommissarin nickte. »Ich auch. – Eine Geliebte bei den himmlischen Heerscharen – und der fliegende Diplomat steht unter Tatverdacht.«

22

Der graue Vectra wirkte unauffällig, hatte aber mit dem stärksten Motor seiner Klasse genügend PS unter der Haube, um bei einer Verfolgung mithalten zu können. Kommissar Schack hatte ihn bereitgestellt in der Annahme, daß der Legationsrat nicht mit U-Bahn oder Bus fahren würde.

Burger meldete über Funk, daß »Maria« auf dem Weg zum Taxistand sei. Jeder zu Verfolgende, ob männlichen oder weiblichen Geschlechts, wurde von ihnen mit diesem Namen bedacht. Das sonst übliche Wort »Objekt« hätte den Frequenzschnüfflern einen zu deutlichen Hinweis auf die Polizeiarbeit gegeben.

Wie erwartet nahm Wilberg ein Taxi. Schack hielt mit laufendem Motor, ließ seinen Kollegen zusteigen und folgte dem Mercedes, dessen Fahrer sich rücksichtslos in den Verkehr einfädelte.

»Sieh zu, daß der Abstand nicht zu groß wird, sonst entwischt er uns«, warnte Burger. »Hast du Verpflegung mit? Das kann eine lange Reise werden.«

»Hab ich. Buletten und Schrippen, wie immer. Warum sind wir diesem Diplomaten eigentlich auf den Fersen?«

»Weil mancher Ehrenmann erst richtig auflebt, wenn die holde Gattin nicht mehr im Wege ist. Die Starke wittert wieder einmal mehr als andere; mal sehen, wohin uns das führt. Wir sollen nur observieren, sonst nichts.«

Burger schob brummelnd seinen Sicherheitsgurt zur Seite, zerrte seine Pocketkamera aus der Jackentasche und vergewisserte sich, daß sie einsatzbereit war. An diesem Ding hing er besonders. Fixfocus in handlichem Format, ohne Blitz und Selbstauslöser, mit mattschwarzem Gehäuse, war sie ein Muster an Unauffälligkeit und hatte schon manches »Beweisstück« geliefert. Dagegen war die kiloschwere »Fahndungskamera« mit ihrem Supertelezoom ein Geschoß, das unbemerkt nur auf große Distanz eingesetzt werden konnte.

Wie vorausgesehen, ging es nach Norden Richtung Berlin Mitte. Zwischen Wilhelmstraße und Stresemannstraße ragte das Willy-Brandt-Haus in den Himmel. Ein Stück weiter Unter den Linden demonstrierte eine kleine Handwerkergruppe für bessere Arbeitsbedingungen. Legationsrat Wilberg stieg schon ein ganzes Stück vor dem Hotel aus und machte sich zu Fuß auf den Weg. Burger hängte sich dran. In dem Gewühl war es nicht schwer, unbemerkt zu folgen.

Wilberg verschwand im Hotel, und für Burger begann das Warten. Er blieb draußen, etwas abseits vom Eingang, und beobachtete die Tür. Über sein Handfunkgerät hatte er sich vergewissert, daß Schack zu erreichen war und nicht im Funkschatten eines Hauses stand. Er mußte schmunzeln, als er daran dachte, daß die Realität doch etwas anders aussah als im Film, wo der Verfolger sich in die Halle setzt, um durch ein Loch in der Zeitung das Kommen und Gehen zu beobachten.

Die Zeit tropfte dahin. Wenn Wilberg vorhatte, noch eine Mittagspause einzulegen, konnte das für den Beobachter eine mühevolle Prozedur werden. Der Wunsch nach Buletten und Schrippen wurde immer dringlicher, und der Durst verursachte trockene Lippen. Solch eine spontane Observierung ohne geplante Ablösung verlor sehr schnell ihren Reiz.

Nach einer knappen Stunde kam die Erlösung. Arne Wilberg trat aus dem Eingang und sah sich suchend um. Seine Kleidung hatte er nicht gewechselt, nur die Krawatte strahlte in einem gedämpften Rot. Er trug einen schwarzen Diplomatenkoffer.

»Sieh zu, daß du herkommst!« rief Burger seinen Kollegen an. »Maria hat sich schick gemacht und wartet auf ein Taxi.«

»Bin schon unterwegs«, bestätigte Schack.

Der Anschluß klappte. Der Taxifahrer schien eine besondere Methode zu haben, sein Fahrziel anzusteuern. Er schlug in Mitte einige Haken und fuhr auf die Köpenicker Straße, bevor es parallel zur Spree ging, vorbei am Treptower Park mit dem renovierten Sowjetischen Ehrenmal und schnurgerade über die 96a nach Südosten. Von nun an war das Ziel klar. Schack ließ sich mit dem Vectra zurückfallen – dichtes Auffahren war jetzt nicht mehr erforderlich.

»Wie es aussieht, steigt unser Mann in ein Flugzeug und entschwindet. Dann sind wir ihn los, aber die Starke hat ein Problem mehr«, sagte Burger und holte sich eine Bulette aus dem Futterpaket, das Schacks Frau, fürsorglich wie immer, zurechtgemacht hatte. Daß der geliebte Ehemann trotz der guten Verpflegung dünn wie ein Strich blieb, schob sie auf den Streß – ohne zu wissen, daß dieser den Namen Burger trug.

»Verheiratet müßte man sein«, murmelte der mit vollem Mund. »Dann bleibt man schlank und rank wie du. Frauen wissen schon: Ein guter Hahn wird selten fett. Ich habe immer Schwierigkeiten mit meiner Figur.«

Schack sah kurz zur Seite. »Du und die Starke, ihr wäret schon ein stattliches Paar.«

»Geht nicht!«

»Warum?«

»Wir denken sozusagen über Kreuz. Sie liebt schlanke Männer wie den aus Bonn, und ich stehe auf zarte, bewegliche Frauen.«

»Mit Betonung auf ›beweglich‹. Ein Faultier bist du! Wenn du dich selber mehr bewegen würdest, gäb's auch keine Sex- und Figurprobleme.«

Am Flughafen Schönefeld wiederholte sich das gleiche Spiel wie Unter den Linden: Burger stieg aus und folgte dem Herrn mit Diplomatenkoffer. Schack blieb im Wagen und parkte so, daß die Verbindung zum Kollegen nicht abriß.

Wider Erwarten nahm Legationsrat Wilberg nicht den Weg zu einem der Abflugschalter; er ging auch nicht zur Ankunft, sondern postierte sich so, daß er das Gate für das Flugpersonal im Auge behalten konnte. Er schien nervös zu sein – immer wieder sah er auf seine Uhr oder blätterte im Flugplanheft, das er in der Hand hielt.

Burgers Enttäuschung, daß der Mann nicht abflog, wich der Gewißheit, daß hier ein Treffen mit der ominösen Stewardeß bevorstand. Nur das machte noch Sinn. Die Starke hatte wieder einmal den richtigen Instinkt gehabt. Dieser trauernde Ehemann führte ein Doppelleben.

Nach Ankunft einer Maschine, und nachdem die Passagiere von Bord gegangen waren, dauerte es immer eine ganze Weile, bis die Crew kam. Die erste Gruppe gehörte zu einem Lufthansa-Airbus, der vor gut einer halben Stunde gelandet war. Legationsrat Wilberg zeigte keine Reaktion – er blieb auf seinem Posten und wartete weiter.

Erst als auf der Anzeigetafel das Feld für die Landung der *Tupolev* aus Moskau aufleuchtete, zeigte der Diplomat Interesse. Er drehte nervös den Kopf hin und her; sein Verhalten ließ vermuten, daß er jemanden aus diesem Flugzeug erwartete, und daß dieses Treffen offensichtlich nicht vereinbart war.

Vorsichtig pirschte Burger sich heran und machte schon mal zwei Aufnahmen, die den Mann mit Blickrichtung zum Ausgang für das fliegende Personal erfaßten. Ein neuer Pulk von Stewardessen schob sich vorbei und ging entschlossen nach draußen. Vielleicht stand noch ein Privat-Briefing auf dem Programm.

Erst nach einer weiteren Viertelstunde kamen die Russen, eine gemischte Crew mit flott gekleideten Damen, die alle üppig proportioniert waren. Die Starke hätte an soviel gewichtiger Anmut ihre Freude gehabt. Legationsrat Wilberg ließ die erste Gruppe passieren. Schließlich näherten sich die Herren aus dem Cockpit, in Begleitung einer großen, schlanken Stewardeß, und zogen schnatternd und scherzend vorbei.

Wilberg trat einen Schritt vor, winkte und hob seinen Koffer. Die Frau blieb stehen und ließ ohne ein Wort ihre Begleiter weitergehen. Sie verzog überrascht das Gesicht und ging mit wenigen Schritten auf den Wartenden zu.

Ohne Begrüßung begann Arne Wilberg hektisch auf sie einzusprechen. Die Stewardeß wich einen Schritt zurück und hob hilflos die Arme. Burger glaubte zu hören, daß die beiden sowohl russisch als auch deutsch sprachen. Verstehen konnte er nichts, aber er hatte keine Mühe, unbeachtet drei Aufnahmen von dieser Zusammenkunft zu machen. Und schon war die Kamera wieder in der Jackentasche verschwunden.

Das Gespräch dauerte kaum eine halbe Minute. Die Stewardeß schüttelte energisch den Kopf, zuckte mit den Schultern und lief hinter der Gruppe her, aus der sie sich gelöst hatte. Der Diplomat schien enttäuscht zu sein – er starrte ihr eine ganze Weile nach. Burger zweifelte nicht, daß Wilberg sie über den Tod seiner Frau unterrichtet hatte. Offensichtlich war sie dann aber mit einem Wunsch von seiner Seite nicht einverstanden und hatte ihm eine Abfuhr erteilt. Langsam setzte er sich mit seinem Koffer in Bewegung. Aber auch diesmal verhielt er sich nicht so, wie sein »Schatten« erwartet hatte. Er ging nicht zum Abflug, sondern Richtung Ausgang. Burger setzte sich mit Schack über sein Handfunkgerät in Verbindung und beorderte ihn in die Nähe des Taxistandes, so daß die Verfolgung sofort aufgenommen werden konnte.

»Was macht der Kofferträger denn für einen Zirkus? Ich dachte, wir sind ihn los«, beschwerte sich Schack, als sie wieder einmal dem Diplomaten »auf der Spur« waren.

»Leider, leider! – Aber ich habe ein paar schöne Fotos vom Treffen mit einer Aeroflot-Stewardeß in der Tasche. Die Dame schien übrigens nicht sehr erbaut zu sein, den Herrn dort zu sehen. Nach einem kurzen Wortwechsel hat sie ihn stehen lassen und ist mit der Crew davonspaziert. Sie wollte partout nicht das, was er wollte.«

»Bravo! Hoffentlich wird ein handfester Krach draus, und sie läuft zur Polizei, um den Mörder zu verraten. – Schön wär's«, seufzte Schack. »Aber die Starke wird trotzdem mit dem Ergebnis zufrieden sein. Warum schleppt dieser Mensch eigentlich einen Koffer mit sich herum, wenn er doch nicht verreisen will?«

»Warum …« Burger angelte wieder nach dem Freßpaket. »Eine Schrippe gönnst du mir noch! … ist die Banane krumm und rund die Apfelsine. Hattest du nicht auch Obst?«

»Das habe ich verputzt«, stellte Schack triumphierend fest. »Du wirst sonst meiner Frau zu teuer.«

Problemlos ging's den alten Kurs zurück nach Berlin-Mitte, dem Taxi immer dicht auf den Fersen, über die Fischerinsel bis zum Werderschen Markt. Hier hatte der Bundesminister des Auswärtigen ein prächtiges Domizil gefunden. Der Umbau der früheren Reichsbank hatte zwar Millionen verschlungen, aber mit dem Ergebnis ließ sich gut Staat machen.

Das Taxi hielt vor dem Eingang. Der Legationsrat Erster Klasse zahlte, stieg aus und verschwand mit dem Köfferchen in der Hand im Gebäude.

»Ende der Vorstellung – wir können Feierabend machen«, stellte Burger zufrieden fest. »Der trauernde Witwer und treue Staatsdiener erfüllt hinter diesen Mauern seine Pflicht fürs Vaterland. Damit dürfte auch die Frage nach seinem Gepäckstück geklärt sein: In dem Koffer sind Akten!«

»Und um das festzustellen, haben wir dieses Versteckspiel quer durch Berlin inszeniert?« Schack schnalzte übertrieben mit der Zunge.

»Unsere Mission ist jedenfalls beendet; wir fahren zurück ins Präsidium. Der Film muß expreß entwickelt werden, und der Starken erzählen wir eine schöne Geschichte von Liebesleid und Lust.«

23

Am Nachmittag lockte das »Glück in der Ferne«, und wieder mußten die »Todesermittlungen unter erschwerten Bedingungen« auf einen Seminarteilnehmer verzichten. Kommissar Freiberg hatte dem Platznachbarn zugeflüstert, daß er noch ein paar dringliche Sachen für seine Heimatdienststelle erledigen müsse. Falls sein Fehlen bemerkt werde, so habe man ihn gerade telefonisch abberufen.

»Steckt eine Frau dahinter?« fragte der Kollege neugierig. »Müde genug siehst du ja aus.«

»Frauen spielen zwar eine Rolle, aber nicht so, wie du denkst. Wir verfolgen eine heiße Spur; Genaueres erzähle ich dir später. – Bis dann!«

Durch Erfahrung klüger geworden und nicht mehr erpicht auf lange Fußmärsche, nahm Freiberg gleich die S-Bahn bis Lichterfelde-West. Die Abrechnung von noch mehr Taxikosten wollte er Straßfurt nicht zumuten. Es könnte leicht der Eindruck entstehen, als wolle er seine Vergnügungsfahrten in der Großstadt als Ermittlungskosten abrechnen. Die S-Bahn, so erinnerte er sich, als sein Blick aus dem Fenster in das Gewirr von Straßen und Gebäuden fiel, war vor dem Fall der Mauer ein ständiger politischer Zankapfel, weil das Netz zur ehemaligen Reichsbahn gehörte – und die stand in Berlin unter der Hoheit des »Ersten sozialistischen Staates auf deutschem Boden«. Westler fürchteten, aus dem Zug direkt in die

Arme des Staatssicherheitsdienstes der DDR entführt zu werden. – Das alles war längst Geschichte.

Von der Haltestation bis zum »Glück in der Ferne« brauchte er nur wenige Minuten Fußmarsch. Die Sekretärin schien von seinem Erscheinen überrascht zu sein. Noch bevor sie etwas sagen konnte, stand Maik Haschem in der Verbindungstür und bat den Besucher herein. »Bitte nehmen Sie irgendwo Platz.« Seine Hand wies vage in den Raum, der seltsam leer wirkte. »Die Sitzgruppe ist verkauft; sie war doch zu wuchtig im Verhältnis zu Louis XVI. Eine passende wird gleich aus meinem Geschäft in Potsdam angeliefert«, erklärte er. – »Was kann ich für Sie tun? Haben Sie noch besondere Wünsche?«

Freiberg sagte leicht befremdet: »Nein, nicht über das Besprochene hinaus. Ich sollte doch um 16 Uhr hier sein, um eine Dame zu treffen.«

Maik Haschem wirkte etwas betreten. »Oh, das tut mir leid. Dann haben Sie wohl die zweite Nachricht auf dem Anrufbeantworter nicht abgehört.«

»Ich habe gleich nach Ihrer Mitteilung die Wohnung verlassen und einige Geschäftsfreunde besucht. Anschließend bin ich dann hergekommen. Warum haben Sie noch einmal angerufen?«

Haschem war die Situation sichtlich unangenehm. »Der Termin läßt sich leider nicht einhalten, weil die Dame erst morgen aus Moskau anreisen kann. Ich hoffe, Sie haben Verständnis dafür. So haben Sie sogar noch einen Tag länger die Vorfreude«, versuchte er zu scherzen.

»Schade! Aber da es nicht zu ändern ist, nehmen wir morgen einen neuen Anlauf. Ich werde eben ein wenig umdisponieren müssen«, gab Freiberg sich gelassen.

Haschem nahm ein Foto aus der Ledermappe, die auf seinem Schreibtisch lag und reichte es herüber. »Das ist Swetlana Kusowenko, eine sehr aparte Frau. Mit ihren 25 Jahren vielleicht etwas jung, aber das dürfte für Sie kein Problem sein. Sie hat studiert und ist examinierte Lehrerin für Deutsch und Englisch. Wie viele andere auch hat sie Schwierigkeiten, eine Anstellung zu finden. Solch qualifizierte Damen zieht es mit Macht ins westliche Ausland, und sie haben alle Voraussetzungen, hier Wurzeln zu schlagen.«

Das Bild in Farbe, offensichtlich eine Atelieraufnahme, zeigte eine durchaus angenehme Erscheinung, ein strahlendes rundes Gesicht mit hoher, gewölbter Stirn und nicht zu starken Wangenknochen, umrahmt von dunkelblondem, lockigem Haar. Der volle Mund war leicht geöffnet und drückte Verheißung aus.

»Gefällt sie Ihnen – möchten Sie diese Dame morgen kennenlernen?« fragte Haschem.

Freiberg zögerte mit der Antwort. »Der Altersunterschied könnte ein Problem werden.«

Haschem lächelte. »Das sehe ich nicht so. Es mag zynisch klingen, kommt aber der Wahrheit in vielen Fällen sehr nahe: Wenn ein gewisses Alter des Mannes mit dem Einkommen korreliert, dann stimmt es wieder. Die Sache ist doch sehr einfach: Überlassen wir der Dame die Entscheidung. Das Foto können Sie bis morgen mitnehmen.«

Freiberg nickte. »Guter Vorschlag. – Wie hoch beläuft sich die Vermittlungsgebühr?« Das Wort ›Kaufpreis‹ verkniff er sich.

»13.000 –, nein sagen wir 12.000, wegen der Unannehmlichkeiten«, gab Haschem sich großzügig.

»Oha, ein stolzer Preis! Aber wie soll es weitergehen, wenn sich nach einigen Tagen herausstellt, daß ich mit der Dame nicht klarkomme?«

Auch hierfür hatte der Glücksvermittler einen Vorschlag. »Dann vertrauen Sie mir Swetlana wieder an, und Sie können erneut wählen. Sollte es auch beim dritten oder vierten Versuch nicht klappen, erhalten Sie die Hälfte der eingezahlten Vermittlungsgebühr anstandslos zurück. Mit dem Rest, das werden Sie verstehen, muß ich meine Unkosten decken.«

»Ein durchaus faires Angebot.«

»Zufriedene Kunden zu haben ist uns ein wichtiges Anliegen«, sagte Haschem mit einer leichten Neigung des Kopfes. »Wann möchten Sie den Vertrag unterschreiben – jetzt, oder nachdem die Dame sich entschieden hat?«

»In dem Falle halte ich mich an die Erfahrungen des Mittelalters«, antwortete Freiberg mit einiger Bestimmtheit. »Man kauft keine Katze im Sack.«

Maik Haschem lächelte verklemmt. »Okay! Sie verstehen auch Ihr Geschäft. Ich begleite Sie nach unten. Der Wagen mit der Sitzgruppe muß jeden Moment eintreffen. Teure Stücke nehme ich gern selbst in Empfang.«

Die Sekretärin gewährte zum Abschied einen ihrer verheißungsvollen Augenaufschläge. Als Freiberg sich vor der Tür von Haschem verabschiedete, fuhr mit ziemlichem Tempo ein Kleinlieferwagen über die Bordsteinkante und kam schleudernd zum Stehen.

»Verdammt noch mal«, fluchte Haschem. »Der Kerl fährt wie 'ne Wildsau und macht mir die Möbel kaputt. Das Arschloch lernt nie richtig fahren.« Durch diesen Ausbruch kam eine andere Seite des sich sonst so vornehm gebenden Geschäftsmannes zum Vorschein.

Freiberg hatte das »P« für Potsdam auf dem Nummernschild gesehen und sich instinktiv abgewandt. Wenn jetzt der Geschäftsführer aussteigen sollte, mit dem er sich im Antiquitätengeschäft über Ikonen und Pektorale unterhalten hatte, könnte das eine sehr unangenehme Begegnung werden. Der würde nicht an einen Zufall glauben, ausgerechnet diesen Kunden auch beim »Glück in der Ferne« anzutreffen. Es wurde höchste Zeit, das Feld zu räumen.

Ein mächtiger Knall ließ Freiberg verharren. Blech schepperte, und ein wütender Maik Haschem brüllte: »Du verdammter Idiot! Du siehst doch, daß da ein Laternenmast steht. Aber prompt rangierst du den Wagen so, daß die Ladetür voll dagegenknallt – wieder mal! Dabei habe ich sie deinetwegen erst vor ein paar Tagen reparieren lassen. Der Lack ist noch nicht richtig trocken, und du haust das Ding schon wieder kaputt. Es ist doch nicht zu fassen!«

Freiberg hatte dem Ausbruch fasziniert zugehört. So wie Haschem mit dem Mann umsprang, konnte es unmöglich sein Geschäftsführer aus Potsdam sein. Der Fahrer wirkte wie ein hoch aufgeschossenes Kind. Mit hängenden Armen und gesenktem Kopf stand er neben dem Wagen und schwieg.

Maik Haschem gestikulierte immer noch. Seine Stimme nahm langsam eine normale Lautstärke an. »So, du Dummkopf, jetzt trägst du die Sessel rein – aber vorsichtig! Wenn noch was passiert, bist du deinen Job los. Einen besseren Fahrer als dich finde ich allemal.«

Noch bevor Haschem wahrnehmen konnte, daß sein Besucher den Wutausbruch registriert hatte, war Freiberg um die nächste Ecke verschwunden. Was Haschem hier geboten hatte, ließ erkennen, wie er mit den Frauen umsprang, die in seine Gewalt geraten waren. Wie bitter mußte das Schicksal derer sein, die den Anforderungen des Kunden nicht genügten und zwecks Umtausch gegen bessere Ware zurückgegeben wurden. Aber es gab praktisch keine Handhabe, solchen Frauenhändlern mit einer Firma im Hintergrund das Handwerk zu legen. Kaum eine der gekauften und verkauften Ausländerinnen würde es wagen, die deutsche Polizei einzuschalten. Sie wären sofort abgeschoben worden; das wollten alle vermeiden. Und so waren sie jeder Willkür ausgeliefert.

24

Die erste Untersuchung der Toten aus der Siedlung am Heinrich-Laehr-Park hatte interessante Ergebnisse erbracht. Die ca. 18–20 Jahre alte Frau war gut entwickelt, hatte aber in letzter Zeit eine Behandlung erfahren, die deutliche Spuren hinterlassen hatte. Überschminkte Hämatome im Gesichtsbereich und handtellergroße, blutunterlaufene Flecken an Brust und Rücken deuteten auf Mißhandlungen hin, die sich mit Sadomasopraktiken nicht erklären ließen. Wie es schien, hatte das Opfer ganz einfach Prügel bezogen. Die Annahme, daß es sich um eine Prostituierte handeln könne, lag nahe. Tödlich waren die Mißhandlungen nicht. Vielleicht war ein Freier nicht auf seine Kosten gekommen, oder der Chef hatte andere Vorstellungen von der Ausübung des ältesten Gewerbes der Welt als die Betroffene selbst. Vielleicht war die Frau aber auch Radikalinskis in die Hände gefallen, die immer wieder versuchten, Berlin »sauber« zu halten.

Der slawische Gesichtsschnitt sprach für die Herkunft aus den ehemaligen Ostblockländern. Von dort wurde der Sexmarkt in Berlin und Umgebung gespeist.

Nach dem Urteil der Pathologen war davon auszugehen, daß eine Überdosis Kokain den Tod herbeigeführt hatte. Ungewöhnlich war, daß der Stoff nicht nur im Blut, sondern auch in Magen und Darm nachgewiesen werden konnte. Koksgebrauch zum Antörnen erfolgte in der Regel durch Schnüffeln des ausgestreuten Pulvers; das Schlucken von Kokain gehörte nicht zur Praxis. Die Einnahme größerer Mengen des Stoffes konnte – wie hier – sehr schnell zum Kreislaufkollaps und zum Exitus führen.

Während Hauptkommissar Bulla noch die Kleidungsstücke und Accessoires der Toten auflistete, winkte ihn Dr.

Gotter herbei. »Kommen Sie! Was ich Ihnen zeigen muß, ist nicht gerade die feine Art, eine Frauenleiche zu betrachten, – aber auch das gehört zum Beruf. Der Vaginalbereich weist einige Besonderheiten auf.«

Bulla war nicht erbaut davon, einer toten Frau ins Bermudadreieck zu schauen. Zögernd kam er näher. »Was ist damit?«

Der Mediziner bündelte das Licht der OP-Lampe und holte mit einer Pinzette einen mehrere Millimeter langen Faden aus der Vulva. »Die Frau ist genäht worden. Aber das war mit Sicherheit kein Dammriß, wie er bei einer Geburt auftreten kann, sondern eine Plastik des Hymens zur Wiederherstellung der Jungfräulichkeit. Damit machen manche Ärzte glänzenden Reibach, wenn es nach Brauch und Sitte dazugehört, daß ein Mädchen als Jungfrau in die Ehe geht. Hier bei der Toten erkennt man durch gewaltsames Eindringen entstandene Verletzungen, die schlecht verheilt sind; die »Reparatur« liegt noch nicht lange zurück.«

»Woraus schließen Sie das?«

»Aus dem Zustand des seidenen Fadens. Und genau der gibt Rätsel auf. Nach unserer Operationstechnik nimmt man keine Seide, sondern ein Material, das sich nach einiger Zeit zersetzt. Seidenfäden müssen gezogen werden, vor allem beim chirurgischen Knoten.«

»Und das heißt?«

»Daß diese Operation wohl nicht in Deutschland durchgeführt worden ist. Dafür spricht auch, daß die Frau wahrscheinlich aus dem ehemaligen Ostblock kommt. In Moskau zum Beispiel dürfte es genügend Fachärzte geben, die sich mit solchen »Korrekturen« eine goldene Nase verdienen.«

Bulla überlegte. Die Spurensicherung kannte natürlich das Berliner Milieu und wußte von den Praktiken gewaltbereiter Luden in der Oranienburger Straße, sowie dem etwas freieren Umgang in der Lützowstraße und im Tiergartenviertel. Aber um dort arbeiten zu können, hätte es keiner teuren medizinischen Vorbehandlung bedurft. Die Frau auf dem Edelstahltisch dürfte mit einem anderen Ziel nach Berlin gekommen sein. Die wollte sich gewiß nicht als Prostituierte verkaufen, sondern als unbescholtene Jungfrau von einem Herrn der besseren Gesellschaft geheiratet werden.

»Na, Herr Hauptkommissar, warum so schweigsam?« fragte Dr. Gotter spöttisch. »Hat es Ihnen die Sprache verschlagen, oder sollte die Aufklärung des Falles vielleicht an diesem seidenen Faden hängen?«

»Möglicherweise. Die Frau ist bestimmt nicht für den Straßenstrich nach Berlin gekommen.«

»Das sehe ich auch so. Die wollte geheiratet werden und hat sich dafür reparieren lassen. Klingt unfein, ist aber die naheliegende Erklärung.«

»Die Erkenntnisse und Überlegungen werde ich an die Kollegin Lette weitergeben«, sagte Bulla. »Die Mordkommission soll sich mal umhören, wer für solche Importe in Frage kommt.«

»Ein schwieriges Unterfangen«, meinte Dr. Gotter. »Wer weiß hier schon, wieviel Importeure es für die Ware Liebe gibt. Meine Leichen sind da viel aussagefreudiger – *hic gaudet mors succurrere vitae.*«

»Wie bitte?«

»Ach nur so ein schönes altes Wort der Pathologen. Hier freut sich der Tod, dem Leben zu Hilfe zu kommen – oder so ähnlich.«

»Da ist was dran. Gibt es noch mehr Ergebnisse? Ich meine über die Tote?«

»Das reicht doch. Vielleicht haben Sie hiermit den Ariadnefaden in der Hand.« Der Arzt wies auf den Seidenfaden. »Den schweiße ich ein; der wird dann nachgereicht.«

Bulla stopfte die Kleidung der Toten in einen Plastiksack.

Für den Armreif und die Armbanduhr unterschrieb er eine besondere Quittung. Die Gegenstände mußten alle gründlich untersucht werden. Mit einem »Leben Sie wohl« verabschiedete er sich. Die Worte »Auf Wiedersehen« wollten ihm im Leichenschauhaus nicht über die Lippen kommen.

Während die Rechtsmediziner ihre Befunde überprüften, lief die kriminaltechnische Untersuchung an. Die Kleidungsstücke wurden Zentimeter für Zentimeter auf Spuren untersucht, Gewebeproben wurden gesichert und die wenigen Accessoires, eine modische Brosche, ein silberner Armreif und eine Armbanduhr mit schwarzem Lederband, überprüft. Die Tote hatte offensichtlich als Lebende noch keine Gelegenheit gehabt, in Berlin reich zu werden.

Im Labor sprang plötzlich der Techniker Iversen, ein sonst recht behäbiger Mann, überrascht auf. »Hallo, Bulla, nicht weglaufen!« rief er aufgeregt. »Hier gibt's was Besonderes.« Damit hielt er die Armbanduhr hoch.

Der Leiter der Spurensicherung drehte sich in der Tür um. »Ich bin schon unterwegs.«

Iversen drückte ihm die Uhr in die Hand.

»Ja und? Das scheint doch ein ganz billiges Ding zu sein. Was ist daran das Besondere?«

»Sieh dir mal die Innenseite des Armbands an.«

Bulla drehte die Uhr um. »Donnerwetter, was haben wir denn da?«

Im Leder ließ sich schwach eine Zahlenfolge erkennen, die mit einem spitzen Gegenstand eingeritzt worden war.

Als sich beide über das Objekt beugten, stießen sie mit den Köpfen zusammen. »Nacheinander!« sagte Bulla. »Du hast mit solchen Sachen mehr Erfahrung als ich. Also bist erst du dran.«

Iversen setzte sich an den Labortisch und zog einen Papierblock heran. Dann drückte er die Schreibtischlampe nach unten, nahm eine Lupe und fing an zu notieren: Drei, sechs, neun. Das ging schnell und glatt, dann aber wurde es mühsam. Nach einigen Minuten gab er Bulla den Zettel. »Das muß eine Telefonnummer sein. Versuch's doch mal.«

Bulla hatte schon den Hörer in der Hand und wählte. Der Ruf kam auch an, aber niemand meldete sich. Er überlegte kurz. »Vielleicht kann uns ja die Auskunft weiterhelfen.«

Im Rahmen der so hoch gepriesenen Komfortauskunft gab die Dame auch den dazugehörigen Teilnehmer bekannt. »Der Anschluß ist für Arne und Romana Wilberg geschaltet«, erklärte sie mit der Nüchternheit, die zum Beruf gehörte.

»Danke, danke sehr!« sagte Bulla und legte auf. Seine Miene ließ eine gewisse Verwirrung erkennen. Dann seufzte er. »Das haut doch dem Faß die Krone ins Gesicht! Das ist der Anschluß der Toten, die wir unlängst aus der Baugrube am Teltowkanal geborgen haben. Ich geh gleich rüber zur Starken – die wird sich wundern.«

25

Es war gar nicht so einfach, mit einem herumreisenden Diplomaten Kontakt aufzunehmen. Kommissar Gansmann hatte wiederholt versucht, Arne Wilberg im Hotel *Unter den Linden* telefonisch zu erreichen – vergeblich. Im Auswärtigen Amt hatte er dann mit drei Referatsleitern gesprochen und sich im Labyrinth der Politischen Abteilung verirrt. Die Gesprächspartner waren durchaus entgegenkommend und gern bereit, eine Nachricht für den Gesuchten entgegenzunehmen. Aber Gansmann wollte den neugierigen Beamten nicht auf die Nase binden, daß mit seinem Anruf die Vorladung zur Vernehmung im Polizeipräsidium verbunden war. Darum beschloß er, es bei der Bitte an die Hotelrezeption zu belassen, Herr Legationsrat Wilberg möge ihn oder Hauptkommissarin Lette in einer dringenden Angelegenheit im Polizeipräsidium anrufen.

Nach gut zwei Stunden rief Wilberg an. Er war nicht davon erbaut, in einer »Todessache«, wie er selbst formulierte, nochmals ins Präsidium zu kommen. Schließlich habe er noch zu tun und könne nicht vor 14 Uhr erscheinen. Kommissar Gansmann hielt den Termin sofort fest.

Zur vorgesehenen Zeit warteten Kommissarin Lette und ihr Kollege im Besprechungszimmer. Das Tonbandgerät stand bereit. Gansmann ließ es immer wieder vor- und zurücklaufen.

»Hör doch endlich damit auf, das Geräusch nervt«, beschwerte sich die Starke. Sie blätterte die Ermittlungsakte durch und sah sich die Fotos vom Flughafen an. Burger und Schack war eine Observierung gelungen, wie sie besser nicht sein konnte. Die Stewardeß der Aeroflot hatte Pep. Sie war, das mußte auch eine Frau einräumen, eine durch und durch attraktive Erscheinung. An der Seite des Diplomaten Arne Wilberg würde sie der Glanzpunkt mancher Party sein. Eines der drei Fotos, die Burger geschossen hatte, zeigte sie ganz anders, offensichtlich im Zorn. Jetzt drückte ihr Gesicht Wut, Ablehnung, sogar Kälte aus. Daneben wirkte ihr Gesprächspartner wie ein eingeschüchterter Knabe.

Der Zeiger der Uhr an der Stirnseite des Raumes rückte auf 14 Uhr 15 vor. Die Starke klappte die Akte zu und fragte: »Wo bleibt der Kerl, Gansmann? Stimmt der Termin?«

»Absolut. Vielleicht will er uns schmoren lassen und demonstrieren, was er von der Sache hält – nämlich nichts.«

»Wir warten bis halb. Wenn er später erscheint oder gar

nicht kommt, setzen wir einen neuen Termin fest. Dazu laden wir ihn schriftlich vor, mit Zustellungsurkunde und Androhung der Zwangsvorführung.«

Die Drohung stand noch im Raum, als sich die Tür öffnete und Arne Wilberg schwungvoll eintrat. »Guten Tag. Bitte entschuldigen Sie meine Verspätung, Frau Hauptkommissarin. Mein Taxi ist zweimal im Stau stecken geblieben. Es ist sonst nicht meine Art, Damen auf mich warten zu lassen – solche von der Kriminalpolizei schon gar nicht«, sagte er mit einem süffisanten Unterton.

Kommissarin Lette nickte und wies auf den Stuhl vor der gegenüberliegenden Seite des Tisches, der durch seine Breite schon eine gewisse Distanz schaffte. »Gut, daß Sie es noch geschafft haben, uns anzutreffen, sonst hätte ich Sie schriftlich vorladen müssen.«

»Nanu, was macht denn die Totensache für mich so dramatisch?«

»Um bei den Ermittlungen weiter zu kommen, brauchen wir Antworten auf einige wichtige Fragen«, antwortete die Starke kühl.

»Bitte, nur zu!«

»Vorab nehme ich Bezug auf die gestrige Zeugenvernehmung mit den Hinweisen auf Ihre Rechte.«

Wilberg hob abwehrend die Hand. »Geschenkt, verehrte Kommissarin.«

»Also dann«, sagte sie, nahm die Akte zur Hand und las ihm aus dem Text der Zeugenvernehmung vor. »Hiernach wollen Sie am Tag, nachdem der Regen begonnen hatte, nicht in Ihrer Wohnung gewesen sein, obwohl zwei Zeugen den Wortwechsel mit Ihrer Frau gehört haben.«

»Richtig! Das Haus ist hellhörig, wie Sie selbst festgestellt haben. Ich sagte schon, daß es sich um den Streit in einer anderen Wohnung oder um eine Fernsehsendung gehandelt haben kann.« Zur Bestätigung fügte Wilberg hinzu: »Ich war jedenfalls in meinem Hotel.«

»Warum haben Sie einen Wagen gemietet?« Diese Frage brachte Wilberg aus dem Konzept.

»Ich? – Wieso?«

»Beantworten Sie einfach meine Frage.«

»Na ja – hm. Ich mußte meinen Aufenthalt aus dienstlichen Gründen verlängern und wollte die verbleibende Zeit für einen Ausflug nutzen. Der Wandlitzer See stand auf dem Programm.«

»Und – sind Sie dort gewesen?«

»Nein, leider nicht. Der Regen hat mir einen Strich durch die Rechnung gemacht. Aber was wollen Sie mit diesen unwichtigen Fragen erreichen?«

»Mit diesen für uns wichtigen Fragen möchte ich Klarheit schaffen. Nur darum geht es, Herr Legationsrat. Noch ist zu vieles unklar. Wie läßt sich zum Beispiel erklären, daß ein BMW – einen solchen Wagentyp haben Sie doch gemietet – zur fraglichen Zeit vor dem Haus gestanden hat?«

»Na und? Es gibt doch wohl mehr als einen BMW in Berlin. Was soll das also beweisen?«

Gansmann sah auf und wartete auf den entscheidenden Schlag.

Die Starke blätterte nochmals in der Akte, bevor sie fragte: »Bei dem Streit in Ihrer Wohnung will ein Zeuge gehört haben, daß Ihre Frau Ihnen ein Verhältnis mit einer Stewardeß vorgeworfen hat. Wollen Sie sich dazu bitte äußern?«

Arne Wilberg schlug mit den Fingerknöcheln der linken Hand auf den Tisch. »Muß ich denn alles wiederholen! Ich bin nun mal ein Vielflieger, da bleiben Gespräche mit den Stewardessen nicht aus. Im übrigen werde ich mich zu diesem hirnrissigen Unsinn nicht mehr äußern.«

Die Kommissarin sagte leise, aber deutlich: »Herr Wilberg,

als Jurist sollten Sie sich darüber im klaren sein, daß eine Zeugenvernehmung sehr schnell zu einer Beschuldigtenvernehmung werden kann. Dafür gelten dann allerdings andere Grundsätze.«

»Was wollen Sie damit andeuten?« fragte der Legationsrat sichtlich aufgebracht.

»Andeuten will ich damit nur, daß es Ihnen schaden könnte, wenn Sie weiterhin lügen. Ich bitte Sie nochmals«, sagte die Kommissarin betont sachlich, »endlich die Wahrheit zu sagen oder von Ihrem Zeugnisverweigerungsrecht Gebrauch zu machen.«

Wilberg fuhr auf. »Was bilden Sie sich ein, Frau Hauptkommissarin! Das muß ich mir nicht bieten lassen. Ich werde mich bei Ihrem Vorgesetzten beschweren. Meine Geduld ist erschöpft.« Er machte Anstalten aufzustehen.

»Klug wäre das nicht«, stoppte ihn die Kommissarin. »Meine Vorgesetzten werden es gewiß nicht mißbilligen, wenn ich Sie wegen dringenden Tatverdachts festnehme.«

»Sie sind wohl ...«, wütete Wilberg los.

»Vorsicht! Beleidigungen sollte sich ein Diplomat selbst dann nicht leisten, wenn er im Recht ist. Und das sind Sie nicht. Sie haben bewußt die Unwahrheit gesagt. Lügen darf allenfalls ein Beschuldigter oder Angeklagter – aber kein Zeuge. So, jetzt genug damit!« Kommissarin Lette griff in die Akte und reichte ein Foto über den Tisch. Die beiden anderen ließ sie mit der Rückseite nach oben vor sich liegen. »Hier ist der Beweis!«

Der Schlag saß. Wilberg zuckte zusammen. Er war klug genug zu wissen, daß man ihn observiert und jede Geste, wenn nicht gar den Wortwechsel auf dem Flughafen erfaßt hatte. Er legte das Bild langsam zur Seite, und es schien, als ob er auf dem Stuhl kleiner geworden wäre. Von einer Sekunde zur anderen war seine Selbstherrlichkeit verschwunden.

»Es tut mir leid, Frau Kommissarin«, murmelte er kaum

verständlich. »Es tut mir wirklich leid, daß ich Sie belogen habe. Ich wollte Larissa aus der Sache raushalten.«

Die Starke kannte den Moment nur zu gut, wo ein Verdächtiger allen Hochmut verliert; da machte es keinen Unterschied, ob sie einen Straßenräuber oder einen Menschen aus »besseren Kreisen« vor sich hatte. Sie faßte nach: »Wollen Sie nun weiterhin leugnen, daß Sie mit dieser Stewardeß ein Verhältnis haben?«

»Nein, ich leugne es nicht. Sie ist die Frau, mit der ich mein zukünftiges Leben verbringen wollte.«

»Wie hat sie die Nachricht vom Tod Ihrer Frau aufgenommen?«

»Sie war entsetzt.«

»Wann werden Sie sie wiedersehen?«

»Ich weiß es nicht. Wahrscheinlich ist es aus. Larissas Verdacht hat alles zerstört.«

»Was für ein Verdacht? »

Wilberg hob resigniert die Schultern. »Nun, auch die Kriminalpolizei hält mich offensichtlich für den Mann, der seine Ehefrau beiseite geschafft hat, um für seine Geliebte frei zu sein. Aber ich schwöre Ihnen, ich habe Romana nicht umgebracht.«

Unvermutet kam die Frage von Gansmann, der sich gespannt vorbeugte. »Sie waren also zu der Zeit, welche die Zeugen genannt haben, in Ihrer Wohnung?«

»Ja.«

»Und stimmt es, daß Ihre Frau sich dahingehend geäußert hat, daß Sie, Herr Legationsrat, sie schon umbringen müßten, um sie los zu werden?«

»Sie hat im Zorn manches gesagt, was jetzt eine andere Bedeutung erlangt. Ich kann die Worte nicht bestätigen, will sie aber auch nicht leugnen. Romana war sehr impulsiv.«

»Kann ich bitte das Foto wiederhaben?« Die Kommissarin

streckte die Hand aus. Wilberg warf noch einen Blick darauf und gab es zurück.

»Sie sind sich doch im klaren darüber, daß die Umstände zu Ihrer Festnahme führen können? Darum sollten Sie überlegen, ob Sie einen Strafverteidiger beiziehen wollen. Sie haben auch immer noch das Recht, die Aussage zu verweigern.«

Wilberg legte eine Hand an die Stirn und schloß kurz die Augen. Dann schüttelte er den Kopf. »Nein, nein! Ich brauche keinen Anwalt und habe auch nicht vor, die Aussage zu verweigern. Jetzt liegen die Fakten ohnehin auf dem Tisch.«

Die Kommissarin nickte zustimmend. »Was waren das für polternde Geräusche während des Streits mit Ihrer Frau – und wann haben Sie die Wohnung verlassen?«

»Das kann ich sehr schnell erklären. Ob Sie mir glauben, ist eine andere Sache. Romana hat mir Schimpfworte wie Hurenbock und ähnliches an den Kopf geworfen und gesagt, daß sie alle rechtlichen Möglichkeiten nutzen werde, um die Scheidung zu verhindern. Ich war so betroffen, so wütend, daß ich an einen Stuhl trat, der gegen den Schreibsekretär fiel. Es war eine häßliche Szene. Wir haben uns in der letzten Zeit oft gestritten, aber noch nie so heftig.«

»Und dann?«

»Dann habe ich die Tür hinter mir zugeschlagen und bin gegangen. Ich mußte einfach raus.«

»Hat Sie jemand gesehen, als Sie ins Auto stiegen?«

»Mitbewohner des Hauses gewiß nicht. Draußen goß es in Strömen. Schon die paar Meter bis zum Wagen haben genügt, bis auf die Haut naß zu werden. Im Hotel habe ich geduscht und den Anzug zum Trocknen aufgehängt.«

»Haben Sie ihn reinigen und bügeln lassen?«

»Nein, er war ja nicht schmutzig, und der Stoff erfordert kein Bügeleisen. Bei meinen vielen Reisen ist das wichtig«, fügte er hinzu.

»Waren Sie innerhalb der letzten vierzehn Tage auf der anderen Seite des Teltow-Kanals in der Nähe der Baugrube?« wechselte die Kommissarin das Thema.

»Nein, die Gegend kenne ich gar nicht.«

»Hat es bei der Rückgabe des Mietwagens Schwierigkeiten gegeben?«

»Was meinen Sie damit?«

»Beanstandungen zum Beispiel wegen der Sauberkeit?«

»Nein, auch das nicht. Der Wagen war so gut wie neu und so sah er noch aus, als ich ihn zurückgab. Sie nehmen doch nicht etwa an, daß ich Romana im Auto so zugerichtet haben könnte, wie ich sie im Leichenschauhaus sehen mußte? Nein, bei Gott nein!«

Kommissarin Lette hatte nicht vor, den Mann auf der anderen Seite des Tisches zu schonen, und hielt ihm vor: »Es wäre durchaus möglich, sie auf dem Beifahrersitz zu erwürgen. Und bei der weiteren Mißhandlung hat ihr Kopf in einer festen Plastiktüte gesteckt.«

»Das ist ja unmenschlich! Allein die Vorstellung verursacht mir Übelkeit.«

»Das Zerschmettern des Gesichts kann auch später in der Nähe der Baugrube erfolgt sein«, bohrte sie weiter.

Arne Wilberg starrte sie entsetzt an. Dann rollten ihm Tränen über die Wangen. »Entschuldigen Sie«, sagte er beschämt und wandte sich ab.

Kommissarin Lette ließ ihm Zeit; dann fragte sie: »Wie wollten Sie in der Scheidungsangelegenheit weiter vorgehen?«

Wilberg hob hilflos die Schultern. »Mir wäre nichts anderes übrig geblieben, als den Ablauf der Trennungsfrist von drei Jahren abzuwarten.«

»Und was hat Ihre Geliebte dazu gesagt?«

»Sie kennt das deutsche Recht nicht und geht einfach davon aus, daß die Sache sich in ein paar Monaten regeln lasse.«

»Hat sie Druck ausgeübt, weil es ihr nicht schnell genug ging?«

»Gedrängt hat sie schon, aber Druck ausgeübt hat sie nicht.«

»Es kann erforderlich werden, daß wir die Dame vernehmen müssen. Wie ist ihr Name?«

»Larissa Ulinoff. Bitte halten Sie sie aus dieser leidigen Angelegenheit heraus. Ich fürchte, sonst ist sie schnell ihren Job bei der Aeroflot los.«

»Wir werden sehen, was sich machen läßt. Einstweilen verlange ich von Ihnen, daß Sie bis zum Abschluß des Verfahrens keinen Kontakt mit ihr aufnehmen.«

Arne Wilberg atmete erleichtert auf. »Ich verspreche es. Darf ich davon ausgehen, daß der Verdacht gegen mich nicht mehr besteht?«

»Nein, das dürfen Sie nicht. Denken Sie an die Ermittlungsgrundsätze: Sie haben ein Motiv, Sie hatten zum entscheidenden Zeitpunkt Kontakt mit dem Opfer, und Sie hatten die Gelegenheit zur Tat. Der Verdacht bleibt also. Im Augenblick möchte ich noch davon absehen, den Tatverdacht als dringend anzunehmen; dann nämlich müßte ich Sie auf der Stelle festnehmen.«

»Danke! Was kann ich tun?«

»Erledigen Sie Ihre dienstlichen und privaten Angelegenheiten wie bisher und halten Sie sich zu unserer Verfügung. Sie müssen davon ausgehen, daß unsere Aufmerksamkeit nicht nachläßt. Und bitte – behindern Sie die Arbeit der Polizei nicht.«

»Auch damit bin ich einverstanden. Haben Sie meine Dienststelle schon informiert?«

»Nein.«

»Soll ich das tun?«

»Nein. – Überlassen Sie die Entscheidung uns. Sonst gibt es bald zuviele hochrangige Leute, die sich einmischen wollen. – So, damit ist die Vernehmung beendet. Sie können gehen, Herr Wilberg.«

Der Diplomat hatte sich wieder gefangen. Er stand auf, deutete eine kurze Verbeugung an und ging mit einem leise gemurmelten ›Adiós‹ zur Tür hinaus.

Gansmann haute auf die Stopptaste des Recorders, daß es nur so krachte. »Wieso läßt du ihn laufen? Der darf hier so einfach rausspazieren wie nach einem Plauderstündchen?! Ich fasse es nicht! Noch nicht mal eine Observierung ordnest du an.« Verständnislos schüttelte er den Kopf.

Angelika Lette verzog den Mund. »Nun reg dich wieder ab. Uns fehlt ein Glied in der Kette.«

»Was fehlt?«

»Das Werkzeug, mit dem die Frau so zugerichtet worden ist. Erwürgen auf dem Beifahrersitz ist durchaus möglich. Aber um ein Gesicht bis zur Unkenntlichkeit zu zerschmettern, braucht es mehr. Dafür ist ein schwerer Hammer, eine Eisenstange oder ähnliches erforderlich. Im Auto funktioniert das wohl kaum. Für solch ein Wüten auf engstem Raum ist Wilberg nicht der Typ. Und soviel ich weiß, hat die Spurensicherung auch kein geeignetes Werkzeug in der Baugrube oder im angrenzenden Gelände gefunden.«

»Bullas Leute haben stundenlang gesucht – ohne Erfolg.«

Nach einem kurzen Klopfen steckte Hauptkommissar Bulla den Kopf durch die Tür. »Störe ich?«

»Wenn man vom Deubel spricht, ist er nicht weit«, begrüßte ihn die Starke. »Was verschafft uns die Ehre deines Besuchs?«

»Es geht um die Tote in den Johannisbeersträuchern.«

»Ist sie identifiziert?«

»Nein.«

»Was dann?«

Bulla machte es spannend und legte die Armbanduhr auf

den Tisch. »Ein interessantes Stück! Seht sie euch mal genauer an. Vor allem die Innenseite des Bandes.«

»Hoppla, da stehen ja Ziffern«, sagte die Kommissarin überrascht. »Du hast doch bestimmt schon eruieren lassen, was dahintersteckt.«

»Klar doch. Hier!« Bulla gab ihr den Zettel. »Eine Telefonnummer. Aber die Dame meldet sich nicht. – Kann sie auch nicht«, fügte er nach einer Pause hinzu. »Die liegt nämlich im Leichenschauhaus.«

»Romana Wilberg?« Die Kommissarin dehnte die Frage.

»Genau!«

»Das wird ja immer verrückter.« Die Starke trommelte mit den Fingern auf die Tischplatte. »Da hat ein Mädchen Hilfe gesucht – vergeblich oder zu spät.«

»So sieht es aus.« Der Leiter der Spurensicherung berichtete vom Ergebnis der vorläufigen Obduktion, vom Fund des Fadens in der Vulva und von der Schlußfolgerung, die der Pathologe gezogen hatte. »Die genähte Jungfrau ist nach Berlin gekommen, um geheiratet zu werden. Das Hymen intactus war aber doch nicht so intact, und die Dame landete im Bordell. – Vermute ich.«

Kommissarin Lette beendete das Trommelkonzert mit einem energischen Schlag. »Wir müssen den Stall entdecken, aus dem sie gekommen ist. Jetzt sind die Kollegen gefragt, die sich auf dem Berliner Heiratsmarkt und in den Bordellen auskennen.«

Bulla lachte auf. »Das wäre doch ein Thema für einen Fahndungsaufruf in den Berliner Zeitungen. Donka würde eine schöne Geschichte draus machen. Titel: ›Die Jungfrau mit dem Ariadnefaden‹.«

»Ich weiß schon, wen ich einspannen kann«, dachte die Starke laut und lächelte. »Unseren Kollegen Freiberg aus Bonn; der geht auf Freiersfüßen – in eigener dienstlicher Sache – und streunt durch die Puffs von Berlin. Ich treffe ihn heute abend noch in der Ständigen Vertretung. So, und jetzt machen wir für heute den Laden dicht.«

26

In der »Ständigen Vertretung« schien heute abend rheinischer Frohsinn die Oberhand zu gewinnen. Eine Reisegruppe aus Bonn versuchte mit immer lauter werdendem Gesang die Berliner davon zu überzeugen, daß Vater Rhein in seinem Bett wunderschön sei, und dessen Wasser, wenn es denn Wein wäre, jedermann zu ständigem Suff verführen könnte. Und die Bötchenfahrt nach dem Motto »Erst kommt das Binger Loch und dann kommt Mainz« mußte für Berliner Ohren bizarr und exotisch klingen. Walter Freiberg fühlte sich bei so viel heimischen Klängen recht unbehaglich. Er atmete erleichtert auf, als der Moderator das Zeichen zum Aufbruch gab, um Berlin bei Nacht zu erobern.

Die Gruppe ging, und Angelika Lette kam. Die Begrüßung und der anschließende Seufzer: »Mein Gott, Walter, war das ein Tag«, kamen aus tiefstem Herzen. »Ich muß meinen Flüssigkeitsspiegel erst wieder anheben, bevor ich klar denken kann.«

»Zwei Kölsch, bitte!« ging sofort seine Bestellung an den Köbes. »Was möchtest du essen?«

»Das hat Zeit. Erst mal trinken. Prost, Kollege Walter!«

Die Starke hatte einen guten Zug; in Sekunden war das Glas leer und wurde durch ein volles ersetzt. Sie wischte sich mit dem Handrücken über den Mund und lehnte sich zurück. »Ah, das tut gut. Jetzt sind die Stimmbänder geölt, und ich kann erzählen. Ich war drauf und dran, den Diplomaten als

Tatverdächtigen festzunehmen. Er war am Todestag in der Wohnung und hatte eine heftige Auseinandersetzung mit seiner Frau, wobei sogar Möbelstücke geflogen sind. Das alles, weil er nicht akzeptieren konnte, daß Romana sich unter keinen Umständen scheiden lassen wollte. Außerdem fühlte sich das Sensibelchen gekränkt, als sie das Wort Hurenbock gebrauchte. Dann mußte er bei der Zeugenvernehmung sein Verhältnis mit der Stewardeß Larissa Ulinoff einräumen – und er mußte zugeben, daß er uns vorher belogen hatte. Ich habe ihn beschatten lassen, und Burger hat drei aufschlußreiche Fotos von den beiden auf dem Flughafen Schönefeld geschossen; das hat ihn erledigt.«

Freiberg gab ihr einen anerkennenden Klaps. »Paßt doch alles wunderbar zusammen. Ich hätte ihn eingesperrt, sofort.«

Die Starke wiegte den Kopf hin und her. »Das hat Gansmann auch gemeint. Der war stocksauer, daß ich Wilberg noch eine Gnadenfrist gewährt habe. Mir fehlt noch ein Stück in dem Puzzle. In seinem gemieteten BMW könnte er Romana zwar erwürgt haben, aber er konnte ihr unmöglich das Gesicht so zerschmettern, ohne Spuren zu hinterlassen – auch wenn der Kopf in einer Plastiktüte gesteckt hat. Und in der Baugrube und Umgebung haben wir kein Tatwerkzeug gefunden. Außerdem kann ich mir einfach nicht vorstellen, daß Wilberg der Mensch ist, der mit einem Hammer oder Eisenstück mordet«, sagte sie nachdenklich. »Da gibt es subtilere Methoden.«

»Fluchtgefahr?«

»Sehe ich nicht. Wohin soll er denn fliehen? Der ist viel zu sehr Beamter, als daß er sich in ein solches Abenteuer stürzt. Er weiß auch, daß wir Ausreißer früher oder später wieder einkassieren. Aber es kommt noch schöner. Die Tote aus den Johannisbeersträuchern hatte die Telefonnummer unserer Romana in das Armband ihrer Uhr geritzt.«

»Jetzt wird's spannend«, sagte Freiberg und beugte sich vor.

»Da muß es Zusammenhänge geben. Fest steht nach der Obduktion auch, daß sie eine Hymenplastik hat machen lassen, vermutlich in Rußland. Sie wollte offensichtlich als Jungfrau durchgehen und als solche geheiratet werden. Das hat wohl nicht geklappt. Hast du nicht auch ein entsprechendes Angebot bekommen?«

Jetzt trank Freiberg erst einmal sein Glas leer. »Angelika, du bist nicht nur ein herziges Goldstück, du hast auch Phantasie! Was mir da angedient worden ist, gehört zur Extraklasse, bis hin zu russischen Adeligen. Hier!« Er zog das Foto aus der Tasche. »Diese Dame – übrigens eine Lehrerin für Englisch und Deutsch – fliegt morgen von Moskau nach Berlin. Ich habe eine Art Vorkaufsrecht und kann sie am Nachmittag beim ›Glück in der Ferne‹ treffen.«

Angelika Lette sah ihn konsterniert an. »Du offenbarst ja unvermutete Eigenschaften! Dann schmeiß dich ruhig ran; Sabine wird sich freuen!«

»Nun bleib mal schön auf dem Teppich. Ich wandle nicht auf Freiersfüßen, sondern helfe meinem Kollegen Straßfurt, eine Spur des Hehlerguts zu finden. Wie weit ich dabei gehen muß, weiß ich noch nicht. Du kannst sicher sein, ich kaufe keine Frau für 12.000 Mark – allenfalls eine russische Adelige für 100.000. Wenn schon, denn schon!«

»Das ist ein Wort!« sagte Angelika überzeugt.

»Stell dir vor, der Mann bietet allen Ernstes junge Dinger mit Hymen intactus an, ärztlich bestätigt«, erläuterte Freiberg. »Ab 20.000, Rückgaberecht bei Warenmängeln garantiert, drei bis vier Versuche frei.«

»Was sind das nur für Scheißkerle, die solche Geschäfte machen«, fluchte Angelika. »Mich läßt der Gedanke nicht los, daß die Tote aus den Johannisbeersträuchern Opfer eines Rückgaberechts geworden ist. Bennos Stall gehört doch diesem Mädchenhändler. Dort erfolgt dann die Resteverwertung – schrecklich!«

»Durchaus möglich! Bei diesem Maik Haschem möchte ich nicht als weibliche Retoure landen.« Freiberg schilderte seine Erfahrungen beim ›Glück in der Ferne‹. »Als mich der alerte Herr zur Tür begleitete, wurde gerade die erwartete neue Sitzgruppe aus seinem Geschäft in Potsdam gebracht. Der Fahrer rangierte den Lieferwagen so unglücklich, daß die Hecktür beim Öffnen gegen einen Laternenmast knallte. Der Haschem rastete völlig aus und brüllte außer sich vor Wut, daß er die Tür erst vorgestern habe neu spritzen lassen. ›Der Lack ist noch nicht trocken, und du haust das Ding wieder kaputt‹. Von seiner weltmännischen Art war nichts mehr vorhanden. Wenn der mit den Mädchen so umspringt wie mit seinem Personal, dann gute Nacht Marie. – Hei, Angelika, hörst du mir überhaupt noch zu?«

Angelika Lette sah starr geradeaus. Plötzlich machte sie eine fahrige Bewegung mit der Hand und warf das Glas mit dem Rest Kölsch um. »Mensch, Walter!« sagte sie atemlos, ohne das kleine Malheur zu registrieren, dessen Spuren schon von einer Bedienung weggewischt wurden. »Was war das für ein Fahrzeug?«

»So ein kleiner Lieferwagen, Renault trafic, meine ich gesehen zu haben.«

»Mit Fenstern?«

»Nein, rundum geschlossen »

»Gab's irgendeine Beschriftung, Firmenname oder ähnliches?«

»Ich glaube nicht – nein. Aber was soll …?«

»So ein Wagen könnte es gewesen sein.« Angelika Lette sprach wie in Trance. »Ein grauer kleiner Lieferwagen mit Berliner Kennzeichen hat an dem Tag, als Romana Wilberg verschwand, vor dem Haus gestanden. Der Zeuge Reker ging davon aus, daß er einem Handwerker gehörte. Ihm war aufgefallen, daß eine der Ladetüren anders aussah, weil sie grundiert und noch nicht neu gespritzt war.«

»... und jetzt ist sie gespritzt und schon wieder kaputt«, ergänzte Freiberg.

Angelika Lette beugte sich zu ihm hinüber und sagte eindringlich: »Das könnte er gewesen sein, der fahrbare Tatort. Aus dem P im Kennzeichen für Potsdam ein B für Berlin machen, dann noch ein oder zwei Ziffern durch Überkleben verfälschen – und die Tarnung stimmt. Der Maik Haschem hätte auch ein Motiv, die Frau auszuschalten, die seine Kreise und Geschäfte stört. Komm, Walter, wir müssen hier raus, laufen und nachdenken. Was wir zu besprechen haben, ist nichts für die Ohren der anderen Gäste in der StäV.«

Walter Freiberg zahlte und gab ein dickes Trinkgeld. Draußen hakte sich Angelika bei ihm ein. Den Verkehr und die Menschen auf dem Schiffbauerdamm registrierten sie nicht. Sie blieben stehen, gingen wieder ein paar Schritte, verhielten erneut und tuschelten. Sie wirkten wie ein verliebtes Paar beim Spaziergang.

»Wir müssen an den Wagen ran«, sagte Angelika. »Wenn darin das Gesicht des Opfers zertrümmert worden ist, muß es Spuren geben. Auch wenn der Wagen inzwischen in der Werkstatt war.«

»Ich hätte da einen Plan«, sagte Freiberg.

»Wie sieht der aus?«

»Morgen früh, wenn das Antiquitätengeschäft in Potsdam geöffnet wird, stehe ich auf der Matte, um das Brustkreuz zu kaufen. Während ich das kostbare Stück noch bewundernd in Händen halte, stürmen die Ermittler herein, beschlagnahmen das Kreuz, und nehmen den Geschäftsführer und mich unter dem dringenden Verdacht der Hehlerei fest. Gleichzeitig wird der Kleinlieferwagen sichergestellt und von der Spurensicherung geflöht. Finden sie was, dann ist alles klar. Finden sie nichts, haben wir in Sachen Mord mit Zitronen gehandelt. Der Potsdamer Kripo bleibt dann immer noch der Ruhm, einen Hehler erwischt zu haben. Das Pektorale stammt garantiert aus dem Raubmord in Rußland, ebenso wie die Ikone, die mein Bonner Kollege im Visier hat.«

»Einverstanden! Und was machen wir jetzt?«

»Wir schwingen uns in deinen Astra und fahren nach Potsdam. Du kennst ja alle, auf die es ankommt, persönlich. Wir müssen die Nacht nutzen, um den Schlag vorzubereiten. Ich freue mich schon auf meine Festnahme.«

27

Dem geballten Charme der Starken und des Kollegen Freiberg hatte niemand widerstehen können. So waren noch in der Nacht im Präsidium alle, die mit der »Aktion Pektorale« befaßt waren, zusammengekommen und hatten den Einsatzplan für den nächsten Morgen festgelegt. Der oberste Polizeichef von Potsdam war schnell bereit, sein O.K. zu geben. Hauptkommissarin Lette hatte auch die Spurensicherung des LKA Berlin vorgewarnt und für die Untersuchung des Kleinlastwagens um höchste Priorität gebeten. Den Akteuren blieb sogar noch Zeit, eine Mütze voll Schlaf zu nehmen. Freiberg nächtigte auf einem Feldbett im Polizeipräsidium Potsdam.

Nach dem Wecken durch die Leitstelle war er topfit. Eine Tasse Kaffee und eine Tafel Schokolade, halbbitter, war seine Wegzehrung für den kurzen Fußmarsch zum Antiquitätengeschäft in der Feuerbachstraße. Genau elf Minuten nach Beginn seiner Kaufverhandlungen würden die Damen und Herren der Staatsmacht hereinstürmen und den Deal mit Handschellen zum Abschluß bringen. Wichtig war, daß der Verkäufer keine Gelegenheit fand, seinen Chef Maik Haschem über die Vorgänge zu unterrichten. Um halb zehn hatten alle Akteure ihre Plätze eingenommen.

Kommissar Freiberg sah aus verdeckter Position, wie zur vollen Stunde die Metallrolläden hochglitten und der Geschäftsführer die Tür aufschloß. Ein paar Minuten später betrat er den Laden mit einem Diplomatenköfferchen in der Hand, den ihm die Sekretärin des Präsidenten geliehen hatte. Wieder ertönte das Glockenspiel »Üb immer Treu und Redlichkeit«. Der Geschäftsführer im dunkelgrauen Zweireiher begrüßte ihn freundlich mit einem »Guten Morgen. Ich freue mich, Sie so schnell wiederzusehen.«

»Hallo! Ja, ich komme schon einen Tag früher«, erwiderte Freiberg. »Mein Sammlerfreund hat mir grünes Licht für das Geschäft gegeben. Das ist der Vorteil beim Satellitenfunk. Italien ist da keine Entfernung. Darf ich davon ausgehen, daß das Pektorale noch verfügbar ist, und daß vielleicht doch ein kleines preisliches Entgegenkommen meinen persönlichen Aufwand rechtfertigt?«

Der Geschäftsführer grinste. »Sie zahlen den vollen Preis von 34.000 und erhalten von mir eine Courtage von drei Prozent. – So verstehe ich Sie doch richtig?«

»Durchaus. Aber fünf Prozent dürften es schon sein, Herr ...?«

»Makarenko.«

»Angenehm, Freiberg. Wären Sie dann bitte so freundlich, Herr Makarenko, mir das kostbare Stück noch einmal in die Hand zu geben, bevor wir Kunst gegen Geld aufwiegen?!« Dabei legte er den Koffer auf den Empire-Tisch, der als Verkaufstresen diente.

»Gerne – aber es bleibt bei drei Prozent!« erklärte Makarenko bestimmt, trat ein paar Schritte zurück und holte das

Brustkreuz aus dem Versteck hinter dem Vorhang hervor. Fast andächtig nahm Freiberg es in Empfang und brachte es in Augenhöhe. Der flüchtige Blick auf die Armbanduhr zeigte ihm, daß die Stunde der Wahrheit gekommen war.

Die Tür flog auf. Drei Männer in lässigem Zivil und eine blonde Frau in Jeanskluft stürmten mit gezogenen Waffen herein. Die Frau blieb sichernd im Hintergrund und lehnte sich mit dem Rücken gegen den Türrahmen.

»Hände hoch, Polizei! Keine falsche Bewegung!« dröhnte eine raumfüllende Stimme.

Makarenko stand wie erstarrt, als zwei der Männer an ihm vorbeistürmten, um in den rückwärtigen Teil des Geschäfts zu gelangen. Der dritte stand seitlich am Empire-Tisch und hob die Waffe an. »Los, los, hoch die Hände!« Ruckartig gingen Makarenkos Arme nach oben.

Freiberg fühlte sich gar nicht behaglich, als er von der falschen Seite in den Lauf einer 9-mm-Waffe sah. Etwas langsamer streckte auch er die Hände in die Höhe. Mit dem Kreuz in der einen Hand sah er aus, als wolle er die Akteure segnen oder ihnen das Anathema entgegenschleudern.

Ohne den Blick von den beiden »Geschäftsleuten« zu lassen, riß der Mann mit der Waffe den Attachékoffer vom Tisch, trat einen Schritt zurück und stellte ihn neben sich. Dann sagte er laut und deutlich: »Sie sind beide vorläufig festgenommen wegen des dringenden Verdachts der gewerbsmäßigen Hehlerei.«

Als erster reagierte Makarenko. »Das geht nicht. Ich bin nur der Geschäftsführer. Die Warenbeschaffung ist nicht meine Aufgabe.«

»Und wer ist dafür zuständig?«

»Das Geschäft gehört Maik Haschem. Das steht auch auf dem Schild im Fenster. Lassen Sie mich mit ihm telefonieren.«

»Nein – die Hände bleiben oben.«

Freiberg ließ das Kreuz in der erhobenen Rechten ein paarmal hin- und herschwingen. »Mir können Sie auch nichts anhängen. Ich bin Kunde und kaufe für einen Sammler, nicht für mich. Dies ist eine anerkannte Antiquitätenhandlung, mit der man solide Geschäfte tätigen kann.« Langsam begann er Gefallen an dem Spiel zu finden. »Das Geld im Koffer gehört auch nicht mir, sondern meinem Auftraggeber.«

»Das werden wir sorgfältig zählen, quittieren und sicherstellen«, erhielt er zur Antwort. »Davon geht keine Mark verloren. Für Sie allerdings dürfte alles futsch sein. Geldwäsche dieser Art ist kein Kavaliersdelikt. Aus solch einer Waschanlage kommt man dreckiger heraus, als man hineingeraten ist. Nun legen Sie mal schön langsam das Kreuz auf den Tisch. Das Prachtstück ist beschlagnahmt.«

Freiberg fühlte sich erleichtert, das schwergewichtige Symbol der Christenheit nicht mehr hochhalten zu müssen.

»So, und jetzt umdrehen und die Hände an die Wand!«

Einer der Fahnder kam aus dem rückwärtigen Teil des Geschäfts zurück und meldete: »Niemand sonst im Haus. Fluchtwege abgeschnitten. Telefon stillgelegt.«

»Gut! Durchsuch die beiden nach Waffen.«

Gekonnt glitten die Hände über die Körper. Dann ein nicht so sanfter Griff in den Schritt und ein Abtasten der Unterschenkel. Freiberg hatte das oft genug geübt und praktiziert, fand es aber gar nicht spaßig, mit dem Gefühl des Ausgeliefertseins hilflos an der Wand zu kleben. Wenn Makarenko verrückt spielen sollte, könnte es durchaus gefährlich werden. Ein Finger am Abzug kann schnell außer Kontrolle geraten. Und es wäre nicht der erste verrissene Schuß, der einen Schuldlosen getroffen hätte.

Die sichernde Kriminalbeamtin an der Tür zog auf einen Wink des Einsatzleiters ihr Handfunkgerät aus der Tasche.

»Achtung Pumas! Zwei Festnahmen. Die beiden Männer sofort ins Präsidium, – in zwei Fahrzeugen getrennt voneinander!«

Der Einsatzleiter hielt immer noch die Waffe in der Hand. »Sie können sich jetzt umdrehen«, sagte er. »Die Vernehmungen erfolgen im Präsidium. Das Geschäft wird geschlossen und von uns gesichert. Erwarten Sie noch weitere Mitarbeiter?«

»Nein, doch ja, später!« stotterte Makarenko. »Der Auslieferungsfahrer, ein Student, kommt heute nachmittag. Er muß Möbel wegbringen und anschließend mit dem Wagen in die Werkstatt, weil die Ladetür zerbeult ist.«

»Wir kümmern uns darum«, stellte der Einsatzleiter fest.

Makarenko schien seinen Schock überwunden zu haben und prostestierte. »Das ist Freiheitsberaubung. Sie sollten sich an meinen Chef halten. Ich bin nicht zuständig für die Einkäufe.«

Als Antwort klickten die Handschellen um seine Gelenke.

»Ich möchte sofort einen Anwalt sprechen«, meldete sich nun auch Freiberg. »Mir können Sie nichts vorwerfen. Ich bin nur beauftragter Bote für einen ...« Auch er kam in die Eisen.

»Schluß mit dem Gejammere!« stoppte der Einsatzleiter den Wortschwall. »Sie werden nachher Gelegenheit haben, Ihre Beschwerden zu Protokoll zu geben. Erst einmal geht's ab ins Polizeipräsidium.«

Die Sicherstellung des Kleintransporters verlief reibungsloser als erwartet. Der Renault trafic stand mit dem Schlüssel im Zündschloß in der Garage hinter dem Haus. Die rückwärtige Ladetür wies genau den Schaden auf, den Freiberg seiner Kollegin Lette geschildert hatte. Noch bevor die beiden festgenommenen Geschäftsfreunde in die Streifenwagen stiegen, rollte das Fahrzeug schon zum Institut Polizeitechnische Untersuchungen des Landeskriminalamts Berlin.

Die Spezialisten standen bereit und nahmen den Trafic in Empfang. Sie wußten, wonach sie zu suchen hatten. Spuren von Blut, wenn es sie denn gab, würden sie finden. Aber erst einmal mußte die Sitzgruppe ausgeladen werden, die der Fahrer aus Maik Haschems »Salon« mitgenommen hatte. Soweit es möglich war, wurde die Ladefläche mit Plastikfolie abgedeckt, um nach dem Ausräumen Zentimeter für Zentimeter mit der Lupe abgesucht zu werden. Trotz aller Akribie blieb der Erfolg aus. Wenn Blut geflossen war, dann hatte es der Täter mit Laken oder Folien aufgefangen. Einige Flecken an der Seitenwand ließen darauf schließen, daß hier etwas abgewischt worden war. Von diesen Stellen wurden Proben abgeschabt und in kleinen Röhrchen verschlossen. Den modernen Untersuchungsgeräten würde nicht die geringste Blutspur verborgen bleiben.

Ganz hinten auf der Ladefläche stand ein Kasten mit Werkzeugen für Möbeltransporteure. Wie mit Samthandschuhen wurde er angefaßt und ins Labor gebracht. Besondere Aufmerksamkeit fanden die Kistenkralle und ein 400 Gramm schwerer Fäustel. Es dauerte nicht lange, bis der Ruf ertönte: »Da haben wir das Corpus delicti!« Triumphierend hielt der Techniker den Hammer hoch. »Hier ist Blut am Stiel!« Fingerabdrücke zu sichern gelang nicht. Aber winzige Spuren der Plastiktüte waren am Hammerkopf haften geblieben.

Zwei Stunden später stand wissenschaftlich begründet fest, daß mit diesem Werkzeug das Gesicht Romana Wilbergs zertrümmert worden war.

Das war die Nachricht, auf die Kommissarin Lette gewartet hatte.

28

Der Transport des festgenommenen Agent provocateur, Kriminalhauptkommissar Walter Freiberg, führte auf dem schnellsten Weg zum Berliner Polizeipräsidium am Platz der Luftbrücke. Hier herrschte nach der Mitteilung vom LKA-PTU Euphorie und Aufbruchstimmung. Kommissarin Lette hatte Mühe, die wilde Entschlossenheit der Mitarbeiter zu dämpfen, die den Besitzer des Renault trafic sofort festnehmen und durch die Mangel drehen wollten.

»Nun quatscht nicht alle durcheinander!« fuhr sie die Kollegen im Besprechungsraum an. »Daß der Haftbefehl kein Problem ist, weiß ich auch. Aber was machen wir, wenn Maik Haschem behauptet, daß er den Wagen in der fraglichen Zeit gar nicht benutzt hat? Dann schauen wir ziemlich dumm aus der Wäsche! Das Blut wurde am Hammer und im Auto gesichert; an seinen Klamotten werden wir nichts finden – die hat er längst gereinigt oder vernichtet. Nein, Leute, so einfach ist das nicht. Wir müssen ein Netz um ihn zusammenziehen, aus dem er nicht entkommen kann.«

»Oder eine Schlinge um den Hals«, meldete sich Burger.

»Genau! Solche Kerle sind keinen Rechtsstaat wert«, bekräftigte Schack.

»Nun aber langsam!« bremste die Starke. »Wir leben in einer Demokratie und haben entsprechende Gesetze – und genau an die halten wir uns.«

Diese deutlichen Worte standen noch im Raum, als Walter Freiberg die Bühne betrat. Ohne die Handschellen und sich demonstrativ die Gelenke reibend, wurde er stürmisch begrüßt. Er mußte sofort von der Aktion Pektorale und seiner Festnahme berichten. – »Was ist nun los mit dem Trafic?« fragte er dann. »Hat PTU Blutspuren gefunden?«

Die Starke streckte triumphierend den rechten Daumen nach oben. »Ja, am Hammerkopf und an den Seitenwänden des Fahrzeugs – aber keine Fingerabdrücke von Haschem.«

»Also nichts, was ihn unmittelbar überführt?«

»So ist es – leider.«

»Den quetschen wir aus wie 'ne Zitrone! Die Chefin hat ja auch den Diplomaten zum Reden gebracht und ihn als Lügenbaron enttarnt«, rief Kommissar Gansmann quer über den Tisch. »Das ist nur eine Frage der Taktik.«

Die Starke hob beide Hände. »Vergiß es! Den Haschem müssen wir anders packen – und wir haben zwei Todesfälle aufzuklären. Walter, wann landet die Aeroflot mit deiner Lehrerin aus Moskau?«

»Heute, 15 Uhr in Schönefeld. Ich denke, Haschem wird die kostbare Lebendfracht persönlich abholen.«

»Gut! Sehr gut! Dann werden wir an dem Empfang teilnehmen. Ich bin davon überzeugt, daß die Stewardeß Dreck am Stecken hat; sie ist diejenige, die die Mädchen – mit und ohne Zertifikat – anschleppt.«

Freiberg nickte zustimmend. »Das nehme ich auch an. Aber ...?«

»Wenn die drei Figuren, also Haschem, die Stewardeß und deine Lehrerin zusammentreffen, bilden wir das Empfangskomitee. Ich werde der Aeroflot-Dame das Bild der Toten aus den Johannisbeersträuchern und das von Romanas zertrümmertem Gesicht vor die Nase halten. Gleichzeitig nehmen wir Haschem unter Mordverdacht fest. Ich wette, daß die Stewardeß reden wird, um ihr Fell zu retten, und sie wird kaltlächelnd ihren Geschäftsfreund – mit Verlaub gesagt – in die Scheiße reiten.«

»Ziemlich gemein, aber erfolgverprechend«, sagte Freiberg. »Willst du mich dabei haben?«

»Klar doch! Ich nehme an, daß die Dame auch für den

Transport der Hehlerware zuständig ist. Vielleicht hat sie ja noch was Nettes im Gepäck. Außerdem mußt du dich um deine Lehrerin für Englisch und ...«

»Das ist nun wirklich nicht ›meine‹ ...«, stoppte Freiberg die Zuweisung. »Hochverehrte Frau Kommissarin, du kannst, um mit den Rheinländern zu sprechen, ›ne richtig fiese Möpp‹ sein. Aber paßt ja auf, daß Haschem euch nicht austrickst. Der Mann ist kein gezähmter Diplomat. Der boxt sich den Weg frei, wenn es eng wird.«

»Wir werden unser Bestes tun«, antwortete die Starke ohne Engagement. »So, Freunde, die Zeit wird knapp. Die Zwölfte muß vor dem Hammerschläger in Schönefeld sein und Position einnehmen. Wir ziehen zwei Streifenwagen nach. Eintreffen 16 Uhr. Um gleich den richtigen Eindruck zu vermitteln, wird der Kerl bestimmt mit der repräsentativsten Karosse aus seinem Stall die Lehrerin abholen. Burger, stell Typ und Kennzeichen fest. Du nimmst den Mann am Flughafen in Empfang und reichst ihn als ›Maria‹ über Funk an uns weiter. Den parkenden Wagen mußt du so blockieren, daß er uns nicht entwischen kann. Walter, dich bitte ich, Burger aus dem Hintergrund zu unterstützen, denn du bist der einzige, der Haschem kennt.«

»Geht klar!« bestätigte Freiberg. »Ich bleibe zunächst in Deckung und stoße zum Empfangskomitee, wenn die Lehrerin übergeben wird. Aber denk dran, ich habe keine Waffe, weil Seminarteilnehmer in Berlin nicht herumballern dürfen.«

Die Starke lachte. »Du bekommst ein Handfunkgerät – leihweise.« Damit gab sie das Zeichen zum Aufbruch.

Gespannt waren die Augen der Wartenden auf die Anzeigetafel in der Flughafenhalle gerichtet. Über die Lautsprecher kamen einige Verspätungsmeldungen. Auf den Kanarischen Inseln hatten wegen eines Sandsturms mehrere Chartermaschinen nicht pünktlich starten können; sofort drängten Pulks von Abholern zu den Imbißständen. Die *Tupolev* aus Moskau hingegen schien ausnahmsweise ohne Verspätung anzukommen. Die 12. Mordkommission hatte den Ankunftsbereich im Visier und an den entscheidenden Stellen die Ausgänge besetzt.

Hauptkommissarin Lette, einen Flugplan in der Hand und eine Bordtasche über der Schulter, hielt sich in der Nähe der Tourist-Information auf. Zu Gansmann, der sich zehn Meter entfernt in der Sesselreihe mit der Bild-Zeitung befaßte, hatte sie Blickkontakt. Die Handfunkgeräte waren nicht auf Lautsprecher geschaltet, sondern auf den unauffälligen Knopf im Ohr.

»Maria ist eingetroffen«, ließ sich schon bald die Stimme Burgers vernehmen. »Sehr schickes dunkelgraues Kleid, als Gepäck nur ein schwarzer Aktenkoffer. Walter hat sie gleich wiedererkannt. Sie geht zum Infostand. Ich bin ein paar Meter hinter ihr.«

An der Anzeigetafel blinkte hinter dem Abflugort Moskau und der Flight-Nummer das Wort »landed« auf. Maik Haschem schlenderte auf die Sitzreihe zu, in der Gansmann mit einer Reisetasche zwischen den Füßen Platz genommen hatte und las. Jetzt faltete er die Zeitung zusammen, weil Haschem ihm so nahe rückte, daß er sein Funkgerät nicht unbemerkt einsetzen konnte. Er nahm seine Reisetasche auf und ging zum Imbißstand. Mit einem belegten Brötchen in der Hand konnte er den Wartenden unauffällig beobachten. Zehn, zwölf Minuten später erschienen die ersten Passagiere der *Tupolev* in der Halle. Als eine der letzten kam eine junge Frau mit schwarzem Minirock, rotem Blazer und hochhackigen Schuhen, die ihre schlanken Beine noch betonten. Das dunkelblonde Haar war modisch halblang geschnitten und umrahmte ein hübsches Gesicht mit vollen Lippen. Langsam ging sie zum Informationsschalter, stellte den Handkoffer ab und sah sich suchend um.

»Die Dame mit der roten Jacke ist meine Lehrerin«, meldete Freiberg über das Funkgerät. Er hatte sich mit einem angeklebten Schnauzbart und getönter Brille so verändert, daß ihn zumindest flüchtige Bekannte nicht erkennen würden. Kommissarin Lette sah, daß er zum Imbißstand hinüberging, während sich Gansmann mit der Reisetasche am Schulterriemen von dort entfernte und dem Infostand näherrückte.

Maik Haschem verfolgte aufmerksam jede Bewegung der Frau, die er vom Bild kannte, ohne jedoch seinen Platz zu verlassen. Die Minuten dehnten sich. Die Frau wurde unruhig, immer wieder schaute sie auf die Uhr.

Burger hatte die Situation erfaßt und war zum Gate für das fliegende Personal weitergegangen. Er war sicher, daß er die Stewardeß wiedererkennen würde, die er beim Treffen mit ihrem Diplomaten fotografiert hatte. Er mußte einige Minuten warten; dann näherte sich die Crew der Aeroflot-Maschine. Larissa Ulinoff löste sich aus der Gruppe und ging zügigen Schrittes in Richtung Informationsschalter.

»Hallo, Angelika«, meldete Burger sich. »Unsere Tante ist angekommen und will offensichtlich ihre Nichte und den Onkel treffen. Sie ist unterwegs zu deinem Kiosk. Ich komme nach!«

»Na, das wird ein freudiges Wiedersehen«, bestätigte die Starke den Hinweis.

Die Dame aus Moskau wirkte erleichtert, als die Stewardeß auf sie zukam. Jetzt erhob sich auch Maik Haschem von seinem Sitz; seine Augen suchten die Umgebung ab, bevor er, den leichten Koffer in der Linken, zu den beiden Frauen hinüberging. Die Stewardeß machte ihn mit Swetlana Kusowenko bekannt. Von dieser Neuerwerbung für das »Glück in der

Ferne« schien er sehr angetan zu sein – entsprechend lange dauerte sein Händedruck.

Gansmann war unauffällig näher gekommen. Auch Burger hatte einige Meter entfernt Position bezogen. Kommissar Freiberg blieb noch im Hintergrund.

»Abwarten!« kam es über den Knopf im Ohr. »Wir greifen erst zu, wenn sie von hier aufbrechen.«

Die Dreiergruppe sprach intensiv miteinander. Dabei zog die Stewardeß eine Mappe aus ihrem Bordcase und gab sie Maik Haschem, der sie in seinem Aktenkoffer verschwinden ließ.

Larissa Ulinoff tätschelte ihrer Begleiterin ermunternd die Wange. Sie sagte noch ein paar freundliche Worte, nickte Haschem kurz zu und drehte sich zur Seite, um zu gehen.

»Achtung – Zugriff!« rief die Kommissarin und war mit wenigen Schritten bei den Dreien. »Polizei! – Maik Haschem, Sie sind vorläufig festgenommen wegen Verdachts der gewerbsmäßigen Hehlerei und anderer Delikte.«

Burger trat auf die Stewardeß zu, die sich entfernen wollte. »Halt, das gilt auch für Sie«, stellte er klar und schob sie unsanft in den Kreis zurück. Der Import aus Moskau stand wie versteinert.

»Gansmann, du übernimmst Maik Haschem«, sagte die Starke. »Und paß auf, daß sein Gepäck nicht verloren geht.« Dann wandte sie sich an die Stewardeß. »Ich muß Ihnen etwas zeigen, schauen Sie genau hin!« Auf eine Reaktion wartend hielt sie ihr das Foto der Toten aus den Johannisbeersträuchern entgegen.

»Das ist ja Nina Vitrenko! – Was ist …?«

Maik Haschem fuhr herum und versuchte nach dem Bild zu greifen. Die Kommissarin zog ihre Hand zurück und präsentierte dann das Foto mit dem zerschmetterten Gesicht.

Larissa Ulinoff stand wie erstarrt. Dann schlug sie die

Hände vors Gesicht und stammelte: »Du hast sie umgebracht, du Schwein! – Warum?« Dann folgten Flüche auf Russisch.

Maik Haschem herrschte sie an: »Das ist nicht ihr Gesicht. Das ist Romana Wil...« Der Satz brach ab, und Haschem wußte in dieser Sekunde, daß er sich selbst überführt hatte.

»Die Festnahme erfolgt auch wegen des Verdachts des Mordes an Romana Wilberg«, erklärte Kommissarin Lette. »Sie haben sie aus dem Haus gelockt, erwürgt und ihr im Kleinlaster das Gesicht zerschlagen. Wir haben den Renault trafic sichergestellt und Blutspuren gefunden. Ihre Vernehmung erfolgt im Präsidium.«

»Ich habe dazu nichts zu sagen«, antwortete Haschem, der sich wieder gefangen hatte.

Die Aktion war nicht unbemerkt geblieben, und im Nu hatten sich Dutzende von Neugierigen eingefunden. Es wurde höchste Zeit, das Feld zu räumen.

In dem Augenblick, als Kommissar Gansmann nach den Handschellen griff, warf Haschem ihm den schwarzen Handkoffer vor die Brust und stürzte sich mit dem Ruf: »Überfall! Gangster!« in die Menge. Eine schmale Gasse tat sich auf und schlug hinter ihm zusammen.

Gansmann reagierte blitzschnell. »Halt, Polizei!« rief er und hechtete mit der Waffe in der Hand hinter dem Flüchtigen her. Die Menschen traten einen Schritt zurück und verfolgten fasziniert das Geschehen.

Mit dem Ruf: »Bleib stehen und steck das Ding weg!« stoppte die Starke ihren Kollegen. »Hier wird nicht geschossen!«

Dann passierte alles sehr schnell. Freiberg schnitt dem Flüchtenden den Weg ab und schob sein Bein vor. Haschem stolperte und ging mit einem mächtigen Satz zu Boden. »Ende der Vorstellung!« rief Freiberg und riß ihn unsanft hoch. Wieder hatte er Gelegenheit, den Polizeigriff anzusetzen, der seinen nächtlichen Freund in Bennos Revier gefügig gemacht hatte. »Jetzt geht's ab zur Vernehmung – und keine Faxen, sonst ist der Arm hin.«

Ein kräftiger Druck trug dazu bei, daß Haschem auf Zehenspitzen, fast tänzelnd, neben dem Mann mit der Brille und dem falschen Bart zum Ausgang strebte.

Freiberg übergab ihn den uniformierten Kollegen, die mit zwei Streifenwagen bereitstanden. »Mordverdacht!« sagte er knapp. »Die Hauptkommissarin kommt gleich. Nehmt ihm Ausweise und Fahrzeugschlüssel ab und sorgt dafür, daß sein Mercedes zum Präsidium gebracht wird.«

Nachdem sie den Herrn im dunkelgrauen Anzug durchsucht und ihm Handschellen angelegt hatten, wurde er in einen der Streifenwagen geschoben. Freiberg schaute noch einmal durch das Seitenfenster, wobei er Bart und Brille abnahm.

»Ihr verdammten Scheißkerle, Ihr ...«, fluchte Maik Haschem. Ein Schlag in die Rippen ließ ihn verstummen.

Der Abgang der übrigen Akteure vollzog sich weniger dramatisch.

Kommissar Gansmann nahm auf die Proteste der Stewardeß keine Rücksicht und führte sie mit einem energischen Griff um das Handgelenk zum zweiten Streifenwagen. Ihre Flüche auf Russisch prallten, da er sie nicht verstand, wirkungslos an ihm ab.

Jetzt erst fand Angelika Lette Gelegenheit, sich dem Import aus Moskau zu widmen. »Sie brauchen keine Angst zu haben, Ihnen passiert nichts. Ohne unser Einschreiten wären Sie Kriminellen in die Hände gefallen. Wie ist Ihr Name?«

»Swetlana Kusowenko. Die Stewardeß hat mir Arbeit in Berlin versprochen.« Ihr Deutsch war gut zu verstehen.

»Darüber unterhalten wir uns im Präsidium«, sagte die Kommissarin. »Bitte, kommen Sie mit.«

Burger wartete schon am Steuer von Südwest 18, um die

Chefin, Walter Freiberg und den Gast aus Moskau zum Platz der Luftbrücke zu fahren.

Vom Beifahrersitz aus meldete die Kommissarin über Funk die Festnahmen an die Leitstelle. »Noch etwas sehr Dringliches: Ein Benno Olig, Inhaber der Pension Benno in der Seestraße nahe der U-Bahn-Station, ist sofort wegen Menschenhandels und Zuhälterei vorläufig festzunehmen und mir zur Vernehmung vorzuführen. – Ende!«

Sie wandte ihren Kopf zurück. »So, Walter, ich glaube, das Gröbste ist geschafft. Zeig unserer Dame aus Moskau doch mal das nette Foto und verrate ihr den Preis, zu dem sie an dich verkauft werden sollte.«

29

Kommissar Gansmann hatte Maik Haschem mit Handschellen in den Vernehmungsraum geführt. Hier sollte die Gegenüberstellung mit Benno erfolgen. Die Starke hoffte, ihn mit den Fotos so zu schockieren, daß er reden würde. Zuvor sprach sie im Nebenzimmer mit der Stewardeß. »Frau Ulinoff, wir wissen, daß Sie mit Haschem illegale Geschäfte betreiben und daß Sie ein Verhältnis mit dem deutschen Diplomaten Arne Wilberg haben.«

Die Stewardeß schüttelte schweigend den Kopf.

Die Kommissarin hatte es satt, sich hinhalten zu lassen. »Warum geben Sie nicht zu, was wir längst wissen?« fragte sie ungehalten. »Hier, sehen Sie sich die Fotos an, die wir am Flughafen gemacht haben. Genau dort hat Arne Wilberg Ihnen den Tod seiner Frau mitgeteilt. Stimmt das?«

Mit einem Schluchzen zerbrach die mühsam aufrechterhaltene Fassung Larissa Ulinoffs. »Ja, ja! Aber das ist vorbei.«

»Sie haben Maik Haschem die Frauen zugeführt, die er weiterverkauft hat. Geben Sie das zu?«

»Ja, für sein Heiratsbüro. Aber ich habe nicht gewußt, daß er sie quält und umbringt. Das müssen Sie mir glauben.«

»Außerdem haben Sie Maik Haschem mit Antiquitäten versorgt. Wir haben eine Ikone und ein Brustkreuz bei ihm beschlagnahmt.«

»Mir werden in Rußland hin und wieder Antiquitäten angeboten, die ich für Haschems Geschäft mitbringe. Das ist alles.«

»Und Sie haben sich nie gefragt, woher die Sachen stammen? Für das Kreuz und die Ikone wurde ein Priester ermordet!«

»Davon weiß ich nichts. Ich schwöre es.«

»Wenn Sie noch Schmuggel- oder Hehlerware bei sich haben, legen Sie am besten alles hier auf den Tisch.«

Die Stewardeß nestelte an ihrem Jackenausschnitt und zog eine Ornatkette hervor, die sie als Schmuck getragen hatte. »Hier, die gehört zum Kreuz. Ich will nichts mehr damit zu tun haben.«

Die Starke nickte zustimmend. »Danke! Werden Sie jetzt alle Fragen ehrlich beantworten?«

»Ja, ich will die Wahrheit sagen.«

»Gut, dann haben Sie eine Chance, nicht eingesperrt zu werden. Wenn Sie sich weigern oder lügen, überstellen wir Sie der Russischen Botschaft, und die wird Sie an die Miliz weitergeben.«

Larissa Ulinoff hob abwehrend die Hände. »Nein, bitte nicht zur Miliz, dann bin ich bald tot.«

Die Starke ging zur Tür. »Sie warten hier. Meine Kollegen Burger und Freiberg werden ein Protokoll aufnehmen. Danach sehen wir weiter.«

Auf dem Gang zum Vernehmungsraum begegnete die Kommissarin Benno Olig, der von zwei Uniformierten begleitet wurde. Er wirkte ziemlich zahm; offensichtlich hatten die beiden Kolosse an seiner Seite eine einschüchternde Wirkung.

»Frau Hauptkommissarin, wohin soll der Festgenommene gebracht werden?« fragte der Kleinere von den beiden.

»In Vernehmungsraum drei«, antwortete die Starke. »Aber einen Moment noch!« Sie zog die beiden Fotos aus der Tasche, die schon am Flughafen das große Erschrecken verursacht hatten, und hielt sie dem Festgenommenen vors Gesicht. »Schauen Sie sich die genau an. Das haben Sie angerichtet, Sie und Maik Haschem. Der zertrümmerte Kopf gehört zu Romana Wilberg. Das ist Mord, ganz brutaler Mord! So, und jetzt ab mit Ihnen. Ihr Freund Haschem wartet schon darauf, Ihnen alles in die Schuhe zu schieben.«

»Das war ich nicht! Das Schwein lügt! Den Kerl bringe ich um!« brüllte Benno und zerrte an den Fesseln.

Die Starke hatte die Wirkung der Bilder richtig eingeschätzt. Sie wußte jetzt, daß Maik Haschem von diesem Geschäftsfreund keine Hilfe bekommen würde. Vorsichtshalber dirigierte sie ihn an die andere Seite des Tisches neben Gansmann.

Mit dem Schrei »du verfluchter Hund!« riß Benno sich los und versuchte trotz der Handschellen Haschem anzugreifen. »Du weißt genau, daß Nina sich mit Kokain umgebracht hat. Wir haben sie über die Hecke geworfen, ja! Aber einen Mord schiebst du mir nicht in die Schuhe. Du Saukerl nicht!«

Maik Haschem war in Deckung gegangen und richtete sich erst wieder auf, als die beiden Polizisten Benno auf seinen Stuhl gedrückt hatten. Der wütete weiter: »Du hast mir gesagt, daß du der Wilberg das Geschäft kaputt machen willst. Gut, damit war ich einverstanden. Aber Mord? Nein, niemals! Und wie du die zugerichtet hast – du bist ja eine Bestie!«

Die Starke richtete sich auf. »Ruhe jetzt! Maik Haschem, was haben Sie auf die Anschuldigungen zu erwidern?«

»Nichts! Ich verweigere die Aussage.«

Kommissarin Lette drückte auf einen Knopf, der den Beamten vom Gewahrsamsdienst hereinrief. »Nehmen Sie den Mann mit!« sagte sie und zeigte auf Maik Haschem.

Es ließ sich nicht vermeiden, daß er an Benno vorbeigeführt wurde. Der sprang mit einem mächtigen Satz auf und riß die beiden Polizisten mit hoch. Dann holte er mit dem Bein aus und gab Haschem einen Tritt in den Hintern, der ihn zur Tür hinauswarf. »So, jetzt ist mir besser«, sagte er dann ruhig. »Und nun können Sie von mir hören, was Sie wollen.«

Solch eine Vernehmung hatte Kommissarin Lette noch nicht erlebt. Benno packte ohne Rücksicht auf sich selbst aus. Er bestätigte das Bild, das die Ermittlungen ergeben hatten. Nina Vitrenko hatte in ihrer Verzweiflung Selbstmord begangen. Danach hatte er sie gemeinsam mit Maik Haschem »entsorgt«. Ihr Leidensweg vom Eintreffen bei Mulka bis zu ihrem Tode wurde erschreckend klar. Zum Mord an Romana Wilberg wußte Benno nicht mehr zu sagen, als er in seiner Wut schon herausgebrüllt hatte. Geradezu befreit wirkend ließ er sich nach der Vernehmung in die Untersuchungshaft abführen.

Jetzt gab es erst einmal eine Runde Kaffee. In den Nebenräumen wurden – streng getrennt und bewacht – auch die Stewardeß und die Dame aus Moskau mit Getränken und belegten Brötchen versorgt.

Freiberg berichtete, daß der Weg der Hehlerware von Moskau über Berlin und Potsdam nach Bonn aufgeklärt sei. Allerdings könne man der Stewardeß Hehlerei oder gar Mitwisserschaft an dem Kirchenraub nicht nachweisen.

»Dann werden wir sie postwendend nach Hause schicken mit der Maßgabe, sich hier nie wieder blicken zu lassen. Ich will nicht auch noch internationale Verwicklungen am Hals haben«, stellte die Kommissarin fest. »Ein deutscher Diplomat als windiger Sonderkurier reicht voll und ganz. Dem sauberen Herrn Wilberg werde ich nachher mitteilen, daß der Mord an seiner Ehefrau aufgeklärt ist und die Leiche zur Bestattung freigegeben wird. Mehr darf er angesichts seines Verhaltens von der Kripo nicht erwarten.«

»Der hätte einen ähnlichen Tritt verdient, wie Benno ausgeteilt hat«, lästerte Gansmann. »Wie der Kerl uns die Hucke vollgelogen hat! Er und die Ulinoff wären ein feines Gespann geworden! Aber die Stewardeß wird in Zukunft sicherlich die deutschen Flughäfen meiden.«

»Und daran täte sie gut«, bestätigte Freiberg. »Aber was machen wir mit meiner Lehrerin? Kaufen kann ich sie jetzt nicht mehr, nachdem das »Glück in der Ferne« zum Unglück in der Nähe geworden ist. Sollten wir sie nicht schnellstens zurück …«

»Entschuldigung«, unterbrach ihn die Kommissarin. »Was war übrigens in Haschems Aktenkoffer? Gansmann, du hast das gute Stück doch sichergestellt.«

»Hier ist die Schatzkiste, öffnen wir sie einfach«, flachste der Angesprochene und klappte den Deckel auf. Viel war nicht drin: Ein Notizbuch, ein vorgefertigter Ehevermittlungsvertrag, ein Schuldschein auf den Namen Swetlana Kusowenko und die Mappe, welche die Stewardeß Haschem auf dem Flughafen übergeben hatte.

Kommissarin Lette zog den Reißverschluß auf. Da fand sich der Reisepaß mit dem Besuchervisum und eine Liste der bisher angefallenen Unkosten. Außerdem der Betrag von 1500 DM in Hundertern, der für eine Erstausstattung der Lehrerin in der Aufstellung vermerkt war.

»Aha! So einfach ist das! Damit haben wir das Geld für ihren Rückflug und die Antwort auf Freibergs Frage. Besser geht's doch gar nicht. »

»Aber dürfen wir denn so frei darüber verfügen?« meldete Gansmann wieder einmal Bedenken an.

»Und ob!« sagte die Kommissarin energisch. »Ich darf, du darfst, wir dürfen – wir müssen es sogar, wenn wir uns einen Haufen Arbeit und Scherereien ersparen wollen. Oder bestreitet jemand in diesem Kreise, daß die Mäuse unserem Gast aus Moskau gehören? Na also!« stellte sie zufrieden fest und bat Freiberg, die Lehrerin hereinzuholen. Die war sichtlich überrascht von der freundlichen Aufnahme.

Kommissarin Lette gab ihr den Reisepaß zurück und legte die fünfzehn Hundertmarkscheine dazu. »Das ist Ihr Geld. Wir haben es im Reisepaß gefunden. Damit läßt sich der Rückflug bezahlen.«

Die ganze Wahrheit war das zwar nicht, aber sie reichte aus, ein vordringliches Problem zu lösen. Die Frau war klug genug, keine Fragen zu stellen, und bedankte sich überschwenglich für die Hilfe.

»Es ist besser, Sie fliegen mit der nächsten Lufthansamaschine zurück«, sagte Freiberg. »Ich werde Sie zum Flughafen begleiten; oder wollen Sie sich als Tourist in Berlin umsehen?«

»Nein, ich möchte so schnell wie möglich nach Hause.«

»Gut, dann warten Sie bitte nebenan. Ich bin in einer halben Stunde frei.«

Als die Tür wieder geschlossen war, lehnte Angelika Lette sich in ihrem Stuhl zurück. »Und nun zu Larissa Ulinoff, der feinen Stewardeß der Aeroflot. Was machen wir mit ihr?«

»Schick sie zum Teufel!« antwortete Freiberg. »Ihre Aussage haben wir protokolliert, eine Tatbeteiligung ist ihr nicht nachzuweisen, und das Ganze stinkt so erbärmlich, daß wir schnellstens für saubere Luft sorgen sollten.«

»Das ist auch meine Meinung«, bestätigte die Kommissarin. »Burger, geh rüber und sag ihr, daß sie verschwinden soll – schleunigst und auf Nimmerwiedersehen!«

Am selben Tag war auch das Seminar »Todesermittlungen unter erschwerten Bedingungen« zu Ende gegangen, und Walter Freiberg hatte – wieder einmal – erfahren, daß die Realität interessanter war als jede noch so gekonnt erörterte Theorie. Da hatte er nun an der Aufklärung eines Mordes mitgewirkt, ohne sich dessen so recht bewußt zu sein. Den Hauptverdächtigen Arne Wilberg hatte er nicht einmal kennengelernt; dafür hatte er dem wahren Täter ein Bein gestellt und wußte eine Menge über die Antiquitäten-Connection zwischen Moskau, Berlin und Bonn. Außerdem waren ihm die Preise geläufig, zu denen Frauen gehandelt werden, wenn sie das »Glück in der Ferne« suchen.